PIEKE BIERMANN

Vier, fünf, sechs

Buch

Mai 1994. Flughafen Tempelhof. Ein Ort voller Geschichte(n) auf drei Ebenen: zu Boden, im Keller und in der Luft.

Mit einem Koffer auf dem Gepäckband in der Haupthalle fliegt ein Leitender Beamter des nahen Polizeipräsidiums in die Luft. Die Bombe war ferngezündet. Mit den Ermittlungen beauftragt wird die 3. Mordkommission unter EKHK Karin Lietze.

Berlin ist geprägt von Hysterien. »Innere Sicherheit« heißt eine und meint Wahlkampf, »Bau-Boom« eine andere und meint Pfusch. Und während anderswo »50 Jahre D-Day« gefeiert wird, verlaufen die Ermittlungen zunächst im märkischen Sand. Und der erste rote Pate landet in der Stadt, um seinen Firmensitz aufzuschlagen. Exakt 50 Jahre nach der Landung der West-Alliierten an den Stränden der Normandie.

Und dann kommt der letzte der großen 50-Jahres-Tage: Der 8. Mai 1995.

Autorin

Pieke Biermann, geboren 1950 in Stolzenau, lebt als freie Schriftstellerin und Übersetzerin in Berlin.

Für *Vier, fünf, sechs* erhielt die Autorin den Deutschen Krimipreis 1998. Weitere Bände von Pieke Biermanns Berliner Großstadtromanen um EKHK Karin Lietze und ihre Crew sind im Goldmann Verlag in Vorbereitung.

Pieke Biermann im Goldmann Verlag

Potsdamer Ableben. Roman (Bd. 1; 44024)
Violetta. Roman (Bd. 2; 44025)

Pieke
Biermann

Vier, fünf, sechs

Roman

GOLDMANN

Umwelthinweis:
Alle bedruckten Materialien dieses Taschenbuches
sind chlorfrei und umweltschonend.

Taschenbuchausgabe 6/99

Umschlaggestaltung: Design Team München
Umschlagillustration: Hendrik Dorgathen
Satz: Uhl + Massopust, Aalen
Druck: Elsnerdruck, Berlin
Verlagsnummer: 44373
MD · Herstellung: Sebastian Strohmaier
Made in Germany
ISBN 3-442-44373-3

1 3 5 7 9 10 8 6 4 2

Für *The Good*, *The Bad*, *The Ugly*
und für Sergio Leone.

»Der liebe Gott steckt im Detail.«

Aby Warburg

Inhalt

VORSPANN

Nebel über Berlin

UHNBEGRREIFBARRHH! Ein Inferno!

Er kniff sich in die linke Wange (er war Linkshänder). Er kratzte sich so erregt am Kopf, daß Haut und Haar unter seinen polierten kurzen Nägeln hängenblieben. Er rieb sich die Augen beinah blutig (er hatte ein halbes Dutzend zwischen »Stahl« und »Silber« changierender Borsten mit hineingerieben).

Aber alles blieb unverändert. – –

Es blieb das Inferno da unten, keinen Kilometer entfernt. Erkennen konnte er allerdings fast nichts mehr. Es goß inzwischen in Strömen, und obwohl es schon in der Nacht einen kräftigen Schauer gegeben hatte, verdampfte der Regen sofort über dem seit fünf Wochen ausgedörrten Beton, und der Dunst und die dicken Rauchschwaden mitten auf der südlichen Landebahn liefen zusammen zu einer dunkelgrauen Nebelwand, die gegen den Wind auf ihn zuzuwabern schien, ab und zu aufgerissen von schmutziggelben Stichflammen oder gebauscht von opernhaftroten Wogen.

Jetzt war er dankbar, daß der Wind nicht auch noch von Westen wehte. Vor viereinhalb Stunden, um halb neun, als die Schauer abgeklungen waren und er sich an den Campingtisch auf der Terrasse gesetzt und auf die Nummer A1 oder D1 für seine Liste *Mai 19* gewartet hatte, hätte er den Nordostwind am liebsten weggebellt. Ostwind hieß, das Fernglas praktisch nicht aus der Hand legen dürfen. Ostwind hieß, die Maschinen warten weit weg auf die Starterlaubnis. Am anderen Ende des Rollfelds. Am T-Damm. Und ziehen dann so rasch wie möglich hoch. Logisch. Wer harkt schon gern Neuköllner Friedhöfe mit noch nicht ganz eingeklappten Rädern!

Ostwind hatte nur einen, winzigen Vorteil. Die gelandeten Maschinen waren bequemer zu identifizieren, wenn sie direkt unter ihm zu ihrer Parkposition rollten, als wenn sie drei Blocks links neben ihm herunterkamen. Der Taxiway war so greifbar nahe, daß er sogar erkennen konnte, welche Zigarettenmarke die Piloten bevorzugten. Raucher! Unappetitlich. Unkultiviert. Untermenschen. Für ihn kein Zufall, daß der Osten raucht. Gut, daß er da weg war. (Wenn auch noch nicht weit genug.)

Die feinen Schleier vom Rollfeld brannten ihm in den Augen. Er lief wieder nach drinnen und schloß die Terrassentür.

Die ersten richtig fetten Regentropfen waren gefallen, als er die Spalte mit der Nummer A21 ausfüllen wollte: – ONB 12.29 - - - Ident DBOBL - - - DHC81 - - - Hamburg Air n.Saarbr. Der *Berlin Flugplan, 42. Jg., Stand April 1994* hatte die Tropfen augenblicklich aufgesogen. Er hatte den Campingtisch in den Türrahmen zurückreißen müssen. Um 12 Uhr 59 hatten erstaunlicherweise drei Maschinen gleichzeitig in Startposition gestanden. Sie waren nicht ganz leicht zu identifizieren gewesen, aber schließlich konnte er eintragen: D23 - - - SELFK - - - FK50 – das mußte dieSAS nach Kiel sein; D24 - - - verm.Bundesw.(Polit.?); D25 - - - DANFC - - - ATR72 – wahrscheinlich die reguläre eurowings-Maschine nach Nürnberg. Er wollte zum Flugplan greifen, um auch die Flugnummern dazuzuschreiben, hatte aber doch noch einmal das Fernglas genommen, um sich zu vergewissern, daß die Fokker 50 tatsächlich losgerollt war, statt dem Rollfeld einen Ausschnitt Himmel knapp über dem S-Bahnhof ins Visier bekommen, zwei ziemlich große Landescheinwerfer im Blick gehabt, das Fernglas hektisch hin- und hergerissen, aber keinen brauchbaren Ausschnitt gefunden. Dann war er aufgesprungen, an die Brüstung gelaufen, hatte den Tisch mitsamt Liste, Stift und Flugplan umgerissen, das Fernglas fallen lassen, geflucht und gestikuliert wie eine wildgewordene Windmühle, bevor er es wieder aufgehoben und festgestellt hatte, daß die Linsen nicht gesprungen waren, hatte es links neben sich, über der Haushöhe, brummen hören, weiter mit dem Fernglas gefuchtelt, um diese Landelichter wiederzufinden – wer *war* denn das! Die nächste Linienmaschine ging doch frühestens in zwanzig Minuten hoch! Schließlich hatte er die Lichter wieder im Blickfeld, zitterte aber so, daß er sie nicht orten konnte, suchte nach dem Tower auf dem Kopfbau West, am äußersten südwestlichen Ende des Gebäudes, aber der war kaum noch zu ahnen im strömenden Regen. Er richtete das Fernglas wieder auf den Boden, in die Gegend der Startposition, und sah auch da kaum noch etwas. Erst in diesem Augenblick war ihm bewußt geworden, daß die tiefen, schweren Wolken schon vor geraumer Zeit geplatzt sein mußten wie Wassermelonen unter einer Dampframme. Da lief ihm der Regen längst in breiten Bächen in Haare, Augen und Kleider.

Er hatte versucht, die durchgeweichten Papiere vom Boden zu kratzen, ohne sie zu zerreißen. Als er eine Ewigkeit später im trockenen Zimmer gestanden und begriffen hatte, daß das Fernglas noch immer auf der Brüstung lag, war ihm etwas in die Optik gehuscht, das ihn ein paar Sekundenbruchteile lang an seiner Wahrnehmung zweifeln ließ. Er hatte die Augen zusammengekniffen. Aber als er sie wieder geöffnet hatte, war die riesige Stichflamme noch immer da – genau da, wo – wie –! War das, was da brannte, Departure oder Arrival? Oder waren das – mehrere?

»Uhnbegrreifbarrhh!«

Obwohl in derselben Sekunde der erste dumpfe Kracher einer Explosion sämtliche Häuser der Neuköllner Oderstraße erreicht hatte, war ihm nicht entgangen, wie bezaubernd ihm das R wieder gelungen war. So – dramatisch-grollend. Charmant-»baltisch«. Verführerisch wie bei diesem Nachrichtenfatzke, wegen dem seine Hauswartin nur noch das ZDF-*heute-journal* sah. Er hatte ihn monatelang studiert. Auch der Haucherrhh am Ende war wieder ungemein errotischhh gerratenhh.

Er hatte kein Ganglion mehr frei für den Taxiway: In seinen Gehirnwindungen hatte sich Sorrayahh! breitgemacht. Ungut. Unerwünscht. Unkalkulierbar. (Das nächste Mal würde er nicht mehr umhinkönnen, ihr das »Duhh!« anzutragen.) Er war froh, daß sie weg war. Im Schweinsgalopp. Kellerfenster zusperren. Kurz vor den ersten Tropfen. »Würd ne Sündflut, Herr Stieber. Für heute is denn wo Ende mitte Knallerbsenzählerei.«

Er war gar nicht sicher, ob sie ihm glaubte, daß er die Starts und Landungen auf dem Flughafen Tempelhof wirklich im Auftrag einer Lärmschutzkommission des Senats auflistete. »Na, woher! Die könn sich doch die Daten dreckt jehm lassen vom Luftschutz, oder wie dis heißt!«

Seine Erklärung, daß Behörden prinzipiell nur Daten glauben, die sie selbst – ahh, najahh: gefälscht haben, nicht wahrrhh? und also der Senat von Berlin Daten von der Deutschen Flugsicherung nicht glauben *könne* und es doch aber im Interesse der Bevölkerung sei, korrekte Angaben über die wirkliche Belastung durch Lärm zu bekommen, hatte sie mit einem langen, tiefen Blick quittiert. »Wär dis erste Mah, dis sich da ohm eena für unse Nerfm intressiert!« Dann hatte sie sich eine Zigarette gedreht und ihn schelmisch angeblafft: »Sie wollma doch wo nich uffn Ahm nehm, hnng?«

Er hatte (in seltener Übereinstimmung mit der Wahrheit) charmant zurückgegrollt: »Nichts liegt mir fernnerrhh, Frrau Töpperwehrrhh!«

Wer wurde denn hier auf den Arm genommen! Besser, er lud sie ein, ihm bei seiner »Statistik« zuzusehen, als daß sie aus frustrierter Leidenschaft hinter ihm herschnüffelte. Er bekam Gänsehaut bei dem Gedanken, daß er ihr womöglich so nahe kommen mußte, daß er ebensogut Aschenbecher hätte auslecken können. Raucher! Die nikotingelben Finger! Bimssteine und Zitrone, bevor sie *ihn* damit – er mußte Kassetten – irgend jemand aus den unteren Rängen mußte – eine Videokassette voll *heute-journal* aufnehmen. Vielleicht rückte sie *ihm* dann nicht so schnell auf den Pelz.

Die Rauchwolke war inzwischen eine hundert Meter hohe Säule. Noch immer rot wallend und gelb zuckend. Wie geschaffen für Freunde der italienischen Oper. Er schob die Terrassentür wieder auf, schlurfte durch die Wasserlachen, um das Fernglas zu holen, platschte mit den vollgesogenen Schuhen über den zotteligen Flokatiläufer, versuchte, die ganze drohende Aussicht namens Soraya Töpperwehr aus dem Hirn zu verscheuchen, tupfte Liste und Flugplan trocken und knurrte. Recht gehabt hatte sie auch noch. Für heute *war* Ende auf Tempelhof. Das hieß – das – was?

Soraya war wie weggeblasen. Die nassen Papiere auch. Er griff das Handy und ging zur Terrassentür zurück. In seinem Kopf schoben sich Gedanken und Ideen und Fragen übereinander wie draußen die dichten dunklen Schwaden, die nach Südwesten waberten, und die Kracher und das immer lauter werdende Gellen der Feuerwehrsirenen. Er starrte und lauschte und kroch tief hinein in die Gewölbe und Gänge einer Vision.

Die Türklingel riß ihn heraus aus der wohligen Schwärze. Er

zuckte zusammen, legte das Handy weg und lief zur Wohnungstür. Niemand. Nur ein Zettel hinter dem Türschild mit der Aufschrift O.E.STIEBER. Geschrieben von jemandem, der noch nicht lange das Alphabet beherrschte. Oder eins in einer anderen Schrift. FÜR KOWALSKI.

Er warf noch einen Blick ins Treppenhaus und knallte die Tür zu. 12 HUR UNSER ALTES STELLE? KUS – NADJA. Auch die Nachricht trug nicht zu seiner Beruhigung bei.

KREISCHENDE SIRENEN.

Gellende Menschen.

Piepende Funkgeräte.

Megaphongebell.

Bremsen.

Klatschende Wassermassen auf glühendes Metall.

Kracher von immer neuen Explosionen.

Über- und ineinanderschreiende Frequenzen. Aufeinanderprallende Rhythmen. Dringlich. Zwingend. Herrisch. Jedes einzelne Geräusch das einziglegitime Absolute. Alle zusammen eine grauenhafte, bedrohliche Klangwalze.

Der Lärm ist nervenzerfetzend.

»LASS MICH LOS, DU SCHWEIN! Mein Bruder is da drinne!« Kleider und Hände der jungen Frau sind naß und blutbefleckt.

»Seien Sie doch vernünftig«, setzt der ältere Feuerwehrmann zum fünften Mal an, »wir haben doch alle rausgeholt!«

Sie reißt sich aus dem Haltegriff des jungen Feuerwehrmannes, geht auf den älteren los und schlägt ihm die Fäuste ins Gesicht. Er trägt einen Helm.

Der junge packt sie wieder, beide drücken sie zu Boden, sie schlägt um sich, ins Leere. »Mörder! Mörder!«

Sie schnallen sie auf einer Trage fest und bahnen sich den Weg zu einem großen Zelt durch Menschen mit stieren Augen, die apathisch im nassen Gras liegen. Durch Grüppchen, die sinnlos im Kreis humpeln. Schwanken. Umkippen. Sich weiterwälzen. Wieder aufrappeln. In irres Gelächter ausbrechen. Wimmern. Heulen. Blutgetränkte Kleider schwenken. Auf verletzte Glieder zeigen.

Der Anblick ist herzzerreißend.

RETTUNGS- UND LÖSCHFAHRZEUGE in Gelb, Rot und Beige jagen über das riesige ovale Areal. Postieren sich. Feuerwehrmänner mit Atemschutzmasken und Sauerstoffflaschen springen heraus, zupfen silbrige Mondanzüge zurecht, wickeln Schläuche ab, formieren sich, koordinieren die Handspritzen und die Düsen auf den Dächern der gelben und roten Wasserwerfer. Sie setzen jeden ihrer Schritte und Griffe, die sie fast nur von Routineübungen kennen, auf dem Feld, als hieße es heute Juno oder Gold oder Sword oder Utah oder Omaha Beach.

ES IST DAMPFIG UND HEISS wie in der Fabrik von Metropolis. Es ist schweißtreibend und laut wie im Kesselraum der Potemkin. Es ist finster wie auf den Brettern, die Stahlgewitterziegenböcken die Welt bedeuten. Es ist kurz nach zwölf Uhr mittags. Sonnenzeit. Echtzeit.

DER STEWARDESS (selbst eine bezaubernde Vertreterin der Gattung *Harlowes Töchter*) hat es die Blondinenwitze verschlagen, mit denen sie im Normalfall Passagiere und Piloten bei Laune beziehungsweise auf Abstand hält. Im Normalfall hat Ginny auch kein Faible für Feldwebel. Eben deren Ton jedoch hatte sie bis vor wenigen Minuten perfekt über die Lippen gebracht. Ein gutes Dutzend Fluggäste hatte daraufhin nicht etwa stramm-, sondern ebenso perfekt schlangegestanden. Nämlich vor dem Notausang der ATR 72, die zwar nichts abgekriegt, aber schleunigst von ihrer Position dicht beim Bauch der Bestie zu verschwinden hatte. Die bezaubernde Ginny war als letzte aus der Maschine gerutscht, nachdem sie dem Captain zugeschmettert hatte: »Paxe alle draußen!«

»Was'n getz! Habt ihr die Pulle schon leergekippt oder krieg ich endlich'n Whisky!« Ein letzter Hauch von Feldwebel, bevor Ginny erschöpft zusammensinkt. Auf einem Stuhl im Büro der eurowings-Verkaufsförderung auf der Galerie der Abfertigungshalle.

UNTEN IN DER HALLE ist die Hölle los. Das Reisegepäck, das sich auf dem langen Förderband vor den Ticketbüros der Fluggesellschaften dreht, wird nur ganz allmählich weniger. Die meisten der gerade noch glücklich Gelandeten finden die anschwellende Panik attraktiver als ihre Taschen und Koffer und stellen sich gaffend zu den Leuten, die auf ankommende Angehörige warten oder abfliegende verabschiedet hatten.

IN EINEM RAUM am hinteren rechten Ende der Halle faßt eine ältere Frau sich ans Herz, verdreht die Augen und hört nicht auf zu stöhnen. Sie wird auf eine Liege gebettet. Ein Notarzt pendelt zwischen ihr und einem vor sich hin wimmernden uniformierten Retter. Ein junger Mann in Zivil springt von seinem Stuhl auf und rennt schreiend: »Ich muß hier raus! Hilfeee!« zurück in die Halle. Er reißt einen Schutzpolizisten vom Hocker, der Personenangaben eventuell betroffener Fluggäste notiert. Sein Klemmblock geht zu Boden, die Blätter mit den Listen wirbeln durcheinander und schweben in bizarrer Zeitlupe nach oben. Die Schlange der aufgeregten Angehörigen schreit auf.

Verharrt sekundenlang wie ein angehaltener Film.

Reißt plötzlich die Arme in die Luft, um die tanzenden Blätter zu schnappen.

NACH EINER KURZEN BESPRECHUNG mit dem Einsatzleiter der Schutzpolizei, dem Chef des Krematoriums Ruhleben und ein paar Kollegen aus anderen Kommissariaten für Mord, Brand, vermißte Kinder und organisiertes Verbrechen geht der Erste Kriminalhauptkommissar Lietze zur Tür, um das enge Zimmer unter dem Spanndach des berühmten Kleiderbügelgebäudes zu verlassen. »Kommen Sie, Jokisch. Draußen kann man auch eine rauchen!«

Karl-Heinz Jokisch schnappt den Kasten mit den weißen und orangeroten Kärtchen (für eventuelle Beweismittel die einen, für die Füße der Leichen die anderen), hält Lietze die Tür auf, was die mit einem überraschend damenhaften Schwung beantwortet, sieht die Karambolage kommen und kann gerade noch verhindern, daß die Kamera des Polizeivideotrupps ausgerechnet am Chef der dritten Mordkommission zu Bruch geht. Oder, schlimmer, umgekehrt.

»Sind Sie von Haus aus blind, oder haben Sie Ihren Sehnerv

Ihrer Bildermaschine gespendet!« Lietze zwinkert Jokisch zu und spendet dem Kamerahalter einen spöttischen Blick.

»Aber hallo, Gnädigste! Ma halblang!« giftet der zurück. »Dokumentieren wir det Janze hier ooch für euch oder wat? Selber uffpassen hält fit. Gilt ooch für die feineren Ränge – oder sind wa hier bei Preußens Gloria?«

Karin Lietze hat die erste *Lucky Luciano* aus der Tasche gefischt und hält sie Jokisch hin. »*Wir* nicht, Kollege. Aber fragen Sie gern mal die Herrschaften auf der Hinterbank.«

Jokisch versucht gleichzeitig, den Kasten zu balancieren und sein Zigarillo anzuzünden. Lietze sucht eine neue, volle Schachtel *Lucky Luciano*. Der Uniformierte hält die Kamera in den Armen wie einen durchgenäßten Säugling und starrt noch auf vier mehr oder weniger kleinkariert gewandete Damen und Herren, die mit dem Rücken zum Rollfeld auf einem Bänkchen vor dem Fenster thronen und aussehen wie das fleischgewordene Insert *Amts- & Bedenkenträger*, als Lietze und Jokisch längst qualmend die Treppe zur Halle unter dem berühmtesten Spanndach der Filmgeschichte hinunterspringen.

AM TICKET- UND REKLAMATIONSCOUNTER der Lufthansa droht ein maradonamäßig formatierter Fluggast »empfindliche Konsequenzen« für den Fall an, daß er nicht sofort und auf Kosten des Hauses mit seinen Tochterfirmen in Buenos Aires und Paderborn telefonieren darf.

Drei Glastüren weiter geben sich zwei Damen des eurowings-Bodenpersonals alle Mühe, den Geduldsfaden elastisch zu halten. »Noch mal, ganz ruhig: Wir *haben* hier keine Passagierlisten. Sie müssen zur Polizei. Schauen Sie, da drüben, da ist die Polizei. Und die ist genau dafür da.«

Der Mann im Sesselchen heult hemmungslos weiter.

Auf dem Gepäckband vor der Glastür drehen sich immer noch zwei Reisetaschen (schwarz), ein Rucksack (lila-orange) und ein Beauty-Case (weiß).

DIE BEIDEN FLUGZEUGE sind nur noch rauchende Wracks. Die Fokker sieht aus wie ein Panel von Breccia: von tiefschwarz (vorn) bis weiß (hinten) in ausbleichenden Grauschleiern minutiös nuanciert. Die PanAm-Boeing ist völlig verkohlt und aufgerissen wie der Atlantikwall ab 6.6.44 gut 5 Uhr (MEZ).

Beide waren in zwanzig Minuten gelöscht. Nach einer halben Stunde scheint auch die Gefahr der Rückzündung von eventuellem Magnesium in den Felgen gebannt. Der Einsatzleiter vor Ort zieht den Helm ab und wischt den Schweiß von Hals und Stirn. »Wie jesacht«, sagt er zufrieden in Richtung seiner Jungs, »üben-üben-üben, denn looftet doch allet wie jeschmiert.«

Dann schickt er die beiden roten Simbas und den großen gelben Puma zurück in die Wache der Flughafenfeuerwehr unter dem Tower, behält den kleinen gelben Cheetah da – »sicher is sicher, Manknesjum is tückisch!« –, streicht sich den Schnauzbart zurecht und nimmt sein Funkgerät, um der gemeinsamen Einsatzleitung in einem Fahrzeug zweihundert Meter weiter Meldung zu machen, daß (zusätzlich zum Regen, der jetzt auch nachläßt) 18.000 Liter Wasser inklusive Spezialgemisch die eingesetzten drei FLF-10.000 erfolgreich verlassen haben.

»– WORAUF SIE GIFT NEHMEN KÖNNEN! Die Namen bitte!« Der sportlich braungebrannte Mittvierziger zieht Rezeptblock und Kugelschreiber aus der Brusttasche seines weißen Kittels. Er wippt quaatschend von einem Fuß auf den anderen. »Das gibt ein Nachspiel. Garantier ich Ihnen!«

Aus dem Fahrzeug der Einsatzleitung brüllt eine Männerstimme: »Ruhe ma ehmt! Ick wer' wahnsinnich – jetz quakt hier der Tauer ooch noch mit auf der Frequenz!«

»Nun bleiben Sie mal friedlich, Herr Dok–«, weiter kommt der Kriminaldirektor zunächst nicht. Herrn Dok– hat sich etwas undefinierbar, aber extrem Hoch-Frequentes entrungen. Und dann glotzt der Chef der Notärzte fassungslos auf den Kugelschreiber, mit dem er eigentlich die Namen von zwei Rettungssanitätern notieren will, weil die schon mal angefangen hatten mit dem Sortieren von Menschen in leichte, schwere und rettungslose Fälle – »Eigenmächtig! Machen da einfach ei-gen-mäch-tig Tri-age!« –, schwenkt den Kugelschreiber dicht vors Auge und wieder von sich und will nicht wahrhaben, daß er mit der Miniaturtaschenlampe wedelt, die ihm kürzlich eine Pharmavertreterin zugesteckt hatte. Sein gut erholter Teint changiert ins Pflaumenfarbene.

Etwa fünfzig Meter südlich haben Rotorblätter die ersten sanften Drehungen hinter sich und kommen auf schneidende Touren. Herr Dok– steckt Taschenlampe und Block zurück neben den tatsächlichen Kugelschreiber und das Fieberthermometer, macht auf dem Absatz kehrt und patscht in Richtung des gelben Hubschraubers mit der Aufschrift »Christoph 31«.

Seine zweite Garantiezusage – bezüglich einer *gleich*rangigen *ärzt*lichen *Ober*leitung, beim nächsten Mal und künftig überhaupt! – zerschreddern die Rotorblätter.

IM LAZARETTZELT für die Schwerverletzten liegt ein gutes Dutzend Menschen mit Blutkrusten und Brandspuren im Gesicht und an den Kleidern. Sie sind alle bemerkenswert gleichaltrig – niemand weit unter zwanzig, niemand weit über vierzig. Bis auf dunkelrote und schwarze Krusten, unbewegte Gliedmaßen, erschütternde Gesichter und die schwer erträglichen Laute, die sie, nur unterbrochen vom hastigen Luftschnappen, von sich geben, sind sie auch alle bemerkenswert gut beieinander.

»OCH NÖÖ! WIRKLICH! Jetzt reicht's!« Kriminaldirektor Werner Dettmann läßt die schmale kleine Frau im kleinkarierten, schulterverstärkten Kostüm im Matsch stehen, wo sie sich vor ihm aufzupflanzen versucht hatte, springt in den Wagen der Einsatzleitung und zieht die Tür hinter sich zu. Die Frage, ob auch die Senatsverwaltung für Stadtentwicklung und Umweltschutz neuerdings bevorzugt Analphabeten einstellt, verkneift er sich.

»Wo ist *die* denn her?« fragt der Landesbranddirektor teilnahmsvoll. »Verkehrssenat?«

»Nee. Umwelt! Kommt aber *auch* aus'm Wald und weiß von nix!« Dettmann schüttelt den Kopf. »Spult sich auf von wegen Schadstoffemissionen und Rauchwolke eezeeterahpeepee. Will halb Südberlin evakuieren – können die eigentlich alle nicht *lesen*? Lieber Gott, verschon mich mit Politikern!«

»Die? Is donnich ma Staatssekretärin«, tröstet der Mann an der Funkleitzentrale.

Der LBD wiegt bedächtig den Kopf. »Will sie aber wahrscheinlich ganz schnell werden…«, hebt er schließlich an und hängt dem Thema nach, als wär's der Beginn einer wunderschönen Doktorarbeit.

»Wie läuft's denn so insgesamt?« stört Dettmann ihn auf.

ETWA HUNDERT METER von der Crash-Stelle entfernt ordnet EKHK Lietze orangerote Kärtchen. Drei Männer, die bei der Triage als »nicht mehr zu retten« aussortiert worden waren, liegen noch auf dem Stück aufgeweichten Rasen, das zu ihrem Sektor gehört. KOK(Ang.) Jokisch kriecht durchs nasse Gras und sucht nach Beweismitteln, die er mit seinen weißen Kärtchen markieren kann. Plötzlich hält er inne, sieht hoch und fixiert grimmig einen bulligen Mittdreißiger mit rotblonden Stoppeln, der sich etwa zwanzig Meter weiter westlich ein Scharmützel mit zwei Frauen, ebenfalls in Zivil, zu liefern scheint.

»Ehh! Was hat'n *der* wieder!« ruft er Lietze zu.

»Wer – Prützmann?« Lietze sieht kurz hoch. »Was kann einer haben, der seine roten Pranken bloß dazu benutzt, Frau und Kinder zu verprügeln und ein paar kleinkriminellen Lumpis weiszumachen, wie Friedhof riecht? Probleme!«

Jokisch springt hoch, läuft zu stämmigen 1,57 Metern auf und stellt sich auf Handgemenge ein. »Arschloch! So'ch dem ma' Licht ans Fahrrad machen?«

Lietze zuckt die Schultern. »Nicht nötig. Erstens ist Schuster selber Brecher genug und Schiller nicht auf den Mund gefallen. Und zweitens, einer wie der wird bei uns nicht alt. Der wickelt sich von alleine ab. Ein Jahr noch, dann ist der weg. Achten Sie mal drauf.«

DER MANN VON DER FLUGUNTERSUCHUNGSSTELLE Braunschweig ist dankbar, daß sein Handy in diesem Augenblick trillert. Er murmelt eine Entschuldigung und läßt den Leitenden Beamten aus dem Hause »Der Polizeipräsident in Berlin« und das Getümmel aus verzweifelten Angehörigen, hektischen Uniformierten und sedierend hin- und hersausenden Streßtherapeuten unter sich, indem er durch noch immer in der Luft tanzende Listen mit Personenangaben hindurch aus der Halle auf die Galerie eilt. Auf der Suche nach einem geräusch- und reizgedämpften Raum drückt er die Klinke einer Milchglastür. Die bezaubernde Ginny schwenkt kurz zu ihm um, wirft die Jean-Harlowe-Mähne nach hinten und erzählt der Chefin der eurowings-Verkaufsförderung erst ihren letzten Blondinenwitz zu Ende.

»Auch'n Schluck, Liebschen?« Jetzt rückt sie mit dem Stuhl in Willkommensposition. »Oder müssen *Sie* noch malochen?«

DER LEITENDE BEAMTE steht eine Weile da und sieht und hört durch das rührende Chaos um sich herum hindurch. Was er sieht, verwandelt sich in eine Horde aufgeregt scharrender und pickender und flatternder Hühner. Was er hört, klingt jetzt wie das »Tock-tock-toack«, das sie immer machen und das ihn immer geekelt hat und das nur aufhört, wenn sie schlafen oder kurz bevor sie – Schsch!

Eine heruntersegelnde halbausgefüllte Personenliste streift seine Wange. Die Stelle brennt wie nach einer Ohrfeige. Das unklare Gefühlsgemisch in seinem Körper wird eindeutig unangenehm. Die nervöse Spannung, die er immer im Zaum hat, schwappt hoch und nach außen. Er versucht, sie wieder zurückzudrücken hinter seine Fassade aus neutralem Tweed (bräunlich-kariert) und Flanell (grau), hinter den Panzer aus Haltung und tauber Haut, hinter das verbindlich-eisige Lächeln und das glatte Gesicht. Nicht daß ihn die abrupte Flucht des Braunschweiger Flugexperten kränken würde. (Er hat sie, worauf er doch hier mal hinweisen möchte, selbst dirigiert.) Nicht daß ihn Gespräche, in denen man sich, und nicht selten über Stunden, ja Tage, deutlich nichts zu sagen hat, stören würden. (Daran ist er gewöhnt. Darin ist er, möchte er betonen, Meister. Das macht ihm so schnell keiner. Und im Lichte der enormen Fülle seiner bisherigen beruflichen Aufgabenfelder. In *jedem* Rang seiner nunmehr weit über zwanzigjährigen Laufbahn als Diener des Staates. Im Großen und Ganzen. Und von rechts wegen!)

Er ist dankbar, daß der Mann so schnell wieder weg war. Bei Dettmann hatte es länger gedauert. Unangenehmer Bursche. Überhaupt die ganze Abteilung da. VB M und VB O. Die ganze Keithstraße. Unzuverlässig. Na, die würden auch bald bei Fuß stehen. Wenn die Reorganisation der ganzen Behörde erstmal. Er reibt sich die Hände, faltet sie und drückt sie mit den Handflächen nach außen und gespannten Armen nach vorn.

Er muß dringend weg. Raus aus dem Gewühl. Irgendwohin, wo es übersichtlicher ist. Er könnte auf der Stelle explodieren. Irgendwohin, wo es einerseits nicht auffällt, wenn er sich während der Dienstzeit mit Leuten trifft, mit denen er nicht gesehen werden möchte, und wo er die andererseits im Gemenge finden kann.

Er geht in korrekt befugter Haltung in Richtung des Gepäckbandes, auf dem sich jetzt nur noch ein trockener Handkoffer aus hell- und dunkelbraun gemustertem Wachstuch mit braunen Ledergriffen und -rändern dreht.

DER JUNGE SCHUTZPOLIZIST besitzt eine sichtbar wohlproportionierte Brust, in der zur Zeit zwei Seelen, ach! Nahkampf proben: Die eine hat die inneren Bajonette aufgepflanzt, die andere sucht fieberhaft nach Möglichkeiten für einen gern auch ungeordneten Rückzug. »Bitte! Bitte –«, er stockt.

Er *ist* belagert. Von einem guten Dutzend schluchzender,

schreiender Eltern, die ihre minderjährigen Söhne abholen wollten. Auf seinem Tischchen in einem hastig improvisierten Raum am rechten Ende der Halle schrillt schon wieder das Telefon. Sein Funkgerät blafft auch. Er stöhnt auf. Und erinnert sich endlich wieder an die Order, die man ihm und seinen für die Angehörigensammelstelle eingeteilten Kollegen vorhin noch einmal eingeschärft hatte: Daß sie es zwar mit notfalls durchgeknallten, weil panischen Personen zu tun haben würden, aber niemals und unter keinen Umständen vergessen dürften, daß es sich auch bei diesen um den mündigen Bürger handele. Und dieser habe erstens ein Recht darauf, so schnell wie möglich so umfassend wie möglich informiert zu werden, denn dieser sei zweitens damit erfahrungsgemäß auch am besten ruhigzustellen.

»Liebe münd–, äh: Bürger! Bitte!« setzt er wieder an.

Drei hingebungsvoll schluchzende Mütter sehen sich an.

»Und Bürger*innen*«, stochert er weiter.

Die drei Mütter sehen *ihn* an. Nicht schluchzend, sondern – prustend?!

Sein Rückzugsseelchen malt ihm tanzende Tretminen unter die Sohlen. Heulende Frauen sind schlimm genug. Aber lachende!

Demobilisiert, aber tapfer bringt er schließlich seine Meldung an den, äh, *Bürger*: Daß der, also, *sie alle* sich bitte *der Reihe nach* an ihn wenden und die Angaben bezüglich ihrer Vermißten an-, also, äh, *ab*geben möchten und die Abgleichung von Gesuchten und Identifizierten leider noch nicht zügiger getätigt werden könne, da die Umrüstung der Berliner Polizei auf einen computergestützten Datenabgleich leider zur Zeit noch nicht gefertigt sei, also: wäre…

»WAS KOST'N EINKLICH so'n Flieger so?« fragt Jokisch, als er seine Kärtchen alle verarbeitet hat.

Lietze sieht auf einen Fleck ein paar hundert Meter südlich. »Keine Ahnung... Kucken Sie mal, sehen Sie das auch?«

Mitten im Rasen jenseits der südlichen Landebahn scheint sich eine Art Gullydeckel aufzuschieben, auch grasbewachsen. Noch weiter südlich steigt ein Schwarm großer dunkler Vögel hoch.

»Die Krähen?« Jokisch läuft vor und zurück, hinter den Löchern in den Nebelschleiern her. »Ach so? Was'n *das*? Da kuckt wer raus!«

Der Deckel schiebt sich wieder zu.

»Also doch!« Lietze wirft ihre restlichen Kärtchen in die Kiste zurück.

»Was doch?«

»Soll hier unterirdische Fluchtwege geben. Tunnel. Unter dem ganzen Gebäude bis raus aufs Rollfeld. Ich hab's immer für Ammenmärchen gehalten.«

Jokisch versucht, sich die Stelle im Rasen zu merken. »Glau'm Sie, da iss'n – Ausjang?«

»Ach was. Die Amis haben doch längst alles zugeschüttet. Und die *hatten* hier die Oberhoheit. Seit '45.«

»Ha'm die nich auch so spezielle Uffangsysteme uff dem Jelände? Für Schadstoffe und so, daß die nich in'n Boden sickern«, Jokisch verliert die Stelle in den kriechenden dünnen Schwaden, »und ins Grundwasser kommen? Da stand doch was im Vorbereitungspapier.«

»Hab ich auch gelesen. Aber wieder vergessen.« Lietze schabt an ihrer Nase und stellt ärgerlich fest, daß die weder läuft noch einen Pickel hat. Technik *war* nun mal nicht ihre Stärke. Man kann nicht alles können! Immerhin hatte sie inzwischen gelernt, was eine Implosion ist und daß die *nicht* in gewissen gurgelnden Maschinen –: »Jokisch, ich finde, wir haben einen Kaffee verdient.«

»…UND *WIE* ihr das gekriegt habt! In x-facher Ausfertigung!« Der Chef der Flughafenfeuerwehr versichert sich durch einen Blick in die wieder vollzählig versammelte Chefrunde im Fahrzeug der Einsatzleitung.

»Lassen Sie mich mal.« KD Dettmann beugt sich über das Mikrofon der Funkanlage. »Dettmann. Ich bin der Leiter der Katastrophenschutzkommission, und ich wette sämtliche schnittfesten roten Wasserbällchen, die *Sie* auf den Augen haben, daß die Unterlagen vor drei Wochen auch an Tower und Radarzentrale gegangen sind. *Ich* habe sie nämlich verschickt!« Daß das in Wahrheit die Sekretärin erledigt hatte, muß er denen ja nicht sagen.

Der Mann am Funkgerät dreht den Ton lauter. Aus dem Lautsprecher tönt vordergründig Schweigen, hintergründig ein mattes: »Jaja, sind angekommen«, und untergründig noch mehr Frust.

»Ich rede von zwei DIN-A4-Heften in Amtsschimmelgrün, Aufschrift: NEBELKERZE – *KatKom-Übung 19. Mai 1994*. Und da steht alles drin, was Sie wissen müssen. Auch das, was Sie hier jetzt als Jux und Dollerei bemäkeln!«

Aus dem Lautsprecher klirrt Schweigen.

Dettmann läßt den Chef der Flughafenfeuerwehr wieder ans Mikrofon. »Also nochmal, zum Mitschreiben: Die Explosionen haben wir *extra* gezündet. Wir haben sogar die Sauerstoffflaschen *extra* in der Maschine gelassen: Damit's *noch*'n bißchen knalliger und echter wird: Wir üben hier nämlich nicht just for fun oder um euch zu ärgern! Wir üben hier für'n Ernstfall: Damit *unsere* Leute lernen, was *wirklich* abgeht, bei'ner *richtigen* Katastrophe. Da drehen nämlich nicht bloß die Opfer durch. Da knickt dir der coolste Rettungsrambo weg, wenn's richtig dicke kommt. Reißt sich die Gasmaske runter und flennt. Oder fängt an zu randalieren. Get me? Over!«

DIE BANK UNTER DEM FENSTER zum Flugfeld ist leer wie das ganze enge Zimmer, als Lietze und Jokisch zurückkommen. Nur der Chef der Branddezernate steht vor einem geblümten Thermosbehälter und zapft eine dürre bräunliche Flüssigkeit in einen Plastikbecher. »Ist *das* eine Plörre!« knurrt er. »Das ist doch das Löschwasser, mit dem sie mir wieder neunzig Prozent Spuren weggespült haben. Jede Wette!«

»Wer hat Sie denn wieder falsch angefaßt, Stifter?« Lietze zündet sich ein Zigarillo an und sieht ihm belustigt zu. »Ich denke, die Feuerwehrleute müssen alle durch Ihre Schule, bevor die überhaupt Hand an ein Rohr legen dürfen.«

Jokisch zieht zwei Plastikbecher aus dem Spender neben der Kanne. Dann betrachtet er angewidert den Strahl. »Pliemchen-Goffä hieß sowas früher bei uns. So dünn, daß –«.

»– das Blümchenmuster auf der Tasse noch durchschimmert. Weiß ich, danke!« EKHK Albert Stifter hält den Knurrton. »Früher *gab*'s wenigstens noch Tassen. Von mir aus geblümte!«

»Aber dafür gab's nicht so schönes Theater wie heute – oh, danke.« Lietze nimmt Jokisch einen heißen Becher ab. »Ist doch gut gelaufen bis jetzt. Sogar mit *echtem* Nebel. Sowas kann ja kein Mensch planen. Diese Nebelkrähen aus Bonn auch nicht, die da unbedingt auch noch dazwischenmußten mit ihrer Bundeswehrmaschine. Oder? Stifter!«

»Theater! Eben. Alles Fake! Nebelwerfer!« Stifters Stimme gewinnt an Schub. »Wer hat sich *den* Namen eigentlich wieder ausgedacht? Was machen wir denn hier – 'n bißchen Schaumschlägerei. Für's Steuervolk. Damit's schön schäumt vor Begeisterung. Und schön weiterträumt. Von seiner *Sicherheit*! Ist ja Wahljahr!« Spätestens beim übernächsten Satz wird diese Stimme alles gefährden, was nicht so massiv gebaut ist wie dieser Flughafen. Oder die Keithstraße 30, wo das gesamte MII per Zuruf über die Flure zu kommunizieren pflegt. »Wenn *so*'n Ding hier mal *wirklich* passiert, dann gute Nacht, Hauptstadt. Da sind wir *deutsche Beamte*. Da rücken wir sofort aus – nach dem Motto: Es gibt viel zu tun, hauen wir ab! Mit freundlichen Grüßen – Ihre –«.

Jokischs Versuche, den zweiten Plastikbecher vollzupumpen, lenken ihn ab. Aus der Thermoskanne kommen drei Schlückchen und danach nur noch Geräusche, die zurecht der Privatsphäre vorbehalten sind.

»– Ihre, Ihre *Sicherheitsorgane*!« Er glotzt Jokisch an.

»*Ich* war nie bei'n Sicherheitsorjanen, Kolleje.« Jokisch nimmt die Hand von der Pumpe. »Ich war in'ner LPG.«

»Hoffentlich nicht als Melker!«

»Das heißt hier übrigens Nebel*kerze*. Ein Nebel*werfer* ist janz was anderes, so'ne Art –«.

»– deutsche Stalinorgel. Weiß ich auch, Mann. Müssen Sie eigentlich immer recht haben?« Stifter hadert.

Lietze lächelt. Jokisch wartet.

Dann geht Stifter auf ihn zu, kippt ihm gut die Hälfte seines »Kaffees« in den Becher, dreht sich zu Lietze und hält ihr seinen halbleer hin. Aber Lietze schenkt ihm nichts dazu, sondern nippt nur an ihrem, verzieht den Mund und hält Stifter den vollen Becher hin.

»Zugegeben, die Waschküche war schon satt.« Stifter scheint friedensgesprächsbereit. »Und Dettmann trau *ich* alles zu, erst recht, wenn er sein scharfes Jackett anhat wie heute. FDJ-blau. Jede Wette – der hat nicht bloß den Naturnebel irgendwie organisiert, der hat auch die Bonner Trantüten extra einfliegen lassen. Aus lauter Daffke.«

»Ich fand ja die Nummer mit der echten alten Böing am schärfsten. Wie lange is'n die PanAm hier einklich schon raus aus'm Flugverkehr?« Jokisch ist froh über das Ende der Knurrzeit.

Lietze muß passen.

Stifter gibt der Plörre eine Chance.

Jokisch streicht die Frage. »Die hatten die einfach hier stehenlassen, die von der PanAm. Die hat nämlich keener mehr hochjekricht. Und die Feuerwehr, hat mir vorhin eener erzählt, also, die ham die irnktwie – wechjebucht. Oder so. Klasse!«

Lietze sieht Stifter, den Jokisch an. »Das ist noch gar nichts. Unser lieber Mann von den Feuerteufeln hier hat mal der Bundeswehr einen ausgewachsenen Panzer weggebucht. Aber da waren Sie noch nicht unter den Bundesbürgern, Jokisch.«

IN DER FERNE, zwischen den gackernden und flatternden Hühnern, sieht er das leuchtend-blaue Jackett. Er kneift das Gesäß zusammen und verlagert das Gewicht auf beide Ballen, dann langsam wieder auf die ganzen Sohlen. Er zwingt sich, scheinbar dem Koffer auf dem Gepäckband zu folgen und dabei unauffällig die leere Seite der Abfertigungshalle und die Treppe zum Eingang nach den beiden Geschäftsführern der Rotbrett-Planung GmbH abzusuchen. Die Hühner in seinem Rücken werden wieder Menschen. Steuerzahler. Wählerstimmen. Ob das bei diesem Dettmann in den richtigen Händen der Mann ist doch die ganze Truppe da suspekt hochsuspekte Leute nach seinem Dafürhalten eine derartige Operation von einem einfachen Kriminaldirektor also rein *rang*mäßig würde *er* da doch Be*denk*en anmelden wollen denn von *rechts* wegen –.

Seine Augen wandern mit dem Luxuskoffer etwa auf der Mitte des Gepäckbandes, als eine Blondine in eurowings-Uniform haarscharf an ihm vorbeischrammt, »hcks-sss-pardon!« kichert und fünf Meter weiter, auf dem Weg um das ganze Band herum zum Ticketbüro der eurowings, mit einem kleinen alten Mann zusammenknallt, der etwas wie ein altmodisches Handy hält.

Auch noch Alkohol. Typisch. Hat er nicht von Anfang an! *Seines* Erachtens nach! Und angesichts der *Fülle* von Un*wäg*barkeiten! Dieser Durch*mischung* von Befugten und *Un*befugten hier!

Die Stewardess zupft Harlowe-Haare vom Hut des kleinen alten Mannes, tätschelt seinen Arm und sprudelt Entschuldigungen in Englisch, Französisch und Linksrheinisch. Der alte Mann steht starr und steif und mit einem seltsam abwesenden Blick da. Mit einer gewissen Feierlichkeit. Als wäre er nicht von dieser Welt.

Der Leitende Beamte ist kurz vorm Explodieren. Jetzt macht er sich gewissermaßen selbst zum Vorgang und schreitet ein. Ginny strebt leicht oszillierend dem Ticketbüro zu. Der alte Mann steht noch immer da wie eingegraben mit seinen Feuerwehrstiefeln, der fadenscheinigen glänzenden dunkelblauen Hose und dem blaugrauen Holzfällerhemd. Er drückt den Kasten an die Brust. Der Luxuskoffer nimmt die Kurve am anderen Ende.

»Gehören Sie hier dazu!« schnarrt der Leitende Beamte, in Ermangelung der Stewardess, den alten Mann an.

Der erwacht langsam aus der Starre, hebt den Kopf, als wäre er besinnungslos müde von den Strapazen, und sieht durch den Leitenden Beamten hindurch. »Selbstverständlich.« Er lächelt. »Wer, wenn nicht ich.«

»Was soll das heißen!« schnarrt der Leitende Beamte weiter.

Sie stehen jetzt ganz allein am Ende des Förderbandes hinten links in der Abfertigungshalle.

»Ich habe den Vorteil, in meinem Haus zu sein, alle Wege und Richtungen genau zu kennen. Aber ich werde alt –«.

Der Leitende Beamte ringt mit pickenden gackernden flatternden Hühnern und kneift die Gesäßbacken zusammen, als müßte er sie allesamt persönlich zerquetschen mit ihrem Gepicke und Gegacker von rechts wegen also rangmä–.

»– Ja, es ist schön hier. Ein schöner Bau. Das Schönste an meinem Bau aber ist seine Stille. Freilich, sie ist trügerisch. Plötzlich einmal kann sie unterbrochen werden und alles ist zu Ende.«

Es klingt wie ein Abschied. Im Kopf des Leitenden Beamten aber wird es zu dem Schrei, der sich vermischt mit dem dumpfen Zusammenprall des Beils mit dem Hackklotz.

Tatsächlich entfernt sich der kleine alte Mann und mit ihm seine Worte. »Seien - Sie - - auf - - - der - - - - Hut - - - - - Tempelhof ist - - - - - -«.

Bodenlosdasistbo!den!los! schnappt der Leitende Beamte, kurz bevor der Koffer auf gleiche Höhe mit ihm kommt. Kurz bevor er explodiert. Buchstäblich. Rangmäßig. Im Großen und Ganzen. Mitsamt dem Koffer. Von rechts –.

I

One, Two, Three

»DIE HERREN DÖDERLEIN SIND JETZT DA.« Mimi Jacob hatte die Tür soweit aufgeschoben, daß ihr Kopf gerade durchpaßte, was ihrer bekanntlich betörenden Stimme etwas Gequetschtes gab. Oder kam das von dem Gestank und dem Krach, der durch den Korridor hallte und alles andere mundtot machte?

»Weeer? Kommen Sie rein!« Lietze warf den Hörer wieder auf, ohne die Nummer zu Ende zu wählen. »Tür zu! Das hält ja kein Mensch aus – Mimi, kann ich nicht Tagesmutter bei Ihnen werden?«

Die Bohr- und Klopfgeräusche brachen ab.

»Bei mir nicht, aber bei Michel – gern! Bin kurz davor, Väterchen Lieberman an die Luft zu setzen. Der ist weder lieb noch Väterchen, der ist bloß noch das letzte!« Mit der zuschwingenden Tür wehte eine Ölfarbenwolke herein, die exakt so roch, wie die Türen auf dem Flur im vierten Stock demnächst alle aussehen würden. Scheußlich grün. »Bezahlen kann ich Sie allerdings nicht.« Mimi lehnte sich gegen die *nicht* frischgestrichene Innenseite.

Lietze war im Dilemma. Am liebsten hätte sie geschrien. Über das ganze aufgeblasene Getue und Gebaue in dieser Stadt und bald bei sich zu Hause und jetzt auch schon hier! An ihrem Arbeitsplatz, der nicht mehr MI/3 hieß, weshalb das alte Türschild weg war! Der auch nicht mehr im zweiten Stock und nach vorn lag, sondern im vierten, nach hinten in den Hof, der notfalls lauter hallte als die Keithstraße! Wo aber doch trotzdem die Welt bitteschön noch in Ordnung sein dürfte, wenigstens hier! Na, sagen wir: Wenigstens *etwas* ruhiger und nor*mal* dreckig und *ohne* daß einem irgendwer ständig die gewohnten Wege und Abläufe verstellt und durcheinanderschmeißt! Als ob dieser Dr. Lüsebringk nicht schon verfranst genug ist! Seit vierzehn Tagen waren sie jetzt in Kommission, aber alles, was die bisher gezeitigt hatten, war das Vierzehnfache der bei sogenannten normalen Tötungsdelikten anfallenden Papierberge. Fast zweitausend Seiten. Voll von Irrwegen, Umwegen, Staus, wieder neuen Ermittlungsfeldern. Sobald irgendjemand aus dem Team ein Fünkchen Hoffnung schöpfte, endlich einen Zipfel zu fassen zu kriegen – bong! Betonwand. Kein Durchkommen. Zurück auf Los. Trotzdem weiter. Irgendwie. Irgendwo. Und immer mit dem unschönen Grundgefühl der Sinnlosigkeit. Wie Hamster im Laufrad. Wer *weiß* denn, ob dieser Dr. Wigbert Lüsebringk vom Dez P eins groß ZD wie Zentrale Dienste römisch fünf groß C gleich Beschaffung von Waffen, Geräten und Bekleidung für die Berliner Polizei und wer weiß wen noch alles *überhaupt* etwas hergibt für die Aufklärung des Sprengstoffanschlags, der seine Person in zig Einzelteile gespalten hatte! Wenn der gar nicht gemeint war – oder – oder – was sonst? Reiß dich zusammen, Lietze! 's ist Gründerzeit, ja, Lang, ich weiß: Gründerzeiten sind Leben in der Schneekugel. Da kann jeden Augenblick etwas kommen und alles durcheinanderschütteln. Trotzdem würden wir diesen verrückten Haufen Dörfer und Kräne und Löcher mit keinem andern Ort tauschen – Moment! Hatte Mimi eben angedeutet, daß sie ihren Mann und Kindsvater in die Wüste zu schicken beabsichtigte? Das gibt's nicht. Lietze sah die vor zwei Wochen reumütig aus dem Mutterschaftsurlaub zurückgekehrte beste Schreibkraft von allen beunruhigt an. »Heißt das – ehm, heißen die *wirklich* so? Döderlein?«

Mimi lockerte vorfreudig alle zehn Finger. »Nein, nur die Firma. Die Herrschaften Hacke, Sternhagel und Mishkin sind leitende Angestellte der Döderlein Industrie-Erschließung GmbH und K.O.KG. Kurz D.I.E.«

»Wie schön. Der k.o.-gesprengte Lüsebringk war schließlich auch leitender Beamter.« Lietze stand auf und versuchte, sich auf eine Entscheidung ihres nächsten Dilemmas zu konzentrieren: Zigarillos mitnehmen oder eine Vernehmung lang nicht rauchen? Aber in Schneekugeln ist Konzentration ein Fremdwort. »Außerdem – ist mal eine Abwechslung nach all den Unterweltklischees, die wir letzte Woche hier zu sitzen hatten –.« Sie ging auf die Tür zu.

Mimi zupfte demonstrativ an einem Nasenflügel, registrierte zufrieden feixend, daß Lietze die Stirn runzelte, zog die Tür hinter sich auf und empfahl ihr einen Blick auf die einzige Bank im Flur, die nicht von Werkzeugen, Klebebändern und Farbeimern besetzt gehalten wurde. »Mal rein augenscheinmäßig, Karin«, flötete sie mit honigsüßer Hinterfotzigkeit, »wie würden Sie die Herren Döderlein denn so nennen?«

TRRAUMHAFTHH! Wenn auch laut.

Er schloß die Tür des winzigen gläsernen Vorbaus und die beiden schallschluckenden Doppelfenster links und rechts daneben. Propeller waren nicht so schlimm. Kurzes, heimtückisches Knarren oder Schnarren, wenn sie von der Landebahn her den Taxiway entlang unter das Vordach rollten. Danach war Ruhe.

Die ein, zwei Düsenmaschinen waren ziemlich alte Mühlen.

Und die eine, die mit den Passagieren von und nach Brüssel, die ließ die Triebwerke einfach laufen. Im Stand. Mindestens eine halbe Stunde lang. Genau unter dem Vorbau des drei mal drei Meter großen Würfels, seit gestern Sitz des Büros von

KOWALSKI & PARTNER
Planung
Personal Management
Public Relations

Er betrachtete das blau-weiß-rote große Schild und fand immer noch, daß *3P COMPANY* besser gewesen wäre. Aber die höhere Ebene hatte seinen Vorschlag abgeschmettert. Ohne Begründung. Er hatte sich erst aus verschiedenen Andeutungen zusammengereimt, daß sein Firmenname »zu amerikanisch« sei und deshalb »bestimmte Kundenkreise« stören würde. Er konnte sich keinen »Kundenkreis« vorstellen, den etwas »zu Amerikanisches« von Geschäftsbeziehungen abhalten würde. Nach seiner Erfahrung konnte es dem ganzen Osten gar nicht amerikanisch genug sein. Egal, was. Vor allem das Image. Daß der spanischsprechende und neuerdings verstärkt auch der französische Teil der Welt einen gewissen Anti-Yankeeismus pflegten, war ihm nicht ganz neu gewesen. Und vor allem hatte es ihm – er war ja nicht auf den Kopf gefallen, weshalb er es ja auch zu was bringen würde! – einen interessanten Hinweis gegeben. Wo überall wurde denn Spanisch gesprochen?

Er setzte sich in den Chefsessel mit dem blauen Lederbezug vor dem kleinen Schreibtisch, die beiden einzigen Möbel bisher, und wartete auf das Pferd, das den Rest der Einrichtung sowie einen dekorativen Blumenkübel vorbeibringen und das Schild an die Tür schrauben sollte. Er sah auf seine klobige Armbanduhr. Die Digitalanzeige unter dem Display »Jun 2« blinkte abwechselnd mitteleuropäische und amerikanische Ostküstenzeit. 9:21 - - - 3:21 - - - 9:21.

Das Pferd. Die Pferd. Pferde waren weder pünktlich noch Frühaufsteher, wenn niemand sie disziplinierte. Er selbst konnte *loschadi* nicht disziplinieren. Daran änderte auch diese Uhr nichts, die jemand extra in Brighton Beach für ihn besorgt hatte. Noch nicht. Noch nicht ganz. Aber die Zeichen, die er seit seinem Treffen mit Nadja vor zwei Wochen bekommen hatte, dieses Büro hier, in dem er so nah am Geschehen war, daß er die Gesichter der Bonzen erkennen konnte, die *nicht* mit Linienmaschinen in die Hauptstadt einschwebten, dazu den Personenschutz, der für sie bereitgestellt wurde oder eben nicht – all das war vielv'rrsprrechenthh. Trraumhafthh. Und – v'rrdienthh!

Oh Gott! Soraya. Heute abend.

Er griff nach dem Fernglas und richtete es nach links, jenseits des Spanndachs, ans südöstliche Ende des Kleiderbügels, vor Halle 1, wo jetzt der Bundesgrenzschutz saß. Vor der Halle stand ein Hubschrauber. Jemand stieg ein. Von rechts fuhr langsam ein dicker Benz mit Blaulicht darauf zu, dahinter ein grünweißer kleinerer PKW. Der Benz stoppte genau hinter einer der massiven Säulen, die das Dach trugen. Er sprang hoch, riß die Tür zum Vorbau auf, versuchte, einen besseren Blickwinkel zu erwischen.

Er schrak zusammen, als er hinter sich eine kräftige Männerstimme hörte.

»Hallooo – ja, schön' juten Tach ooch! Müller. Nachrichtenwerkstatt. Ick komme wehng Ihre Fernsprech–«, er stockte und versuchte, dem merkwürdigen Blick auszuweichen. »Ick *hatte* annum'firsich anjeklopft, Herr öh – sind *Sie* Herr Kowalski?«

Der Mann mit den Stahlsilberhaaren nickte nervös, starrte

auf das Fernglas in seiner linken Hand und täuschte Interesse für den Anblick seiner Armbanduhr vor.

»Is natürlich laut, wenn Se Fenster uffham. Man muß schon'n Fehbel für den Hafen mitbring'. Wir ham det ja alle. Allet, wat hier arbeetet, is'n Temploof-Friek oder schnell wieda wech. Aber ick seh schon, Sie ooch, wa? Da ham Se't natürch ideal hier in Achse 1, mit Erka und allet. Richtig freiet Schußfeld, wa?« Der Telefonmonteur plauderte vom Boden aus weiter, wo er sich vor eine alte Verteilerdose gehockt hatte und auf die Kabel starrte. Dann nahm er kopfschüttelnd eine Zigarettenschachtel aus der Brusttasche seiner Latzhose, murmelte: »Darf ick?«, steckte sich eine an, weil die Antwort nicht akustisch, sondern in Form eines empörten Gesichts hinter seinem Rücken erfolgte, und schwärmte, zwischen Gemecker über die alten Kabel, weiter über die Möglichkeiten, die Raum 2675 im Gebäudeteil A1 bot. »Können Se in aller Seelenruhe uffbauen, wat Se brauchen. Stativ und allet. Ick hab ma so Dinger jesehn, die waren mit janz lange Belichtungszeit, also, da dürfen Sie ja nich wackeln, wa? Sonst ham Se'n Zitterschwenk… aber so, mit Stativ, richtich einjerichtet und so – kamman tolle Effekte mit erzielen…«

KOK(Ang.) KARL-HEINZ JOKISCH hielt den Hörer umklammert, als wollte er ihn vor Zorn zermatschen. Eine Sekunde lang wünschte er sich zurück in die verfluchte LPG, wo zwar nur Schweine die Erlaubnis gehabt hatten, lebendig nach Westen auszureisen, der Landmann aber zum Schwingen der Mistgabel berechtigt und ein Saustall ein Saustall war und so genannt werden durfte.

Dann siegte der Stadtmensch, der er eigentlich war. Er erinnerte sich daran, daß er noch immer Angestellter der Kriminalpolizei war. Obwohl er die für ein lebenslängliches Beamtenverhältnis nötigen 27 Lebensjahre lange hinter sich hatte, seit einem halben Jahr auch die nötige Ausbildung für eine Planstelle in einer Mordkommission, obwohl er außerdem die Regelanfrage an alle Polizisten, die bis Ende 1989 im ehemaligen Reichsbahngebiet gelebt hatten (»Sind Sie offizieller oder inoffizieller Mitarbeiter des Ministeriums für Staatssicherheit gewesen?«) im sicheren Wissen beantwortet hatte, daß eine Täterakte von ihm niemals irgendwo auftauchen *konnte*. Aber Behördenmühlen mahlen gemächlich, und solange er das Gaucksche Gütesiegel »negativ« nicht erhalten hatte, blieb er ein kündbarer Angestellter.

Daß der sehr hohe Beamte am anderen Ende ihn das spüren ließ, war allerdings nicht der Grund für seine Wut. »Herr Doktor *Lü*sebringk war ein *ta*-del-*lo*-ser Be*am*ter! *Zeit*-le-*bens*!« kniff ihm ins Ohr. »Er war in der *Tat* bei uns *sei*nerzeit *auch zeit*weise zuständig für das G*rund*stücks- und Ge*bäu*dewesen. Aber es gibt *gar* keinen A*n*laß für *Sie*, hier Zu*sam*menhänge zu unterstellen!«

Was der kneifende Beamte so jovial als »bei uns« bezeichnete, war die Senatsverwaltung für Inneres, und wenn ihn, Kalle Jokisch, sein saustallgeübter Instinkt nicht täuschte, dann hatte der verstorbene Dr. Lüsebringk eine Menge seiner Finger auch in einer Menge politischem Dreck gehabt.

»Ich gehe davon *aus*«, kniff es weiter aus dem Hörer, »daß *Sie* schon im *Vor*feld hier *je*de *der*artige in*stinkt*lose Unter*stel*lung unter*las*sen!«

»Unterstellen«, hörte er sich protestieren, »tut doch niemand etwas. Wir haben einen Sprengstoffanschlag aufzuklären, bei dem ein Beamter zu Tode gekommen ist – und die erste Quelle ist nun mal die Person des Opfers.«

Und die war es. Die Person. So wie sie sich nach ihrem gewaltsamen Ableben allmählich auseinanderfaltete. Dr. Wigbert Lüsebringk war anscheinend genau *das* kapitalistische Scheusal gewesen, vor dem die Erziehungsorgane der DDR ihn sein Leben lang gewarnt hatten. Vernünftige Menschen hatten trotzdem nie wirklich dran geglaubt. *Vernünftige* Menschen hatten sich an der ironischen Souveränität erkannt, mit der sie derlei als Ausgeburt der Schild & Schwert-Propaganda belächelt und die Ohren auf Durchzug gestellt hatten.

Und hier war es plötzlich. Ganz real. Trotz aller Propaganda. Und übertraf noch die groteskesten StaSi-Fiktionen.

»*Darf* ich Sie darauf *auf*merksam machen, daß Sie *mich* nicht be*leh*ren müssen!« kniff es wieder. »Das Opfer – barer Unsinn! Und der *Spreng*stoff! Was *ist* denn mit dem *Spreng*stoff! *Da*ran haben Sie sich zu orien*tie*ren - - - aller*wich*tigste Quelle - - - alles Terro*ris*ten - - -«.

Das war es, was ihn wirklich wütend machte. Scheißpropaganda. Irritiert bemerkte er, daß seine Ohren noch immer auf Durchzug schalten konnten. Ganz automatisch. Er beschloß, den Kneifer vom Innensenat *nicht* mit der Frage nach der eventuellen Parteizugehörigkeit des Verstorbenen zu erfreuen. Sollte der doch selber sehen, wo er sich aufplustern konnte mit diesem antrainierten Gemisch aus obrigkeitlicher Maulfaulheit und auf Undurchsichtigkeit angelegten Wortgerassel, diesem Verbalnebel namens Beamtendeutsch. Wenn die Art Geschwätz das Entreebillett für höhere Laufbahnen war, wollte er doch lieber nicht Beamter werden. Er würde *kein* Parteichinesisch lernen! Egal, wie es hieß! Auch im Westen nicht!

KOK SONJA SCHADE zog die letzte Schraube fest und trat einen Schritt zurück. Als sie den Holzbohrer, den sie solange zwischen die Zähne geklemmt hatte, mit dem Schraubenzieher zusammen in die Werkzeugtasche auf dem Boden werfen wollte, fiel ihr Blick auf die grünen Farbkleckse an ihren Händen. Die Türrahmen auf der Straßenseite hatten gestern die letzte Lackschicht bekommen. Eigentlich Zeit genug zum Trocknen.

»Billiges Zeug!«

Sie nahm einen Lappen aus der Tasche und versuchte, die Farbe von den Fingern zu wischen, verteilte sie aber stattdessen flächendeckend über beide Hände. Sie sah auf die Uhr, als sie hinter sich die Schwingtür zum linken Korridor im vierten Stock der normannischen Trutzburg hörte, in der größere Teile der Kriminalpolizei von Ganz-Berlin untergebracht waren. Kurz vor zehn. Wurde auch Zeit, daß diese Maler ihre Frühstückspause beendeten.

Aber es war Roboldt, der den Flur entlanggerauscht kam. Sein nagelneues blau-gelb gesprenkeltes Jackett paßte zwar blendend zu seinen silbrig gesprenkelten schwarzen Haaren und dem Jeans-und-Turnschuh-Outfit, geriet allerdings mit den neuen Flurfarben – dunkelgrüner Linoleumboden, eitergrüne Wände, spinatgrüne Türen, aufgelockert durch ochsenblutrote Paneele – augenblicklich in kakophonisches Handgemenge. Er schwenkte ein Netz mit mehreren italienischen Kaffeedosen. »Was machst *du* denn! Kannst du's wieder nicht abwarten?«

Schade rollte wütend die Augen. »Nun kuck dir das an!«

Sie standen beide vor einer der mittleren Türen, an deren Rahmen das erste neue Schild prangte. Weiße Streifen mit den Aufschriften »LKA 4113«, darunter »3. Mordkommission« und ganz unten »KOK Schade/KHK Roboldt«, ganz oben in großen weißen Ziffern »458«, alles auf schwarzem Untergrund und unter Plexiglas, das jetzt schon gelbstichig war.

»Scheußlich!« fand Roboldt.

Schade hatte ihre grünen Hände gemeint und murmelte etwas von »Schöngeist«, bevor sie sich bückte und das nächste Schild für die nächste Tür aus der Tasche zog. 457. Für das Zimmer links von 458, an dessen spinatgrüner Tür ein vergilbtes Pappschild mit einem roten Rand und der Aufschrift »Vernehmung – Bitte nicht stören« baumelte.

»Die alten«, fuhr Roboldt unbeirrt fort, »fand ich viel – also, die hatten Patina.«

»Das doppelte Format hatten die, sonst gar nichts. Hier kriegst du nicht mal die Vornamen mit drauf. Patina!« Schades Kopf war fast in der Tasche verschwunden.

»MI/3 fand ich auch viel schöner. Klang irgendwie – literarisch. So nach guten Agentenromanen. MI Five …«

Mit einem Satz Schräubchen, Bohrer und Schraubenzieher tauchte Schade wieder auf. »Du und Anita, ihr wärt ein Traumpaar! Ihr könntet auf alles verzichten, bloß nicht auf Bücher, was? Hier – halt mal.« Sie drückte ihm Schrauben und Schraubenzieher in die Hand und gab der Tasche einen Schubs bis fast vor die Nebentür.

Etwa gleichzeitig flogen die Schwingtür und eine Tür auf der anderen Flurseite auf, weshalb Schades Bemerkung, sie bedauere an der ganzen Umbenennerei eigentlich nur, daß jetzt nirgends mehr »Kriminalreferat M« stehe, *das* habe nämlich immer so schön *nach Kino* geklungen, leider unterging. Zumindest der leicht kiebige Ton. Durch die Schwingtür kamen zwei Maler, deren Gespräch sofort verstummte, und aus dem Zimmer, dessen Tür gleich weiter gestrichen werden würde, trat Karl-Heinz Jokisch. Er sah aus, als müßte er dringend etwas loswerden.

Schade warf Schild und Bohrer in die Tasche, nahm Roboldt die Sachen wieder ab und warf sie hinterher. »Also«, sagte sie und drehte den Kopf zur letzten Tür auf der Straßenseite, »gehen wir Kaffee kochen. Sonst kommen wir noch aus der Übung.«

Jokisch schloß erleichtert die Tür ab, neben der sich die beiden Maler an Farbtöpfen und Pinseln zu schaffen machten.

DIE HERREN DÖDERLEIN hätten jedem Besetzungsbüro zu vollen Auftragsbüchern verholfen. Rein augenscheinmäßig deckten sie die ganze Bandbreite bedeutender Nebenrollen eines jeden Gangsterfilms aus dem Goldenen Prohibitionszeitalter ab. Sie sahen aus wie das Muster-Syndikat der 30er und 40er Jahre zwischen New York, Chicago und Los Angeles. Und das war das Irritierende. Denn keiner der drei Herren war so alt, daß er damals auch nur als Ultraschallbildchen vorhanden gewesen sein konnte.

Karin Lietze stand auf von dem großen langen Tisch, an dessen Stirnseite, vor dem Fenster, Mimi Jacob auf eine Schreibmaschine einhämmerte. Sie strich sich durch den blonden kurzen Herrenschnitt und wanderte an der langen Tischseite auf und ab, ohne den Blick von den beiden Männern zu wenden, die gegenüber saßen. Der größere, ein Mann in den besten Jahren, der die ganze beneidenswerte Gelassenheit eines bestens geerdeten Familienvaters ausstrahlte, war KHK Lothar Fritz. Der Herr schräg neben ihm trug einen Anzug mit etwas zu großspurigen Nadelstreifen, dessen Jackett über dem ebenfalls überdimensionierten Bauch bedrohlich spannte, und den Namen Mishkin. Er tupfte sich zum mindestens zehnten Mal die schweißglänzende Glatze und den nassen dünnen Strähnenkranz mit einem fliederfarbenen Damentaschentuch, das jetzt kaum noch nach irgendeinem bombastischen Parfum roch, und griff nach dem mindestens zehnten Keks. Wahrscheinlich missionierter Ex-Kettenraucher.

Irgendwo hatte sie diesen Mann schon mal gesehen, überlegte Lietze und tastete noch einmal genau sein Gesicht, seine Gestik, seine Art zu sprechen ab. Aber sie wurde den Verdacht nicht los, daß es genauso gut in einem Film gewesen sein konnte. Auf einer der vielen Videokassetten, die Lang mitsamt dem dafür nötigen Maschinenpark in ihren nunmehr gemeinsamen Haushalt eingebracht hatte. Sie ging zum Fenster, öffnete es und beugte sich dann über Mimis Schulter, um die letzten Minuten von Mishkins kargen Angaben nachzulesen. Viel stand noch nicht auf der einen Seite. Zu den vielleicht wichtigen Fragen, nämlich wie ausgerechnet ein hoher Beamter des PolPräs stiller Teilhaber einer undurchsichtigen Ost-West-GmbH geworden war, hatte Mishkin sich ausgeschwiegen oder unter Schweißausbrüchen auf die beiden anderen Geschäftsführer verwiesen. Wahrscheinlich war es doch falsch gewesen, zuerst ihn zu vernehmen und die beiden anderen wieder wegzuschicken.

»Seit wann genau war Lüsebringk denn Teilhaber?« hörte sie Fritz noch einmal fragen.

»Januar, ich glaube. Das Sie missen fragen Chacke. Chacke weiß. Kapital cholen ist Sache von Chacke. Ich bin nur Boss von Markétink.«

Wahrscheinlich waren sie bloß reingefallen auf das grellste der drei Klischees der Firma Döderlein Industrie Erschließung. Von wegen Abwechslung! Hacke und Sternhagel hatten einfach etwas weniger schmierig gewirkt und waren etwas weniger verschwitzt gewesen. Lietze zupfte sich an der Nase und versuchte, ihren Appetit auf einen tiefen Zug aus einer *Lucky Luciano* zu verdrängen und sich wieder zu konzentrieren. Ihre Augen klebten am Kopf der Seite in Mimis Maschine. »Vernehmung eines Zeugen... 2.6.94... 9.05... zunächst anwesend... Die Vernehmung des Zeugen Mishkin, Semjon, Gesellschafter/GF der D.I.E. GmbH & CoKG Berlin–Riga–Minsk, Beginn 9.30…«

Sie setzte sich wieder und hörte Fritz und Mishkin und Mimis Fingern auf der Tastatur zu, während sie abwechselnd Mishkins Kekskonsum und seinen braungemusterten Aktenkoffer bestaunte. Es war dasselbe lächerlich teure Ding, das auch das Kilo Sprengstoff samt Splitterbeimischung und den Empfänger umhüllt hatte, die sich solange auf dem Förderband des Tempelhofer Flughafens gedreht hatten, bis Lüsebringk allein daneben gestanden und irgendjemand im Umkreis von drei bis dreißig Metern einen Sender betätigt hatte. Aber solche Dinger legten sich alle möglichen Leute zu, die Statussymbole brauchten. Vor allem seit dem Fall der Mauer. Vor allem aus dem ehemaligen Ostblock. Die Kofferfirma hatte ihren Laden in der Fasanenstraße inzwischen auch mit russisch sprechendem Verkaufspersonal ausgerüstet. Wie die anderen Designerläden der winzigen Luxusmeile von Berlin. Sie lebten alle von der Sorte Kundschaft, die mit Plastiktüten voll Bargeld einkaufen geht. Aber das war ein Thema für Kollegen von anderen Dezernaten. Erst recht, wenn dieses Managerköfferchen da –: »Ach sagen Sie, Herr Mishkin, ist Ihre Aktentasche echt?«

Fritz sah Lietze überrascht an.

Mishkin nickte dramatisch mit dem ganzen Oberkörper.

Mimi grinste und lockerte die Finger.

»Was Sie denken!« protestierte Mishkin. »Ganz echt. Ein Gjeschenk von eine Freund. *Bisnis*freund. Sjehr kostbar. Chat niemand von ganze Déijé!« Er strahlte stolz und tätschelte das braune Wachstuch mit den Designerinitialen.

»Schade.« Lietze lächelte. Das Ding hatte bestimmt einen runden Tausender gekostet und war auch nicht schöner als die gefälschte kleine Reisetasche, die ihr vor Jahren ein fliegender

Händler hatte verhökern wollen. Für runde zwanzig Mark. Bei einem Edelitaliener in der Hamburger Hafengegend. Sie hatte auch das Armbanduhrimitat, angeblich ein *must*, nicht gekauft.

ES HAT IMMER EINE GEWISSE FEIERLICHKEIT, wenn ich mich dem Ausgang nähere. Vorher die lange Wanderung durch die Gänge, das ist ein Plaudern mit dem Vater, so wie ich es tat in alten Zeiten. Tiefe Stille; wie schön es hier ist. Niemand hier unten, der von meinem Bau weiß.

Der kleine alte Mann preßt den Aktendeckel vor die Brust und hält mit der anderen Hand den Hut auf seinem Kopf fest, als er sich hinunterbeugt, um unter zwei dicken, nebeneinander mitten durch den breiten, hohen unterirdischen Gang geführten Rohren hindurchzuschlüpfen. Zu einem schmaleren Seitengang, der kaum Licht bekommt und nach drei Metern zu enden scheint.

Ich habe den Bau eingerichtet und er scheint mir wohlgelungen. Wie meines Vaters Anlagen zur Beheizung und Bewässerung. Sechsundfünfzig Jahre alt.

Er steht vor einer Tür. Er lauscht, bevor er den Schlüssel im Dunkeln ins Schloß steckt.

Dieses Geräusch. Es soll still sein in meinen Gängen. Nur das tiefe stille Rauschen des Wassers in den Rohren. Ich habe es gar nicht gehört, als ich kam. Ein Klopfen. Es macht große Pausen. Dann ein Zischen, ein Pfeifen. Stimmen. Helle Stimmen. Frauenstimmen.

Die Unruhe zittert in ihm. Seine Empfindlichkeit gegen Störungen ist immer größer geworden, seit sich hier alles verändert hat. Er steckt den Schlüssel ins Schloß und sperrt die Tür zu einem schmalen Schacht auf, an dessen Wand eine Leiter angebracht ist. Er verschließt die Tür hinter sich und steigt die Leiter hinauf bis zu einer Krümmung, die zu einer kleinen sandigen Fläche führt. Aus den Wänden ragen Steinkanten, als hätte jemand den Raum heimlich aus einer sehr dicken Mauer gekratzt. Er hatte diesen Ausgang lange nicht benutzt. Er lauscht an den Wänden. Aber das Geräusch kommt nicht von oben links, aus H2 lang, wo früher das Kasino und das Hotel für die Gäste der US-Offiziere gewesen waren und jetzt die Polizei eine Sonderabteilung voller Akten über die Regierungs- und Vereinigungsverbrechen unterhält. Es kommt von oberhalb der rechten Wand. Von da, wo F2 und das äußerste Ende von H2 lang zusammenstoßen und früher die hinteren Betriebsräume des *Silver Wings Club* gelegen hatten. Ganz deutlich jetzt. Hämmern und Reißen und Pfeifen und Zischen wie von Elektromotoren. Elektrische Bohrer. Dazu diese Stimmen. Dieses – Chaos! Frauenstimmen!

Die völlige Umkehrung der Verhältnisse. Alles ringsherum scheint mir erregt.

Gestört. Wie damals. Als sie angefangen hatten, die zweigeschossige gasdichte Anlage unter der Diskothek für Ausflüge von GI-Trupps freizugeben. Dann sogar für Zivilisten. Gaffer. Neugierige. Die schaudernd und kichernd vor der gesprengten Stahltür standen und durch die rußgeschwärzten Räume schlichen und ihre Namen in die Wände ritzten. In den Kammern, in denen die Luftwaffe sich einen Bunker gebaut hatte, der nicht, wie jeder andere Teil des grandiosen Bauwerks, das sein Vater mit Energie versorgt hatte, unter- und überirdisch mit allem verbunden war. Der einen einzigen geheimen Eingang hatte. Einen Bunker für ihre optischen Geräte und ihre Luftaufklärungsbilder und ihre Leute. Gasdicht. Das war das Entscheidende. Das hatte sein Vater immer wieder betont. Sie hatten nichts mehr gefürchtet als Gas in ihrem Keller.

Die Kameras und Vergrößerungsgeräte waren das fabelhafteste Geschäft gewesen. Später. Viel später. Als er sie selbst lange genug gehortet hatte in einer seiner Schatzkammern. Nachdem er sie in Sicherheit gebracht hatte. Im Mai vor neunundvierzig Jahren. Vor den Russen, die die Stahltür mit Dynamit aus den Angeln gerissen hatten, wütend, weil sie sie nicht anders aufbekamen, panisch, weil die Regale und Schränke und Tische sofort Feuer fingen, betrunken.

Die Luftwaffe hatte ihn lange und gut genährt. Noch besser als die Ingenieure und Baumeister und Verwalter mit ihren papiernen Schätzen.

Er nimmt den Hut ab, schlägt ihn gegen den Aktendeckel, klopft Staub und Sand von der Uniform des Sicherheits- und Ordnungsdienstes, die er heute angelegt hat (die alte dunkelblaue Feuerwehrhose und das karierte Hemd hatte er wegwerfen müssen), bevor er, nach weiteren Treppen und Türen, auf das Gelände neben der Einfahrt zum ehemaligen Trakt der US Army tritt. Auf dem Columbiadamm donnern Autos vorbei. Er steht jetzt neben der Freitreppe zur ehemaligen Diskothek und sieht hoch. Vor der offenen Tür sitzt eine steinalte, dünne Frau im Rollstuhl, rudert mit einem geblümten linken Arm und schreit vor sich hin. Daneben steht ein mittelalter Mann im Overall, in der baumelnden Hand eine kleine Kettensäge. Er wird angebrüllt von einer ebenfalls mittelalten eleganten Dame mit französischem Akzent.

Wieder fühlt er sich besinnungslos müde. Strapazen. Wirklichkeit. Gefährdete Zeiten, in denen man den Blick dafür erst erwerben muß.

Ich werde nun meine Methode ändern. Um etwas der inneren Unruhe Entsprechendes zu tun. Dieser Entschluß tut mir wohl.

»OCH NEE! DAS HATTEN WA! Das nennt man Mänätschment bei Dschiens. An allen entscheidenden Stellen Nieten!«

Die Tür zu dem großen Zimmer am Ende des Flurs stand offen. Aber die beiden Maler waren außer Hörweite. Jokisch hüpfte wie angestochen hin und her zwischen zwei Dutzend Kakteentöpfchen auf einer Fensterbank und zwei gurgelnden Kaffeemaschinen. Das war exakt die Diagonale des neuen Mittelpunkts der Dritten. Er enthielt außer Mimis Schreibtisch einen Riesentisch mit neun wild zusammengewürfelten Stühlen, einen zum Küchenschrank umgewidmeten Stahlschrank für Asservaten, zwei Kühlschränke und einen langen, flachen Rollschrank, in dessen Schubladen jetzt Pfannenheber und Würstchenzangen lagen. Die aus diversen Haushalten verschleppten Pfannen und Töpfe standen unten drin, oben drauf thronten eine Kochplatte, eine Mikrowelle und zwei Kaffeeautomaten. Zwei. Die hatte Jokisch durchgesetzt, genau wie die Kakteen. Die ersten lebenden Pflanzen, die Lietze je an einem Arbeitsplatz akzeptiert hatte. Die beiden (neuen) Kaffeemaschinen hatte er mit einer so bestechend schlichten Logik begründet, daß selbst Lietzes absurde Angst, das ewig gurgelnde Monster würde im nächsten Moment implodieren, sich in Gelächter verwandelt hatte. »Also«, hatte er angesetzt, »denn jehn wir mal in die Spur. Die Wahrscheinlichkeit, daß ei'm so'n Ding um die Ohren fliegt, is, na sahng wir, eins zu 'ner Million. Wenn Ihnen das nicht sicher jenuch is, nehm' wir einfach zwei in Betrieb. Dann isse eins zu *zwei* Millionen. Logisch – ne?«

Schade und Roboldt sahen vom Tisch aus hinter ihm her.

»Jenau dieselbe Sorte wie uns're zu Ostzeiten, Marx hab se selich! Keine Ahnung von Tuten und Blasen, aber sooo'ne Fresse! Der einzige Unterschied is, uns're hatten *Die Partei*, wo Kompetenz hinjehört hätte, eure haben 'ne *Funktion*, wo se auch nischt tun. Bloß blocken, mauern, verhindern!« Er war wieder bei seinen Kakteen und stocherte aufgebracht in der Erde herum. Natürlich blutete er aus einem Ratsch, als er die Finger wieder herauszog.

»Beamten-Mikado, Kalle. Weißt du doch. Wer was bewegt, fliegt.« Schade grinste halb mokant, halb alarmiert. »Sagt Anita auch über die Medizinfritzen. Wo du hinkuckst: Pfusch.«

Roboldt sprang auf und fand Pflaster in Mimis Schreibtisch.

»Der Typ, mit dem du eben telefoniert hast, sitzt genau deshalb auf seinem Senatssessel. Sowas wie uns könnten die da gar nicht gebrauchen.« Schade nahm einen Schluck aus dem Becher und warf die Akte, die sie eigentlich lesen wollte, auf den Tisch. Sie sah Jokisch fest an. »*Mir* gehen die am Arsch vorbei, solche Typen.«

»Also, *mir* nicht!« Roboldt schob Jokisch zum Tisch und verarztete den Finger. »Was *hat* er denn nun gesagt?«

Jokisch schüttelte stumm den Kopf. Dann sprang er wieder auf, um sich das Blut von der Hand zu spülen. »Im Grunde nischt. Ja, der Lüsebringk saß früher da, Abteilung Grundstücks- und Gebäudewesen. Bis Mitte 89. Vorher hat er Waffenbeschaffung jemacht. Das heißt, über *seinen* Schreibtisch sind sämtliche Anträge der Polizei und sämtliche Jenehmijungsverfahren mit euren Alliierten jegangen. Wenn ich mir eure komische Vergangenheit korrekt anjeeignet habe!« Er kam mit einem Kaffee zurück.

»Willst du drauf raus, daß er sich da unschön bereichert haben könnte?« Schade zog die Stirn in gelangweilte Falten. »Amtsmißbrauchbestechungkorruption und so? Wahnsinnig originell, Kalle. Was denn *sonst*?«

Jokisch funkelte gereizt zurück und schwieg.

Roboldt hielt anschwellende Spannungen noch schlechter

aus als früher. »Daß du hier jetzt die Große Abgebrühte mimst, Sonja – *du* spulst dich doch sonst gern, wenn's um Pfusch und Beschiß geht! Zufällig ist der Innensenat unsere vorgesetzte Behörde.«

»Ist ja gut«, knurrte Schade. »Red weiter, Kalle.«

»Das heißt, Lüsebringk hat unjefähr zehn Jahre lang alles verwurstet, was mit Waffen und Immobilien und öffentlichen Jeldern zu tun hat. Auf einem Posten eurer Stadtrejierung. Aber 1989 isser da plötzlich weg.«

»Wann – *nach* der Mauer?«

»Nee, im Sommer. Die Mauer stand noch, aber die rot-grüne Koalition war grade ausjekungelt.«

»Verstehe.« Schade lächelte. »Jaja. Da gab's damals ein paar große raustrompetete Aufräummanöver bei den Sicherheitsbehörden. War der in der CDU?«

»Weiß ich eben nicht.«

»Ist auch egal«, mischte sich Roboldt wieder ein. »So einfach ist die Welt nicht mehr, daß bestimmter Dreck nur in bestimmten Parteien vorkommt. Die haben alle denselben Dreck zu laufen, wenn sie lange genug dabei sind.«

»Das nennt man Realpolitik.« Schades Lächeln verbreiterte sich zum Grinsen. »Und wie ist er zum PolPräs gekommen?«

»*Wie* weiß ich auch nich. Sacht ei'm ja keiner. Da tun se alle, als wärs 'n Detail aus sei'm Intimleben –«, Jokisch drehte sich zurTür, in der Lietze aufgetaucht war.

»Ist Fritz gar nicht hier?« Lietze klemmte den Stapel Papier unter den Arm, um sich endlich das Zigarillo, das sie sich nach der Vernehmung als erstes aus ihrem Zimmer besorgt hatte, anzustecken, verhedderte sich aber mit dem Schlüsselbund, den sie noch in der Hand hielt. »Ch-ch! Hoffentlich sind diese Pinselfritzen bald weg, damit man die Türen wieder offenlassen kann!«

»– aber *wo* er war, weiß ich«, fuhr Jokisch fort. »Ganz oben. Präsidiale Angelegenheiten/Zentrale Dienste. Dez P1.«

»Und was hat er *da* so beschafft?« fragte Schade lahm.

»Diese Scheißklos!« blökte plötzlich Fritz dazwischen. »*Die* sollten sie mal renovieren –!« Er warf sich auf einen Stuhl und sah sich fragend um.

»Beschafft ...«, Jokisch hielt eine Kunstpause, bis er sich eine von Schades Filterlosen geangelt hatte, »wohl erstmal nischt. Drei Monate saß er bei ZD I C. Da hat er wahrscheinlich Akten hin- und herjeschoben und früh Feierahmt jehabt. Rechts- und Disziplinarangelegenheiten. Aber dann, schwupp! hockt er wieder uff Immobilien! ZD VA. Unjefähr anderthalb Jahre. Bis 1991. Ab da sitzt er bei ZD VC –«.

»Waffen-Geräte-Bekleidung«, unterbrach Lietze. »Ja. Und? Was nützt es uns, wenn wir todsicher sind, womit er seinen Zehlendorfer Wohnbunker bezahlt hat, Jokisch. Glauben Sie, *wir* kommen an Beweise, daß er dazu sein Amt mißbraucht hat?«

»Wenn wir unglaubliches Schwein haben«, ergänzte Fritz, »erzählt uns irgendein eifersüchtiger Ex-Kollege von dem ein paar Schmiergeld-Stories. So unter uns katholischen Pastorentöchtern. Bei zwei, drei gepflegten Bierchen. Aber glaub *ja* nicht, daß der uns tagsüber noch kennt.«

»Außerdem – wer sagt denn, daß der nicht seine eigenen Gründe hat, mit seinem manikürten Schreibtischfinger auf die Korruptheit eines anderen Kollegen zu zeigen? Nee, Kalle«, Schade stand auf und ging zur Kaffeemaschine, »über *die* Schiene kommen *wir* nicht weiter.«

»Moment mal!« Auch Jokisch sprang wieder auf und hopste durchs Zimmer wie ein Panzer-Dummy aus Gummi. »Wir ham doch bei dem zu Hause auch die Unterlagen von dieser Firma da jefunden, die ihr grad dahattet – wie heißt die wieder?«

»D.I.E.«

»Jenau! Wie diese Krimis zu Ostzeiten, Delikte–Indizien–Ermittlungen. War auch so krauses Zeug. Na, wurscht. Jedenfalls: *Wer* sagt, daß da nicht noch mehr ist? Ältere Sachen vielleicht, alte Drähte nach Osten. Ich meine, die Mauer war *ein* Fakt, aber jewisse Leute hatten immer schon jewisse Schlupflöcher, oder? Müssen ja nicht gleich Strauß-Golodkowski heißen. Was *war* denn mit eurem Innensenator und der StaSi-Mieze seinerzeit!«

Lietze zuckte die Schultern. »Alles richtig, Jokisch. Aber nochmal: Und?«

»Wie kommst du eigentlich dadrauf«, fragte Roboldt nach einer Schweigepause, »daß der Fall Lüsebringk was mit dem –, also mit den neuen Bundesländern zu tun haben muß.«

»Er hat mit zig Firmen zu tun jehabt, ja? Von Amts wehng, ja? Er hat Jeschäftsbeziehungen zu dieser D.I.E., ja? Die sitzt außer in Riga und Minsk in Berlin-Köpenick und besteht vermutlich aus der üblichen Sortierung von alten Kadern und Konsorten. Zumindest, was die deutschen Mitarbeiter anjeht. Ja? Zweitens: Die Witwe Lüsebringk is 'ne jeborene von Dobermann zu Sowienoch – sowas hieß bei uns früher ostelbisches Junkertum und war, sozusahng, der *jenetische* Klassenfeind. Daß die derzeitig in Restitution macht und irgendwelche Ländereien in Meck-VoPo wiederhaben will, hat *sie* uns doch als erstes erzählt. Ja? Drittens: Kuckt euch doch mal an, *wann* Herr Doktor im Polizeipräsidium erst für Immobilien und dann für Waffen und so weiter zuständig sind!« Der bislang einzige Angestellte im Raum wischte sich Schweiß von der Stirn und drückte die geschnorrte Zigarette aus.

»Ich nehme an, das wirst du uns gleich sagen.« Schade hatte den Kugelschreiber jetzt gezückt.

»Gleich nachdem die Mauer weg war, also auch kurz vor der

Währungsunion im Sommer 90 und während der janzen Zeit, in der die Ost-Polizei ab- beziehungsweise in die West-Polizei reinjewickelt worden is. Zu jenau der Zeit lief *auch* die Auflösung der NVA, und was aus *deren* Beständen heute so alles auf Flohmärkten auftaucht – ich meine, liest hier mal jemand jelegentlich *Zeitun-gennn!*«

»Die liegen auf dem rechten Kühlschrank!« Die Stimme, die vom Flur hereingeschwebt kam, hatte die zärtliche Wärme eines ersten richtigen Sommertages, überlagert von klirrendem Geschirr. Mimi Jacob erschien mit einem Tablett voll leerer Tassen in der Tür. »War mir vorhin zu voll auf dem Tisch – ach so?« Sie stutzte. »Hab ich was falsch verstanden?«

Jokisch nahm ihr das schmutzige Geschirr der Vernehmung des D.I.E.-Marketingexperten Mishkin ab.

Fritz brachte die nunmehr zweite im Raum befindliche Angestellte auf den Stand der Diskussion. »Wahrscheinlich meint Kalle diese Nachtferngläser. Die sind vor ein paar Jahren in Hamburg aufgetaucht. Die mit dem giftigen Gas. NVA-Zeug.«

Lietze setzte sich endlich an den Tisch und legte das Vernehmungsprotokoll ab. Sie sah auf die Uhr. »Wir haben noch zwanzig Minuten, bevor der nächste Herr Döderlein hoffentlich hier erscheint.«

»Und – was hat der erste hergegeben?« fragte Schade, als endlich alle außer Mimi am Tisch saßen und versuchten, das klappernde Geschirr und das laufende Wasser zu überhören.

Fritz und Lietze warfen sich einen kurzen Blick zu. »Null.«

»Naja, wenig«, fuhr Fritz allein fort. »Zum Beispiel, daß die D.I.E. nicht mehr in Köpenick sitzt, sondern in Tempelhof. Und zwar im Flughafengebäude.«

»Wie praktisch.« Schade grinste wieder mokant. »Da saß Lüsebringk zu Lebzeiten auch, und sogar gestorben ist er da.«

»Scheint sich ja allesmögliche da zu tummeln«, murmelte Roboldt abwesend. Alle starrten ihn an. Nur Mimi ging die Tür zuschubsen, bevor sie aus vollem Hals an zu lachen fing.

DIE PFERD WAR NICHT ALLEIN gekommen, sondern in Begleitung einer Schaf, die hinter dem Kübel mit der gigantischen Birkenfeige kaum zu erkennen gewesen war, und eines muskulösen schweigsamen Kerls mit argwöhnischen Augen. Vermutlich einer von den neuen Hunden, von denen gemunkelt wurde. Er hatte ihn noch nie gesehen, aber er kannte andere *sobaki*. Sie sprachen alle wenig, zumindest in eine Richtung. Aber sie schnappten alles auf und apportierten es nach oben. Richtung Dach. Das war ihre Funktion. Und das Zuschnappen. Dafür waren sie ausgebildet. Und nicht erst von der *awtoritjet*, der sie jetzt dienten, in Loyalität und Gehorsam. Eine gute *sobaka* hatte in der Regel eine der Eliteschulen des Staates absolviert. Nicht einfach den Militärdienst, sondern eine der vielen Spezialausbildungen in Sondereinheiten oder Geheimdiensten. Eine *sobaka* –! Er ließ das Fernglas sinken und schüttelte verächtlich den Kopf. Diese Russen. »Unergrründlichh!«

Die Hund. Die Pferd. Die Schaf. So hießen sie jetzt. Lauter Tiere, die im Russischen weiblich waren. Auf Befehl von die Dach selbst. Halt – nein: Auch *kryscha* gehörte jetzt zu den verbotenen Wörtern. Wie *awtoritjet* und *reketir* und der ganze *worowskoj schargon*, mit dem er in den letzten Jahren extra sein Schul- und Berufsrussisch aufgezäumt hatte. Nadja hatte ihm den ganzen Katalog künftiger Unwörter eingehämmert. Vor zwei Wochen. Bevor er mitgeteilt bekommen hatte, daß er ab sofort von den Start- und Landelisten entbunden war und mit einer höheren, ehrenvolleren Aufgabe betraut werden sollte. Hieß das, er gehörte endlich zu den *rawnyie*, wie sie sich jetzt nannten? Als Gleicher unter Gleichen?

Nadja hatte zum Dach gehört. Nadja war keineswegs eine Frau und jetzt eine Schwein. Von wegen *rawnyie*. Schweine waren weit höher als das, was früher als *schestjorka* oder *kommersant* gedient hatte und heute eben eine *owza* oder eine *loschad* war. Oder eine *sobaka*. Von wegen gleich. Nicht mal die *swinji* schienen alle gleiche Ränge zu haben. Da blickte er noch nicht durch. Nadja zum Beispiel schien bestimmte Dinge nicht selbst entscheiden zu können. Und Nadja war sehr nervös in letzter Zeit.

Er hob das Fernglas noch einmal kurz vor die Augen, stand dann aber auf, legte es auf den Schreibtisch und wanderte in dem engen Raum hin und her. Es gab im Augenblick draußen nichts zu sehen. Die Stahlschiebetür des BGS-Hangars war zugesperrt. Die Lufthansa nach Hamburg war pünktlich um drei Minuten vor elf losgerollt und sieben Minuten später in der Luft gewesen. Die Lufthansa aus Wien und die Sabena aus Brüssel würden in frühestens zwanzig und fünfundzwanzig Minuten in der Schneise drei Blocks südlich des Hauses, in dem seine Wohnung lag, auftauchen. Sorrayahh! Er blieb stehen und schlug sich mit der flachen Hand an die Stirn. Schsch!

Auf der überdachten Fläche unter den Fenstern und dem Vorbau bewegten sich nur ein roter Kombi der Feuerwehr, drei Betriebsfahrzeuge der B.L.A.S., der Lieferwagen einer Catering-Firma und ein kleiner Trupp Männer mit mehreren Kameras vor dem Bauch und Schultertaschen, die auf einen der kleinen Privatjets rechts vor dem Spanndach zuschlenderten.

Etwas lag in der Luft. Irgendein größeres Ereignis. Er spürte es seit langem. Nicht nur an Nadjas Nervosität. Auch dieses Büro hatte damit zu tun. Und daß man ihn hier reingesetzt hatte. Den einzigen Nicht-Russen, soweit er wußte. War er jetzt auch eine Schwein? Und was sollte dann die Hund? Er würde Nadja fragen müssen.

Er mußte rauskriegen, ob es als Führungsschwäche ausgelegt würde, daß er die *owza* mit dem blöden Blumenkübel nicht zurechtgewiesen hatte; die Schaf hatte die Videokasette nicht dabeigehabt. Vielleicht war die Hund deshalb mitgekommen. Um ihn zu checken. Ob er seine (neue) Autorität zu nutzen verstand. Ob er für eine Leitfunktion geeignet war.

Er ließ den Vormittag Revue passieren. Er fand, daß Herr Kowalski eine gute Führungsfigur gemacht hatte. Er hatte den Telefonmann zum Schweigen (und Nichtrauchen) charmiert, nachdem er sicher war, daß der bloß Fotos im Kopf gehabt hatte. Er hatte die drei *rawnyie* souverän zunächst wieder weggeschickt, nachdem die Schaf die Zierpflanze und die Pferd die Teile der Regalwand mit den verschließbaren Einsätzen abgeladen hatten. Er hatte das Telefon überprüft, die Hund gebeten, zwei Kontrollanrufe zu machen, einen vom Funktelefon im Auto, den anderen vom öffentlichen Fernsprecher in der Abfertigungshalle aus, während Pferd und Schaf Regalteile montierten und dabei zwar keine einzige Zigarette, aber einige Wodkas zu sich nahmen. Beim ersten Anruf war auf dem Display des Apparats die Nummer des Anrufers erschienen, beim zweiten nicht. Das Telefon in der Halle war also noch nicht digitalisiert.

Er hatte die beiden Regaleinsätze mit den Sicherheitsschlössern ausgemessen und dezent seine Zufriedenheit geäußert. Nur seine Wut, daß die Schaf die Videokassette vergessen hatte, die hatte er verborgen. War das zu dezent gewesen? Ein Fehler?

Und, noch drückender jetzt, wo die anderen *rawnyie* wieder weg waren: Worüber sollte er mit Soraya Töpperwehr reden heute abend? Wie wurde er sie wieder los, ohne die Kassette mit zwei Stunden *heute-journal* und ihrem angebeteten Moderator?

Er kratzte sich erregt die Kopfhaut unter den Silberstahlborsten und betrachtete dann zerstreut seine polierten kurzen Fingernägel.

–

»JOKISCH VON DER DRITTEN, Stifter nicht da?«

»Im Prinzip ja, aber – wos gib's'n? Wos Wicht'ches?«

»Im Prinzip ja.« Kalle Jokisch war auf die nächste Kommunikationsstörung gefaßt. Was für eine absolut bescheuerte Frage! Was Wichtiges! Was denn sonst? Was bildete dieser Kollege sich eigentlich ein! War auch bloß'n Ossi. Wie er.

»Moment moh!«

Jetzt quietschte der auch noch mit der Hand am Hörer rum! Durfte einer von Mord neuerdings nicht mehr hören, was einer von Brand über die Flure bellte?

»So, do bin ich wiedo.« Die Stimme am anderen Ende hatte jetzt eine wärmere, anhaltinische Farbe. »Es is nemmich so, hier steppt heut der Adler. Wir hom die Nocht 'n Dauerbrenner geschnappt, früh um viere, ohm in Prenzlauerberg. Wir vö'hören den nuch immo –«

Wir! Du ja offenbar nicht! Du machst hier bloß auf Vorzimmerdrachen! dachte Jokisch, wartete aber schweigend.

»– der wor ja hackezu! 's hat bis zehn gedauert, bis der ansprechbar wor. Soll'ch mo nachkucken, oder soll Ali dich zurückrufen?«

Ali! Jokisch hörte den Umschwung in der Stimme des Kollegen sehr wohl. Die Methode »Laß die andern stottern!« funktionierte immer. Wie ein bestimmter Blick bei Hunden. Während er in Gedanken an der nächsten Unterwerfungsgeste bastelte und grübelte, ob er doch schon behördenrunder war, als er wahrhaben wollte, wenn er solche gelungenen kleinen Sadismen genoß, hörte er Geräusche am anderen Ende.

»... Momentchen mo, da kommt er grod – Ali, hier is einer von der Dritten...«

Jokisch lauschte amüsiert dem Geraschel und Gequietsche und fragte sich, ob *er* gleich stottern würde.

»Stifter! Wer's da? - - - Ach, der Melker! - - - Zeit? Wie schreibt man das?« EKHK Albert Stifter schien sein Spruch zu gefallen. Er lachte dröhnend. Vielleicht war er auch nur so ausgelaugt, daß er alles für einen guten Witz hielt. Bösartig klang er nicht. Auch nicht von oben herab.

»Naja – ähm – keine Zeit ham könn' wa alle!« stotterte Jokisch. »Obwohl *wir* ja bloß jut hundert Fälle von Mord und Totschlag pro Jahr zu bearbeiten haben. Is natürlich kein Vergleich mit den knapp dreihundert, die bei Bränden –«. Er war nicht sicher, ob Stifter ironiebegabt war.

Stifter lachte noch einmal polternd auf. »Nananah! Hab ich auf irgend'n Schlips getreten?«

»Och nö – äh, ich wollte – naja einfach mal *Ihren* Rat einholen –«.

»Wer hätte das gedacht! Dann mal los. Erstens: Können wir die Siezerei lassen? Ich weiß, Lietze steht darauf, aber's frißt viel zu viel Zeit. Zweitens: Ja, ich belle gern, aber bloß, damit mich keiner beißt. Drittens heiße ich Ali, klar?«

Wer hätte *das* gedacht, dachte Jokisch. »Und ich Kalle.«

»Ach nee! Nun mach hinne, Mann. Ich muß heute noch irgendwann wieder arbeiten. Worum geht's?«

Jokisch atmete auf und versuchte eine konzentrierte Kurzfassung dessen, was die Spurensicherung und Sprengstoffuntersuchungen des BKA bisher ergeben hatten.

»Armstrongsche Mischung.«

»Wie?«

»USBV – unkonventionelle Spreng- und Brandvorrichtung«, polterte Stifter. »Selbstgebastelt. Was noch!«

»Die schreiben hier: AG III mit anjelegtem Splittermaterial. AG III is *kein* Militärsprengstoff, oder?«

»Gewerblicher.«

»Das heißt –«.

»Notfalls gar nix. Gewerbebetriebe können auch mal militärischen Sprengstoff benutzen, kommt drauf an, was sie damit vorhaben. TNT oder Semtex hat eine viel größere Detonationsschubgeschwindigkeit, und die ist –«.

»Nein, ich will auf was anderes raus. Terroristen operieren doch mit Militärsprengstoff – oder?«

»Meistens. Aber verlassen würd ich mich nicht drauf. Terroristen nehmen alles, was terrorisiert, und wenn's 'n Streichholz ist. Wollt ihr euren Fall an den Staatsschutz loswerden oder wieso Terroristen?«

Jokisch erzählte von dem Gespräch mit dem Senatsbeamten und seiner Wut. Danach ging es ihm entschieden besser. Er wollte den Fall bearbeiten. Er hatte sich längst in Dr. Scheusal verbissen. Er war erleichtert, als Stifter ihm erklärte, daß der kriminalpolizeiliche Staatsschutz die Sache gleich an sich gezogen hätte – Stifter sagte: »gerafft!« –, wenn irgend jemand dort Interesse dran hätte. Und daß das bisher niemand von den Herrschaften – er sagte tatsächlich: »Herrschaften!« – am Platz der Luftbrücke versucht hatte, hieß entweder: Sie hatten keine Lust auf Heidenarbeit, oder sie rochen etwas Politisches, das sie lieber *nicht* lüften wollten. Auf jeden Fall hieß es, die Dritte behielt den Fall und konnte in Ruhe weiterarbeiten.

»Es sei denn, ihr wirbelt zu früh Unrat auf!« Stifter polterte nicht mehr. Er klang wie ein Vater, der seinem Sohn die Mysterien einer elektrischen Eisenbahn erklärt und nicht verhehlen kann, daß er am liebsten selbst damit spielen würde. »Worauf wolltest du raus mit dem Sprengstoff?«

»Wenn's kein Militärzeug war, fallen auch militärische Quellen aus, oder?«

»Pi mal Daumen – ja. Als Hypothese. Verlassen würd *ich* mich auch *da*rauf nicht. Habt ihr da Verdächtige?«

»Nee. Im Augenblick versuch ich bloß Ausschlußverfahren. Dieser Lüsebringk hat dermaßen viele Strippen in alle Richtungen – wäre schön, wenn man'n paar davon kappen könnte. Wenigstens erstmal.« Jokisch hielt inne. Er wußte genau, das war ein frommer Wunsch, solange niemand sicher sein konnte, daß das Opfer jener Explosion überhaupt Dr. Wigbert Lüsebringk hatte heißen sollen.

»Was sagt denn das BKA zu den Splittern, die da angelegt waren? Was für'n Zeug war das?«

»Wissen se noch nich. Nächste Woche, frühestens.«

»Und was ist mit dem Empfänger-Sender-System?«

»Stück Seife inner Badewanne.«

»?«

»Na, Stecknadel-Heuhaufen und so weiter.« Jokisch hatte plötzlich eine Idee. »Die Sorte, die se alle kaufen – für ihre Alarmanlagen und Klingelumsteller und Modellflugzeuje und -autos.«

»Na, bravo. Zwanzig, dreißig Meter Reichweite, und den soll einer gesehen haben bei dem Katastrophentheater in der Halle?«

»Du sachst es. Wir finden ja nich mal den Alten, der zuletzt mit dem Toten jeredet ham soll. Der is wie vom Erdboden verschluckt. Als hätter'n Mauseloch. Wech. Naja. Noch was, Ali:

So'n S/E-System, das muß doch uff'nander einjestellt sein, nich? Oder kann man so'n Empfänger auch aus Versehn anfunken, wenn man sein Spielzeugauto rumkurven läßt? Das kann man doch ausschließen – oder?«

»Ziemlich. Würd *ich* sagen. Aber ruf mal in Wiesbaden an. Oder geh in so'n Laden für Modellflugzeugbastler. Und nächstes Mal, Kalle, kommste gleich runter, wenn du Rat brauchst. Mir brennt das Ohr.« Das war das unmißverständliche, wenn auch nur mild polternde Zeichen, daß Stifter das Gespräch für beendet hielt.

»Jing nich. Ich muß hier Stallwache machen. Lietze und Fritz fühlen der D.I.E. uff'n Zahn, und irgendwer muß schließlich die Telefone bedienen.«

»D.I.E.? Was habt *ihr* denn mit denen zu laufen? Warte mal –«, Stifter knallte den Hörer auf den Tisch und lief brüllend von ihm weg. »Willi. Wiiilliii! D.I.E. – wann war das? - - - Danke!« Er kam zurück und riß den Hörer wieder hoch. »Döderlein sowieso, ja?- - - Genau. Ganz feine Firma. Hatten 'ne Brandsanierung letzten September - - - na, heißer Abriß. Versicherungsbetrug. Der ganze schöne alte Firmensitz. - - - Nee, beweisen konnten wir's bis jetzt noch nicht.«

Jokisch schrieb mit und versprach runterzukommen, sobald er mehr wußte über den Wiederaufbau und anschließenden Verkauf der D.I.E.-Zentrale in Köpenick und deren Umzug nach Tempelhof.

»'ALT! 'ALT! WAS TUN SIE! Mais cette fille est sifonéeee!« Die Dame im eleganten Cool-Wool-Kostüm (leicht beschädigt vom Laufsteg, aber *Chanel*) war im allerbesten Alter.

Von der anderen hätte das niemand vermutet – die war nämlich fast exakt so alt wie dieses Jahrhundert und schien ihre gut vierundneunzig Jahre wie ein Passepartout für Invasionen ins Nervenkostüm der jeweiligen Umwelt zu nutzen. Sie »betete« non-stop Vaterunser und Marialiebstemuttermein, war allerdings nicht mehr im Vollbesitz des richtigen Texts und griff zu allem, was die Rhythmik einer frühkindlich-katholischen Gebetsmühle hatte. Wenn ihr gar keine passende Füllung einfiel, brüllte sie: »Oomaah!«, und falls die nicht augenblicklich erschien, machte sie daraus eine Litanei, mit noch gellenderen Frequenzen, in immer kürzeren Abständen und schließlich mit dem Zusatz, sie müsse »ein Lullull!« Irgendwann übertönte die kurpfälzische Litanei jeden Elektromotor und trieb einen mittelalterlichen Mann im Overall auf die kleine Fläche zwischen Tür und Treppe, wo ein Rollstuhl in der warmen Sonne dieses ersten wirklichen Sommertags stand. Normalerweise sagte er dann »Mammele!«, mit einer Stimme zwischen gerührt und gereizt. Denn normalerweise saß die alte Dame in diesem Rollstuhl, und er war keineswegs ihre Großmutter, sondern ihr Sohn und Pfleger.

Damit, daß sie ganz allein aufstehen und sich am Geländer zur Treppe schleichen könnte, hatte niemand gerechnet. Nicht mal die elegante Dame, obwohl die vor langer Zeit schon ganz andere Wunder erlebt hatte. Genau besehen sogar getan. Daraufhin waren die Tore einer Kirche im fernen Lyon für ein paar Dutzend Huren auf- und vor den anrückenden Polizisten wieder zugegangen. Wochenlang. Damit hatte niemand rechnen *können*. Mit diesem Bild im Kopf fegte sie jetzt ganz unelegant zu der offenen Tür, aus der Stimmengewirr, krachendes Holz und elektrisches Sägen tönte. »'olgärr! Viens! Komm 'ärr! Schnell!« Und sofort wieder zurück zur Treppe. »Niescht! Madame! Sie könn' dor niescht einfach – mais, c'est fou! Maman! Sie tun siesch dor weh!« Und sah der kleinen alten Frau im geblümten Kleid hilflos, aber tief in die Augen.

»Wer sin' denn Sie-ieh?« kam prompt zurück. »Sin' Sie mei' Mudder? Marialiebstemudder –«.

Nadine kramte ihr Gedächtnis nach einem brauchbaren Stück Lyrik durch, das sie in die Gebetsmühle einspeisen konnte. Aber sie war nicht lange genug zur Schule gegangen, in Frankreich, und was in deutschen Schulen in Kinderhirne gedichtert wurde, fehlte ihr komplett. »Honni soit qui mal y pense«, fiel ihr schließlich wieder ein. Das war zwar irgendwie französisch, aber eigentlich eher ausländisch.

Die alte Dame quittierte das mit einem resoluten: »'sch muß ein *arges* Lullull!«

Nadine war in heller Aufregung. Sie traute sich nicht zuzupacken, aus lauter Angst, die filigranen Knochen zu brechen. Gleichzeitig sah sie die alte Dame schon die Treppe hinunterstürzen. Also hüpfte sie um sie herum, redete auf sie ein, suchte verzweifelt nach Sätzen mit Versmaß, sah flehentlich zur Tür und sprang schließlich die Treppe zwei Stufen hinunter, baute sich dort vor der kleinen Alten auf, nahm vorsichtig deren andere Hand, legte sie auch auf das Geländer und ihre eigenen Hände obendrauf, so sanft und fest es ging. »'olgärr!« schrie sie, während sie wieder erstaunt auf die schönen langen und perfekt manikürten Finger starrte.

»Oomaah!« war die Antwort. »'sch kann's *nimmer* halde!«

So ging es eine Weile hin und her. Sie überboten sich gegenseitig im Gellen. Als endlich, nach zwei schwarzen Frauen und vor einer jungen Blondine mit slawisch-blauen Augen auch der Mann im Overall aus der Tür kam, einer der Frauen den Zollstock in die Hand drückte und zur Treppe rannte, hatte Mammele die Kraft zum Gebete wiedererlangt.

»Denn jeeder Jüngling hat nun mal/ 'en Hang zum Küschenpersonal./ Wie geed's 'n dann weider?«

»Mammele!« Holger sah sich verlegen um und betete seinerseits, innerlich, daß sie nicht auch noch auf die »Eewesterw'isch«-Schleife verfiel, was sie aber bisher nur zu Hause tat. »Seit wann kannst du denn *laufen*!«

»Auferschtande vonneen Dooden – Machtherrlischkeiteewischkeitamen!«

Banana-Mae und Dominique bufften sich wie üblich gegenseitig in die weich gepolsterten Rippen, um nicht zu laut zu prusten. Milli, deren Deutschkenntnisse noch nicht so geschliffen waren, daß sie die Delikatesse Mammelescher Dialoge hätte auskosten können, schlug sich eine Hand auf die eher knabenhafte Brust und stöhnte erleichtert auf. Nadine ließ sich auf eine Treppenstufe sinken, um ihren entgleisten Kreislauf wieder einzupendeln. Holger führte sein Mammele energisch zurück in den Rollstuhl und schob sie nach innen, weil sie ihn noch zweimal von ihrem Drang zu einem anderen »Stuhl« in Kenntnis setzte und verkündete, er sei eine »Raawemudder«. Es hatte irgendwie zärtlich geklungen. Oder fröhlich. Jedenfalls hatte den metallicblauen alten Opel Admiral niemand kommen sehen.

»Wat is denn *hier* los! Ham wir im Lotto jewonnen?« Die gut sechzigjährige rundliche Frau mit der kecken graumelierten Bubikopfperücke war als erste unten an der Treppe. Sie war auch die einzige, die nichts zu schleppen hatte. (Außer eine von diesen altmodischen Handtaschen mit doppeltem Griff und Klackverschluß.)

Nadine schreckte hoch.

Als nächstes keuchte, unter der Last einer Kiste Wasser und einer Umhängetasche, eine schöne stattliche Mittdreißigerin die Treppe hoch. Ganz zum Schluß, als sich wirklich alle erwartungsvoll am Geländer eingefunden hatten, knallte unten ein Kofferraum zu und machte sich, beladen mit Taschen und einem üppigen Strauß aus Rosen und Lilien, eine Mittvierzigerin mit langen roten Haaren und quietschblauen, superhohen Wildleder-Stilettos auf den Weg. Kitty ging nie einfach. Kitty hatte diese atemberaubende Art zu schreiten. Groß. Sehr aufrecht. Ein Glanz. Als sie unten an der Treppe ankam, hatten sich alle auf wundersame Weise entlang den Stufen zum Spalier postiert.

»Wo blei'm die Palmwedel!« kicherte sie und schritt nach oben.

»Don't step on my blue suede shoes«, summte Banana-Mae versonnen, und das Spalier löste sich auf, als Natascha die Wasserkiste absetzte und Kitty in der Tür verschwand.

Helga ächzte mißbilligend und stützte sich auf Dominique. »Is wehnksns der Typ mit der verrückten Ollen teetich!«

Kitty kam mit einem Eimer Wasser wieder heraus und dekorierte die kleine Terrasse mit dem Strauß. »Helga! Hm?« Sie zwinkerte Nadine zu. »Hier wird heut nich jemeckert. Wir ham wat zu feiern!«

Natascha zog eine Flasche *Veuve Cliquot* aus der Umhängetasche und gab sie Nadine. »Gomm, *tie* machs tu uff.«

»Ick hör immer feiern!« Helga hielt entschlossen den mosernden Ton, aber er klang verdammt nach dem, mit dem man bei Geburten, Hochzeiten und Beerdigungen den Kloß im Hals zurückzudrücken versucht. »Die Migräne is schließlich immer noch eijennützig und infoljedessen *keen* einjetrahrener Verein und infoljedessen uff eijene Spenden anjewiesen und infoljedessen uff diese kümftije Lokalität hier, die infoljedessen endlich fertich wer'n muß!«

Nadine hatte den Draht unter dem Champagnerkorken aufgezwirbelt. Banana-Mae kam mit vermischten Trinkgefäßen aus der Tür. Kitty hakte Milli, die die ganze Zeit mit offenem Mund zugesehen hatte, unter und zog sie hinter den dicken rotweißen Strauß.

»Ebent, Helga!« Kitty sah, wie Nadine den Korken schon mit aller Kraft im Hals der Wwe.Klicko festdrückte. »Und weil ooch det hier ne Folje von dem is, wat Nadien damals da unten in Frankreich so uff de Beene jestellt hat, knallen *wir* infoljedessen jetze'n Schampanjerkorken und feiern den neunzehnten Jahrestach in Folje vom Jeneralstreik!«

Der Knall saß exakt. Helga wischte sich verstohlen die Augen. Alle anderen juchzten in ihren jeweiligen Idiomen.

»'s wär fei scheenr gewäsn, wir hätten's Dscheggie-Oh schonn färtsch gehabt und genntn trinne feiern«, fand Natascha und nahm Helga in den Arm.

»Meine Rede!« brummte Helga. »Bummelei! Keen Zuch drin.«

Der Knall saß auch. Alle protestierten durcheinander, schimpften auf Handwerker, die entweder gar nicht kamen oder gleich wieder verschwanden oder blieben und trotzdem nichts taten oder wenn sie was taten, dann war's Schrott, fluchten, daß man immer erst hinterher schlau ist und die ganze Stadt sowieso durchgeknallt, und brüllten und lachten, bis Helga heiser nach einem Stuhl krähte.

»Und eens wollt ick noch sahng«, schob sie, endlich sitzend, nach, »daß det Ding Dschekkie-Oh heißt, det schminkt euch ab. Die Witwe Kennedy is nich ma een Monat unter de Erde, und *die* Famieje hat keen Humor.«

Wieder hagelte es Proteste. Banana-Mae und Dominique schüttelten die Köpfe im Duett und bestanden auf »der beste role-model« und »da most successful white sista so far!«, Nadine schwärmte von »élégance« in *Chanel* und Pillbox, Kitty verwies auf »*die* Kahjeere, Helga, überleech ma: Erst'n Amipräsident, dann'n Tankerkönich – dadrüber haste bloß noch'n Papst!«

»Und 'n Prinz von Böckinghäm?« bot Helga dagegen. »Wart ma ab, wat aus die kleene Kinderjahtenmaus noch wird!«

»Aber Jackie is *jetze* jestor'm – da *muß* man Ehre erweisen.«

»Ehmt nich, Kitty. Det jibt Ärjer, und der verjrämt uns bloß die Kundschaft. Die Zeit is nich reif für sowat.«

»Alors –«, Nadine sah auf die Uhr, »es ies miettag. Wir sollön weitärmachön. Dann, wir werdön dor *NaNa's* als Name wählön. Voilà!«

Natascha, die zweite Hälfte dieses ursprünglich geplanten Namens für das zukünftige Bistro (mit angeschlossener Service- und Eskortagentur sowie zwei Chambres, die wirklich séparées sein würden, aber das war *nicht* für die Akten!), sah Helga an und nickte lächelnd.

Helga strahlte zufrieden. »Wo is'n einklich Ludmila hin?«

Niemand hatte bemerkt, daß Milli längst wieder hineingegangen war und sich den maroden Leitungen des ehemaligen *Silver Wings Club* beziehungsweise einer neuen, sicheren Stromversorgung für das *NaNa's* widmete. Damit kannte sie sich schließlich aus. Und zwar bestens.

UM PUNKT SIEBEN Minuten vor halb vier raunzte wie jeden Nachmittag etwas über den Flur, das bei näherem Hinhören Ähnlichkeiten mit »Bis morng dann, schön' Feierabend« aufwies. Lietze, die vor ihrem Schreibtisch stand und in einem Aktenordner blätterte, atmete auf und sah zur offenen Tür.

Im Zimmer gegenüber ließ Mimi Jacob die Kopien von der Vernehmung Manfred Hacke, die sie sortieren wollte, fallen. Sie lief auf den Flur, warf ein spitzes: »Deutscher Handwerker müßte man sein!« in Lietzes Richtung, blieb vor deren Nachbartür stehen, neben der ein Stück Pappe mit der Aufschrift »Frisch gestrichen!« an der Wand klebte, schickte den beiden Malern, die sich in ungewohnter Schnelligkeit zur Schwingtür bewegten, einen Blick hinterher, der sie zur Eissäule erstarren lassen hätte (wenn sie sich umgedreht hätten), und riß die Tür auf.

In dem Zimmer, das sich Fritz und Jokisch teilten, saß nur Fritz, den Hörer zwischen Ohr und Schulter geklemmt, an seiner Hälfte des Doppelschreibtischs und schrieb etwas auf einen Block. Als er Mimi sah, hob er eine Hand und legte den Zeigefinger auf den Mund.

Mimi zog langsam die Tür wieder zu. »Totarbeiten tun *die* sich jedenfalls nicht!« giftete sie auf dem Weg zurück zu Lietzes Tür. Dort blieb sie stehen.

Lietze hatte den Ordner in den Wandschrank zurückgestellt und einen anderen unter dem Arm. »Was ist denn mit *Ihnen* los, Mimi?« fragte sie, ohne sie anzusehen.

»Die haben tatsächlich eine ganze schlichte Tür zu zweit in nur acht Stunden gestrichen! Wenn *wir* so arbeiten würden –«.

»– wäre Berlin endlich die Hauptstadt des Verbrechens, von der gerade alle delirieren … Naja … Wahlkampf …«, murmelte Lietze abwesend, während sie den Ordner auf den Tisch legte und aufklappte. »Haben Sie *acht* Stunden gesagt? Solange hab *ich* noch keinen von denen arbeiten sehen. Außer schwarz.«

»Geregelte Arbeitszeit, pünktlich Feierabend.« Mimi stand immer noch in der Tür.

Nach einer Weile klappte Lietze auch diesen Ordner zu, runzelte die Stirn und sah hoch. »Hmmh!« Sie zeigte auf den Saum des überdimensionalen Sweatshirts, das Mimi über braungeringelten Leggings trug. »Schön, der grüne Farbtupfer! Kriegen *so* kleine Babys schon Spinat?«

»Ooohscheiße!« Mimis Timbre war von balsamischer Milde so weit entfernt wie die Nitroverdünnung, mit der man Ölfarbe entfernt. Der Fleck blieb trotzdem. Mimi stampfte zum nächsten Stuhl und warf sich drauf.

Lietze beobachtete sie, halb amüsiert, halb besorgt. »Ich verstehe ja nichts davon, Mimi, aber – kann es sein, daß Ihnen die Mutterschaft nicht bekommt?«

»*Meine* Idee war sie ja auch nicht!« Noch immer Nitro, aber nur noch sehr verdünnt. »Und wenn ich blöde Kuh diesem blöden Mondkalb von Lieberman nicht irgendwann abgenommen hätte, daß er das Kind, das er partout haben will, auch wirklich selber großzieht –«.

»Ich *kann* mich daran erinnern, daß Sie ihn früher hin und wieder Dovidl zu nennen bereit waren«, Lietze zündete ein Zigarillo an, gab es Mimi und legte ihr die Hand auf die Schulter, »und jetzt – wollen Sie ihn wirklich rausschmeißen?«

Die Tür nebenan knallte. Schritte kamen näher. »So!« schmetterte Fritz triumphierend und fuhr sich mit dem Handrücken über die Stirn. »War'n harter Brocken. Es hat 'ne geschlagene halbe Stunde gedauert, bis die sich herabgelassen haben, mich mit der *richtigen* Figur zu verbinden. Und bis ich dem aus den Poren gesogen hatte, was –«.

Lietze sah von Mimi zu Fritz und zurück. Mimi fegte mit der Hand durch die Luft, als wollte sie eine Fliege verscheuchen.

»*Was* haben Sie *wem* aus den Poren gesogen?« Lietze setzte sich und angelte sich eine *Lucky Luciano*.

»BKA. Sie müssen noch ein paar Vergleiche machen, aber wahrscheinlich *waren* das geschredderte Reste von einer Stahlsorte, die in der Sowjetunion produziert wurde.«

»Ah ja.« Lietze nahm einen tiefen ersten Zug, sah Fritz an und überlegte.

»Aber mindestens genauso wahrscheinlich ist dieser Stahl auch exportiert worden. Nach sonstwo.«

Wär ja auch zu schön gewesen, dachte Lietze. Andererseits, was hätte es bewiesen, wenn die Splitter, die der Gewerbesprengstoff auch noch durch die unmittelbare Umgebung geschleudert hatte, nur in einem ganz bestimmten Gebiet hergestellt worden und nur ganz bestimmten Leuten zugänglich gewesen wären? Sie bezweifelte, daß man die Wege von Stahlschrott auch nur in der ehemaligen Sowjetunion, auch nur in deren Überresten nachverfolgen konnte. Und selbst wenn – *daß* ein undurchdringliches Firmengeflecht wie dieses Döderlein-Sammelsurium an beides rankam, war doch nicht die Frage. Eine Firma, die Industrieanlagen abträgt, ausgeplünderte Bergwerke dichtmacht, wahrscheinlich auch giftige Abfälle heimlich irgendwo vergräbt, hat nicht bloß Gewerbesprengstoffe auf Lager. Die hat auch TNT und Semtex zur Hand. Genehmigt und registriert oder nicht. Aus kontrollierten Beständen oder nicht. Und die unkontrollierten waren auch nicht nur die, auf die die Rote Armee hätte aufpassen sollen. Auch aus NATO-Kasernen verschwand regelmäßig genug. Und wieviel einheimischen Stahl hatten die russischen Offiziere beiseite geschafft und selber exportiert? Wie viele ehemaligen Sowjetkasernen hatten Stahlteile gehabt? Wie viele davon waren demontiert und verschrottet worden? Das alles konnte keine Frage sein. Die Frage war: Hatte die Döderlein Industrie Erschließung GmbH & CoKG etwas davon, daß Dr. Wigbert Lüsebringk aus dem Leben, also auch aus seinem einflußreichen Amt verschwand? Wenn ja – konnten sie beweisen, daß dieses eventuelle Motiv auch diese Tat nach sich gezogen hatte?

Lietze zuckte zusammen, als das Telefon schrillte. Mimi sprang hoch, lief zum Tisch und nahm ab. Lietze rollte mit dem Stuhl zur Seite und ließ ihr Platz. Fritz machte Anstalten zu gehen, aber sie bedeutete ihm zu bleiben.

»Aha - - - ja - - - nein – warte!« Mimi ließ den Hörer sinken. »Detlev und Sonja haben die Stewardess getroffen, und die hat diesen alten Mann wiedergesehen!«

»Beschreiben lassen«, sagte Lietze.

Mimi nahm den Hörer wieder an Ohr und Mund. »- - - nee, nichts - - -. Dann kommt wieder her.« Sie sah Lietze wieder an. »Oder?«

Lietze nickte.

»Soll ich mal versuchen rauszukriegen, was es mit diesem Stahlschrott auf sich hat«, fragte Fritz.

»Nein.« Lietze rollte wieder an den Tisch und warf die *Lucky Luciano* in den Aschenbecher. »Mimi – ist die Vernehmung Hacke schon fertig? Kann ich die Seite haben, wo der von dieser Bauplanungsfirma erzählt? Ich brauch den Namen und die Adresse.«

»Rotbrett GmbH.« Mimi war schon auf dem Weg. »Neukölln, glaub ich.«

»Haben wir den Namen nicht auch bei Lüsebringk zu Hause irgendwo gelesen?« Lietze nahm den Ordner, stand auf und trug ihn zum Wandschrank. »Ich kann den hier nicht finden!«

»Rotbrett GmbH? Nee. So'n Name wäre mir aufgefallen.«

»Dann hab ich den gesehen, als ich das zweite Mal mit der Witwe geredet habe - - - danke, Mimi.« Lietze nahm Mimi das Vernehmungsprotokoll des zweiten D.I.E.-Geschäftsführers Manfred Hacke ab, fand die Stelle, blätterte ein paar Seiten nach vorn und nach hinten und gab es Fritz. »Weserstraße. Rufen Sie da mal an. Ich weiß auch nicht genau, wieso. Aber dieser Hacke war plötzlich sehr gesprächig, und *er* hat die Firma ins Spiel gebracht.«

Fritz nahm die Seiten und ging zur Tür. »Na schön, aber wenn Ihnen bloß die Nase juckt – *das* könnte eine ordinäre Ölfarbenallergie sein.«

Lietze kicherte und rieb sich mit stummfilmfähiger Melodramatik die Nasenspitze. »*Ich* bin allergisch gegen Bauboom, Fritz. Mit so Kinkerlitzchen wie Ölfarbe brauchen Sie *mir* nicht zu kommen – ach, übrigens, bevor Sie gehen: Sagen Sie mal, was machen Ihre Nachwuchsamazonen so?«

Fritz blieb verblüfft stehen. »Äh – die eine Sperenzchen in der Schule. Nicole ist der Ansicht, daß sie sich da langweilt, und nervt die Lehrer. Jennifer scheint das andere Geschlecht entdeckt zu haben und schleudert Hormone. Wieso?«

Lietze zwinkerte Mimi zu. »Das heißt, die sind genau in der Situation, in der junge Menschen eine echte Herausforderung gebrauchen könnten? *Sehr* gut.«

Fritz sah Mimi an, Mimi sah Lietze an, und beide sahen verdutzt drein.

»Nämlich – Mimi oder vielmehr ihr überforderter lieber Mann braucht dringend Babysitter. Für unterforderte Polizistenkinder genau das –«, das Telefon schrillte dazwischen. »Dritte Mordkommission Lietze - - - ja, Schade?«

»- - - DAS *KÖNNTE* ER SEIN. Obwohl die Stewardeß uns eben auch erzählt hat, daß er ganz was anderes anhatte, als sie ihn vor ein paar Tagen nochmal gesehen hat.« Sonja Schade setzte sich jetzt doch auf den quietschenden speckigen Drehstuhl an den Tisch mit dem ölverschmierten Telefon, beobachtete aber weiter das Geschehen hinter der Glastrennwand in Halle 7. Ein älterer Mann lag leblos auf dem Boden, über ihn gebeugt waren zwei Rettungssanitäter und der technische Leiter der Flughafenfeuerwehr, ein braungebrannter Mann mit braunem Schnauzbart. »- - - kariertes Hemd, blaue Hose - - - ja, Drillich oder so, eine Arbeitshose - - - ja, die Stiefel sehen aus wie die von der Feuerwehr, aber die scheinen hier viele zu tragen - - -. Nein, hier rast kein Blaulichtkonvoi durch, Lietze! Das ist bloß ein Papagei - - - doch! Sitzt hier neben mir auf der Stange, ich schwör's - - - ein rot-gelber Ara - - -. Herzinfarkt, nehme ich an - - - nein, plötzlich zusammengebrochen.«

Die Sanitäter hatten dem Mann Hemd und Hose aufgerissen. Der technische Leiter strich sich den Schnauzbart zurecht und nahm sein Funkgerät: »Jib raus: Stichwort PB – sofort NAW oder Christoph - - - ja, is Hotte - - - nee, völlich wech - - - nee, versuchen Herzmassage.« Dann ging er zu Schade.

»Moment mal, Lietze«, Schade legte den Hörer auf einen Stapel Werkstattberichte und zog Stift und Block aus der Jacke. »Sagen Sie mir Namen und so weiter?«

»Horst Hanschke«, fing der Mann mit dem Schnauzbart an, »Mechaniker, war früher bei uns, also Feuerwehr. Bis er't jesundheitlich nich mehr konnte. Hat die Army für jesorcht, daß er'n Job in der Werkstatt krichte. Der war ja janz früher ooch bei der Security. Da kenn' wir uns alle her. Naja, viele. Die alten Hasen hier vom Hafen, die ham alle bei der US Army anjefang', als Zivilanjestellte.«

Alte Hasen? überlegte Schade. Der war doch höchstens Anfang vierzig. »Und wie alt ist Herr Hanschke?«

»Um die fuffzig, schätz ich. Herbert? Wie alt is'n Hotte?« rief er einem anderen Werkstattmann zu und hielt eine Hand hinter ein Ohr.

»Drei'nfuffzich im Aujust!« konnte Schade selbst hören, obwohl der Ara inzwischen abwechselnd mit dem Drehstuhl im Kanon quietschte oder flötete oder schnalzte. Sie nahm den Hörer wieder hoch. »Nee, Detlev ist nebenan bei der Feuerwehr - - - Ich melde mich wieder.«

Sie notierte eine Menge merkwürdiger Dinge, die der Mann mit dem Schnauzbart erzählte, und schüttelte immer wieder den Kopf. Schließlich schmiß sie wutentbrannt den Stift auf den Tisch und funkelte den Ara an, weil der schon wieder schmetterte wie eine Fanfare aus Martinshörnern. Aber der Ara hielt den Schnabel geschlossen und schien zu grinsen. Sie sah verblüfft den Mann mit dem Schnauzbart an und bemerkte endlich den großen roten Notarztwagen, der vor der Sicherheitsschleuse auf der Landseite stand und wartete, daß sich der stählerne Rolladen hochschob. Wahrscheinlich hatte der Fahrer aus Versehen die Sirene angestellt, als er das Blaulicht abstellen wollte.

Schade nutzte die Zeit, die der Notarzt brauchte, um Hanschkes immer noch leblosen Körper zu untersuchen und zum Transport vorzubereiten, für einen Blick auf den Dienstplan vom Mai und ein Gespräch mit dem Werkstattleiter, als der »Herbert« sich vorstellte. Hanschke hatte bis zum 8. Mai Urlaub gehabt, war danach aber nicht mehr als »abwesend« eingetragen. Der Werkstattleiter wollte zwar nicht beschwören, daß »Hotte« auch am 19. Mai gegen 14 Uhr an seinem Arbeitsplatz in Halle 7, am südwestlichen Ende des Kleiderbügels, gewesen war, sah aber auch nichts, was dagegen sprach. Vor allem aber hatte er nie einen Hut gesehen, »nich uff Hottes Kopp!«

Im Kanon mit dem NAW, der langsam durch die Schleuse nach draußen fuhr, schaltete auch der Ara sein Martinshorn wieder an. Schade zuckte zusammen. Der Werkstattleiter hielt ihr schmunzelnd seine Schachtel beinah nikotinfreier Zigaretten hin. »Det is Paule – jefällt Ihn'? Is jetze zwee'nzwanzig Jahre bei uns – unser Maskottchen.«

Schade wühlte in der Jackentasche, brachte ihre filterlosen

Nikotinbomber zum Vorschein, zuckte entschuldigend die Schultern und ließ sich eine anstecken.

»Sowat ham hier alle – meist Vöjel, Wellensittiche, Kanarien. Fische ooch. Wissen Se, der Hafen hier, det war anumfirsich immer 'n halber Zoo. Wir hatten früher een Beeß-Kommänder, der war Pferdenarr. Der wollte 'n janzen Stall und 'ne richtje Einheit Mauntet Seckjuritie Polies uffziehn. Der kam dann aber wech. Danach hatten wa den mitte Bäume. Der hat ne janze Baumschule uffjemacht, unten bei de Schäferei – könn' Se heut noch sehn.« Er zog an seiner Zigarette und blies Altersringe.

Schade hatte das Wort »Schäferei« noch nicht verdaut, aber Herbert schwärmte weiter von Pekinesen, die als Drogenschnüffler, und Schäferhunden, die als Sprengstoffdetektoren gearbeitet hatten.

»Und Alex, also der hatte die Müllverbrennungsanlahre unter sich, der hatte zeitenweise vier'nzwanzich Katzen. Aber *sonne* Brummer! Halbwild. Sowat ham Se nonnich jesehn, junge Frau. Die ham denn aber ma'n Pudel zerfetzt, und der ha nu woll ausjerechnet ee'm Sartschent jehört, oder dem seine Frau, wat weeß ick. Jehnfalz wurden die denn sämtlich – ick weeß jar nich mehr, sterrelesiert? Oder ham se die einjeschläfert?«

Schade starrte den Mann, der sich mit glänzenden Augen in Fahrt redete, an und vergaß fast, an ihrer Zigarette zu ziehen. Sie begriff nicht, wie und warum, aber irgendwie schien es ihr lohnender, sich unglaubliche Geschichten von einem komischen Flughafen und seinen ehemaligen Militärbossen erzählen zu lassen, als einem offenbar herzkranken, älteren Mechaniker auf die Intensivstation zu folgen, der nie einen Hut trug.

»Aber wir hatten ja nu ooch Ratten und Mäuse. Und Karnickel. Deswehng hat denn die Järtnerei zwee neue Katzen jekricht – und zwar mit militärische Ränge und allet! Det gloo'm

Se nich, wa? Jing aber nich anders. Die krichten Rang und Name, weil se doch uff die Verfleejungsliste mußten, von der Ahmie. Also war'n det Sartschent Robbert und Sartschent Mienusch, hähä. Die sind letzten Sommer nach Lankwitz jekomm', ins Tierheim. Mitten janzen Schrank voll Katzenfutterdosen! Jungejunge. Ick kann Ihn' sahren – die waren so jut jenährt, die mußten Se zum Jahren *trahren*! Freiwillig ham die keene Maus mehr jejaacht. Naja. Aber wir ham ja noch 'n paar Raubvögel hier. Raben. Nebelkrähen. Und Turmfalken. Die wohnen ohm in C1... Jaja, unser kleener Zoo... Die Schafe sind ja wech jetzt. Der Stall is noch da, neben de Järtnerei unten. Der Schäfer ooch. Aber da jab's woll Protest. Irng'ne Bürjerinniziatiewe, Tierschützer, wat weeß ick. Die Schafe ham ja det Jras um de Landebahnen rum kurzjefressen, deswehng war'n se anumfirsich da. Aber nu hatte det plötzlich zuville Kehrosien oder so. Jehnfalz sind die jetz uff'm Land. Schade an sich. Die Ammis hätten so'n Quatsch nich mitjemacht. Bei die jab's ooch noch richtich Viehmarcht. Jedet Jahr an Rammadahn. Da wurden die Schafe verkooft, an unse Muslime in Berlin. Denn die essen ja ville Hammel. War immer 'n Riesen-Bohei. Det kam ooch sofort wech, wie die BFG den Hafen wieder übernomm' hat. Is woll nich orntlich jenuch für deutsche Ziewelisten...«

Schade hätte stundenlang weiter zuhören können. Was *war* das für ein verrückter Ort, dieser Flughafen Tempelhof! Wieso hatte sie den nie wahrgenommen? Eigentlich nicht mal damals, in den sechziger Jahren, als ihre Eltern sie mitgenommen hatten. Im Flugzeug. Nach Berlin. Nach West-Berlin, natürlich, denn das hatte damals seit ein paar Jahren eine Mauer ringsum und war eine Reise wert. Das mußte man gesehen haben. Da mußte man auf Treppchen steigen und rüberkucken zu den armen Brüdern und Schwestern, die das alles nicht durften und nicht mal

Apfelsinen und Bananen zu essen hatten. Aber weder hatte sie je Schwestern zu sehen bekommen, worauf sie ziemlich neugierig gewesen war, noch auch nur Brüder. Denn diese feldgrau uniformierten Männer, die miesepetrig auf Türmen hockten und eine Art riesige Operngläser vorm Gesicht hatten, die wollte ihr doch wohl niemand ernsthaft als Verwandte anbieten! Kinder schien es da überhaupt nicht zu geben, jedenfalls nicht in greifbarer Nähe. Nicht mal einen Spielplatz. Nur ein graue, öde, ruinöse Starre, die sich tief eingeprägt hatte in ihre kleine siebenjährige Bilderwelt. Uniformen und Ruinen und eine abgezirkelte unberührbare Leere.

Was hatte sie damals alles nicht gewußt. Falsch erklärt bekommen. Oder gar nicht. Das Wort Krieg hatten ihre Eltern vermieden. Auch der Kalte Krieg wurde zu Hause nicht erwähnt. Obwohl praktiziert. Zwischen Vater und Mutter. Aber das war genau so unfaßbar gewesen, damals. Und dafür hatte sie sich gerächt, indem sie kein Wort geglaubt hatte von diesen Märchen, die sie ihr erzählen wollten. Rosinenbomber! Flugzeuge, die Kohlen und Essen brachten und Schokolade abwarfen – so ein Quatsch. Sie hatte mit sieben Jahren schließlich auch nicht mehr an den Klapperstorch geglaubt, der Babys abwarf. Bei ihr zu Hause war jedenfalls keiner vorbeigekommen.

Später hatte sie sich dafür nicht mehr interessiert. Sie hatte die Fakten zur Kenntnis genommen, die man im Westen in Schulbüchern und Fernsehsendungen bekanntmachte, und sogar jahrelang vergessen, daß sie, gleich nachdem sie aus ihrem Flugzeug geklettert war, im Halbdunkel unter diesem seltsamen geschwungenen Dach, fast von einem etwas älteren wilden kleinen Mädchen umgeworfen worden wäre, das sofort danach von einer vornehmen Dame und einem bellenden Herrn weggezerrt und in ein anderes Flugzeug geschoben wurde. Der Blick, den sie einen Atemzug lang getauscht hatten, und die Berührung der fremden kleinen Hand auf ihrem nackten Arm hatten sich so tief unten in ihrer kleinen Mädchenseele eingebrannt, daß Ort und Zeit und alles andere Geschehen dahinter verschwunden waren. Anita und sie begriffen erst, als sie lange ein Paar waren, daß sie sich damals dort zum ersten Mal begegnet sein mußten. Trotzdem blieb dieser Flughafen für Sonja Schade einfach ein zufälliger Ort, der nur zufällig etwas Zauberisches hatte, weil eben dort die Liebe ihres Lebens sie beinah umgehauen hatte, noch bevor sie überhaupt ahnte, was Leben und Liebe sein könnten. Aber hier stand plötzlich, ebenso zufällig, irgendein älterer Mann an seinem Arbeitsplatz, der damit auch für diesen Moment ihr Arbeitsplatz wurde, weil sie – zufällig oder vielleicht doch nicht? – eine Arbeit tat, die plötzlich jeden Ort dieser Stadt zu ihrem Arbeitsplatz machen konnte, und erzählte zauberhafte Geschichten von verrückten Viechern und noch verrückteren Menschen, und er schien, aus seinen ganz eigenen Gründen, ebenso verzaubert von diesem Ort zu sein …

Sie starrte Detlev Roboldt an wie einen Pinguin in der Wüste, als er winkend um die Ecke kam, hinter der die Tür zwischen der Werkstatt und der Halle mit den Simbas und Pumas und Cheetahs der Flughafenfeuerwehr lag. »Äh-hm«, sie drehte sich wieder zum Werkstattleiter, als traute sie ihren Augen nicht, »ist das denn nicht gefährlich, wenn die Schafe das Gras jetzt nicht mehr kurzfressen? Ich meine, für die Flugzeuge?«

»Hähä!« sagte der Werkstattleiter. »Der Schäfer mäht det doch selber jetz, und denn bringta't ihnen raus nach Buckow. Det weeß aber die Tierschützergruppe nich, hähä!«

»Lalüülalää!« ergänzte der Ara, flog eine Runde durch die Werkstatt und nahm auf einem der meterhohen Stahlträger in der Halle Platz.

ALLES RINGSHERUM SCHEINT MIT ERREGT, scheint mich anzusehen, scheint dann auch gleich wieder wegzusehen. Meine Empfindlichkeit ist größer geworden. Warum fürchte ich den Eindringling.

Alarmiert beobachtet der kleine alte Mann mit dem Hut, der jetzt nicht mehr den Aktendeckel, sondern eine pralle Supermarkttüte im Arm hält, einen mittelalten, großen, massigen schwarzen Mann, der auf dem Bahnsteig der U6 Richtung Alt-Tegel steht und eben von einer biederen älteren Frau mit Dauerwelle und Hütchen angesprochen wird. Es ist das dritte Mal, daß er ihn sieht. Und von ihm gesehen wird. Er beschließt, nicht weiterzugehen.

Der eigentliche Zugang ist so gesichert wie überhaupt etwas auf der Welt. Schon lange habe ich niemanden an diesem Eingang forschen sehen. Früher. Ja. Als hier unten die Vorräte des Senats lagerten. Am Anfang. Kohlen. Baustoffe. Nahrung. Dann später wieder. Beim Umbau. Glasröhre. Fahrstuhlschacht. Aber jetzt. Heute morgen am Columbiadamm. Und jetzt auch hier am Tempelhofer Damm. Etwas, das an die jetzigen Störungen heranreichen würde, ist nie geschehen. In fünfzig Jahren nicht. Nichts ist mehr wie vorher.

Er preßt die schwere Tüte an sich und geht langsam zurück vom Bahnsteigende, wo er hatte hinabsteigen wollen. Er muß wissen, was geredet wird.

»Rosenthaler Platz – ja, da müssen Sie zweimal umsteigen.« Der schwarze Mann hat einen ganz leichten sächsischen Tonfall.

Die Frau mit dem Hütchen sagt immer wieder: »Ach Gott! Ach Gott!« und winkt einem Mann mit beiger Batschkapp, der anderen Wartenden einen Vortrag zu halten scheint. »Ei jetsch komm dochemol her, Heinz – Heinzzz!«

»Wo wollen Sie denn *genau* hin?« fragt der schwarze Mann halb fürsorglich, halb ungeduldig und starrt dem Alten mit dem Hut sekundenlang direkt ins Gesicht.

Warum fürchte ich den Eindringling mehr als die Möglichkeit, vielleicht niemals meinen Bau wiederzusehen. Es muß ja kein eigentlicher Feind sein.

»Heinz! Wo wohnt dann noch dr Stewwan?«

»Ja woher soll ich dann des wisse!« Der Mann mit der Batschkapp schnappt den Nachkriegskoffer und schlurft widerwillig zu seiner Frau.

Gesichert wie überhaupt etwas. Der Verkehr hier. Ist doch sehr groß. Wahrscheinlich ist das sogar das Beste. Ich habe den Eingang sorgfältig abseitsliegend gewählt. Aber nichts ist mehr wie vorher. Das ganze Leben macht eine Umwälzung.

»Ei hasch du's *nit* uffg'schreibt? Der Herr Neeschä hier, also der wär so nett und hat g'fraht –«.

»Geh fott!« blafft es zurück. »*Du* hasch doch die Brief von dei'm Sohn uffg'hebt. *Du* musch doch wisse, was die do Adreß is!«

Die Frau klackt trotzig-beleidigt die Handtasche auf, zieht ein Mäppchen mit Flugtickets hervor und findet darin einen kleingefalteten Briefumschlag. »Gormannstroß. Ei jo rischtisch, do schdeht's jo. Haldeschdell Rosenthaler Platz, und von do …«

Aus dem Tunnel schiebt sich eine Druckwelle, dann tauchen zwei Lichter auf. Die Augen des Schwarzen swingen hin und her zwischen dem Alten, den beiden aufgescheuchten Saarlandeiern und dem einrollenden Zug. »Fahren Sie einfach mit mir mit. Ich muß um die Ecke, in die Mulackstraße. Wir fahren bis Rosa-Luxemburg-Platz, da muß man nur einmal in Stadtmitte umstei –«.

Den Rest verschlucken kreischende Bremsen, gellende Ansagen und allgemeines Gewühl, das den U-Bahnhof Paradestraße am Tempelhofer Damm, etwa in Höhe der Halle 5 (in deren unterirdischen Geschossen der schwarze Mann mit dem ganz leichten sächsischen Tonfall seit kurzem eine Kunsttischlerwerkstatt betreibt), für die folgenden drei Minuten erfüllt. Dann verschwindet auch der Zugabfertiger in seinem Kasten. Der Bahnsteig ist wieder leer.

Ruhig. Ruhig. Ich komme gewiß hinab. Ich und der Bau gehören zusammen. Nichts kann uns auf Dauer trennen. Das Leben nicht und nicht der Tod. Ich bin Herr, alleiniger Herr über eine Vielzahl von Gängen und Räumen. Bald komme ich zurück.

Der alte Mann geht langsam wieder zum Bahnsteigende.

Mich verbinden noch viele Wege mit der Außenwelt. Mich verbinden noch viele Schätze mit dem Leben. Auch wenn ich den wahren Filmbunker heute habe hingeben müssen. Nein, bewahre. Nicht denen, die jetzt auf dem Gelände bauen. Gegenüber von H 1 rund. Polizeipräsidium. Sowas muß nicht wissen, auf welchem Boden es baut. Zäune. Alles eingezäunt jetzt. Wie damals. Ich war gerade zwölf geworden. Onkel Caro hatte den Auftrag bekommen. Bauleitung der Luftwaffe Flughafen Tempelhof. Betrifft: Freimachen der Baufläche für den Bau des Filmbunkers am Bayernring und Kaiserkorso. Hiermit erteilt. Kostenverabredung 18.520 RM. Sofort zu beginnen und beschleunigst fertigzustellen! Heil Hitler! Erklären Einverständnis mit Preissenkung um 2.340 RM, Heil Hitler, Carl Rose Tief- und Betonbau Berlin W 35, den 2ten Dezember 1941. 20.000 m² Gartenfläche mit eisernem Rechen abgezogen und auf Kippe verfahren. 56 Bäume gefällt. 750 m Drahtzaun um Schrebergärten sachgemäß abgebrochen, aufgerollt und nach Anweisung zur Wiederverwendung gestapelt. Mit 19 Mann und 8 DiVerpfl. In

2 Monaten. Abschlag 30.000 RM am 2ten Februar 1942. Weitere Zahlung 16.000 RM am 3ten Dezember 1942. Und noch eine letzte Zahlung 2.080 RM 13 Pf. am 26ten Oktober 1943. Zwei Tage nach meinem vierzehnten Geburtstag. Macht 40.080 Reichsmark und 13 Pfennige. Das Zweieinhalbfache von dem, was die Luftwaffe runtergehandelt hatte. Mehr als das Doppelte von dem, was Onkel Caro veranschlagt hatte. Und den Drahtzaun hat er für wiederverwendungsuntauglich erklärt und auch selbst verkauft. Wir haben nie erfahren, wie er das gedreht hat. Der Vater hat Onkel Caro nicht mehr erwähnt. Der Vater hätte so etwas nicht geduldet. So eine Extrawurst.

Der Vater war für Gleichheit. Was nicht gleich ist, bringt Gefahr. Wenn der Druck nicht in allen Rohren gleich ist, wird der Heizbetrieb gestört. Alles muß ausgeglichen sein. Einheitlich. Einheitlichkeit ist Harmonie. Alles Störende muß entfernt werden. Der Bauer merzt das Unkraut aus. Der gesunde Stoffwechsel stößt die Extrawurst ab. Ungesund. Schädling. Störung. Zerstörung.

Der alte Mann bleibt neben einer Nische vor dem Tunnelanfang stehen und sieht sich vorsichtig um.

Bald komme ich zurück. In seinen Bau. In meinen Bau. Mir bleiben noch viele Schätze. Sein Wissen, das er mir preisgegeben hat. Seine Gedanken, die ich hüte. Gestochene Schrift auf mürben gelben Blättern. Und im Gedächtnis wie alles. Von äußerster Wichtigkeit für das wahrhafte städtebauliche Gedeihen ist die einheitliche Führung in der Gesamtgestaltung. Wo kein einheitliches Formwachstum aus den Seelenbeziehungen des Volkes zu verzeichnen ist, wo keine gewaltigen symbolhaften Grundlagen dem Schöpfer die Hände führen, sondern nur sein ihm eigentümliches Empfinden, da stehen Gebäude allein, ohne in ein großes Gemeinsames sich einzufügen. So wurde die

Großstadt zu einer Vielfältigkeit, zum Symbol einer uns feindlichen Welt, der des liberalen Denkens.

Sein Vermächtnis. Mir offenbart. Von mir bewahrt. Als er mit mir hierherzog. Unter die Erde. Wo es still ist und schön. Gleichzeitig warm und kühl. Sicher. Seit über fünfzig Jahren. Seit jener Nacht, in der wir alle zu Kellermenschen wurden. Vier Wochen und einen Tag nach meinem vierzehnten Geburtstag. Die Mutter ist nie mehr gekommen. Sie hat mich beim Vater abgegeben und Freundinnen besucht. Ich sehe dem Vater gern bei der Arbeit zu. Mit ihm beuge ich mich über seine Pläne und Zeichnungen, mit ihm gehe ich durch die Tunnel und Gänge. Ein, zwei Stockwerke unter dem Boden. Es ist ein Fliegeralarm, wie vor vier Tagen. Zur Abendbrotzeit. Um halb acht heulen die Sirenen. Der Vater geht zurück zu seinen Männern und gibt mich in die Obhut der BFG-Frauen. In ihren Schutzräumen zwei Stockwerke unter H 1 rund. Drahtfunkdurchsagen der Flakleitstelle. Die Planquadratkarte an der Wand. Die Bomberverbände. Die Wellen. Das Näherkommen. Aber sie bleiben nördlich. Fast zwei Stunden lang.

Auch danach kommt die Mutter mich nicht holen. Die Mutter kommt überhaupt nicht mehr. Das Gaswerk Neukölln ist explodiert. Brandbomben sind zerplatzt. Haben ihr Gemisch aus Benzin und Gummi und Öl und Magnesium und Phosphor und Flüssigasphalt verspritzt. Alles ringsum in Brand gesetzt. Feuersturm, weißt du, sagt der Vater am nächsten Morgen, als wir nach oben steigen. Wir sehen den Bunker neben dem Gaswerk. Die Reste. Die Mutter sehen wir nicht. Aber hoho! sagt der Vater. Kein Feuersturm kann diese Stadt zerstören, denn sie ist groß und gewaltig. Steine groß und gewaltig. Straßen groß und gewaltig. Und ein Leben unter der Erde, für das er die Versorgung schafft. In seinem Bau. Meinem.

Der alte Mann nimmt die Tüte in einen Arm, wirft noch einen argwöhnischen Blick hinter sich und gräbt im Dunkeln mit der freien Hand in der Jackentasche nach dem Schlüsselbund.

An jenem Morgen haben wir unsere Sachen aus der Heidestraße 25–29 geholt und sind hierhergezogen. Für immer der Vater. Für immer auch ich. Als stehe ich nicht vor meinem Haus, sondern vor mir selbst. Vor ihm. Nichts kann uns auf Dauer trennen. Ich komme gewiß hinab. Nach tief unten. Zu der Stelle, die der Vater mir offenbart hat.

Denn ich besitze seine Pläne. Ich finde den Pfeiler.

»UM MAL WIEDER AUF'N BODEN ZURÜCKZUKOMMEN«, Kalle Jokisch hopste ausnahmsweise nicht quer durchs Zimmer, »was machen wa'n jetzt mit unserm unauffindbaren ABV? Muß ich den auch wieder verbuchen als leider wechjebrochne Säule der Ermittlungen?«

Das Zimmer war Lietzes. Am Türrahmen prangte jetzt ein weiteres neues Schild: »LKA 4113/3. Mordkommission/EKHK Lietze«, darüber die Nummer »455«. Sonja Schade warf die Werkzeuge in die Tasche und ein unverschämt heiteres Lächeln in die Runde. Es hatte geklappt. Es klappte fast immer. Werkeln und Fummeln beruhigte doch ungemein. »Andere Leute machen Kreuzworträtsel oder legen Patiencen!«

»Oder wühlen in Blumentöpfen.« Lietze lehnte an der Fensterbank, vor der kein Tisch stand. »Was, Jokisch?«

Mit Schade und der Werkzeugtasche war das Zimmer endgültig überfüllt. Es war das kleinste. Und das einzige, in dem kein Doppelschreibtisch und zwei Namen an der Tür standen. Lietze hatte sich lange dagegen gesträubt. »Was soll ich mit einem

Chefzimmer! Bin ich Chef?« hatte sie bei der ersten Besprechung des Umzugs protestiert. Alle hatten gegrinst. Roboldt hatte demonstrativ die Augen himmelwärts gerollt und beiläufig geflötet. Lietze hatte ihn solange angestarrt, bis seine Augen wieder auf normale Gesichtshöhe zurückgerollt waren. »Was, Kobold?« Und Mimi, die auch während ihrer gesetzlich verordneten Abwesenheit von ihrem Posten als Schreibkraft und Seele der Dritten keine Woche vergehen lassen hatte, ohne mindestens einmal aufzutauchen, meistens mit einem krähenden, schmatzenden oder glucksenden Bündel in einer Art Hängematte vor dem Bauch, Mimi hatte die Raumordnungsdebatte mit dem Hinweis beendet: »Erstens sind Sie hier der Chef, Karin. Zweitens brauchen wir endlich eine Küche und einen großen Tisch, und in sowas passe höchstens noch ich rein. Und drittens steht ja nirgends, daß Sie in Ihrer Einzelzelle angeschraubt werden sollen.«

Daß sich an diesem Abend, kurz vor 19 Uhr, die Dritte fast komplett ausgerechnet im kleinsten aller Zimmer drängelte, lag nur daran, daß Mimi schon weg war und allein das Wort »Kaffee« alle anderen zu Schmerzgrimassen nötigte. Es gab in Raum 455 weder Platz für Mittelstreckenhopsen noch Sitzgelegenheiten außer dem Chefstuhl, natürlich. Und auf dem thronte Detlev Roboldt.

»Um mal auf deine Frage zurückzukommen, Kalle«, fing er an, »was wir machen sollten, ist Feierabend. Für heute jedenfalls. Denn daß der Alte eine Säule der Ermittlungen ist – ich weiß nicht. Gut, er soll mit Lüsebringk geredet haben, bevor der in die Luft geflogen ist. Und alle haben ihn dauernd irgendwo gesehen und wollen ihn garantiert wiedererkennen. Aber woran eigentlich, weiß kein Mensch. Und wenn der wirklich die Verabredung war, die Lüsebringk nach den Worten seiner Witwe da in der Halle um 14.00 hatte, dann weiß *ich* nicht, wieso er ihn um kurz vor zwei da stehenläßt.«

»Genau deshalb, zum Beispiel!« Jokisch hopste jetzt doch, wenn auch nur auf der Stelle.

Fritz, der genau neben ihm stand, rollte zum x-ten Mal das Protokoll der Vernehmung des D.I.E.-Geschäftsführers Manfred Hacke zum Röhrchen und trommelte sich gegen die Stirn.

Lietze hatte *kein* Zigarillo in Arbeit und beschäftigte ihre Hand mit ihrer Nase. »Niemand hat gesehen, daß der Alte ein Funkgerät hatte.« Sie fragte sich nicht mal, ob die Nase juckte. Es war egal. Hauptsache, ihre Hände hatten etwas zu tun. Bekamen irgendetwas zu fassen. Und wenn's die eigene Nase war. Besser als dieser Zustand, in dem alles, was man packen will, durch die Hände flutscht. Ungreifbar bleibt. Wie ein Hirngespinst. Ein Täuschungsmanöver. Eine Finte.

Schade lächelte noch immer heiter, schüttelte aber den Kopf. »Ich kann's mir auch nicht vorstellen. Obwohl der Alte natürlich den Lockvogel gespielt haben könnte. Er *könnte* Lüsebringk dahin manövriert haben, wo der Koffer war, den dann jemand ferngesteuert hat – der Jemand *könnte* das beobachtet haben. Bloß, auch so Jemanden hat niemand gesehen.«

»Das ist doch Käse!« platzte Fritz heraus. »Die Witwe hat von einem *Geschäfts*termin geredet. Und entweder wir hören morgen früh von dieser Firma Rotbrett, daß *sie* damit gemeint waren, oder wir fragen die Witwe *nochmal*, mit etwas mehr Nachdruck vielleicht!« Er erwog ernsthaft, statt seiner Stirn den auf der Stelle hampelnden und scharrenden Jokisch mit dem Papierrohr zu traktieren.

Jokisch schien die Gefahr zu wittern und stand einen Augenblick lang still.

»Komm, Kalle«, die unerträglich heitere Schade hielt ihm

ihre Zigarettenschachtel hin, »rauch eine. Bevor du platzt und die Farbe von der Tür gleich mit!« Sie gab ihm auch Feuer. »Und übrigens – das heißt nicht ABV! Sondern RvD. Wie Rentner vom Dienst. Ist eine Institution der alten Bundesrepublik. Unsere Rentner brauchten ja nicht dauernd nach Westen zu reisen, deshalb waren die auch überall. Vor allem da, wo du deinen Wagen mal wieder im Halteverbot abstellen willst – verstehst du?«

»War der ABV auch – überall und nirgends!« grinste Jokisch. »Kenn ich.«

»Mag ja sein, aber euer ABV hatte Amt und Uniform. Unser RvD ist inwendig ausgeschlagen mit Feldgrau. Oder so.«

»Fürchterlich!« bestätigte Roboldt. »Kaum willst du aussteigen, ruft er die 110 und meldet, daß du soeben ein Parkverbrechen begehst!«

Lietze hörte auf, ihre Nase zu malträtieren, und lachte. »Oder er belehrt einen, daß man da aber ja nicht stehenbleiben darf, weil sonst die Polizei kommt – ähhh!«

»Mir juckt da leicht die Faust«, gab Fritz zu Protokoll. »Diese Obrigkeitsmarotte, das sitzt in den Genen!«

»Ich sach doch«, sagte Jokisch, »*kenn* ich! Hatten *wir* ooch, die Sorte. Is sowas von jesamtdeutsch, da kannste die Krätze kriegen! Früher hab ich immer jekeift: Ja klar, weil *Sie* se rufen, deswegen kommt die Polizei. Heute sag ich: Laß jut sein, Oppa, ich *bin* die Polizei. Und das wirkt! Da krieg ich erst richtich die Krätze. *Wie* das wirkt!« Er schüttelte angewidert den ganzen Oberkörper.

»Probier's nächstes Mal mit *Sitzen machen!*« schlug Schade vor. »Dann knallt der glatt die Hacken zusammen.«

Jokisch sah sie verdutzt an. »Was? Achso – häh. A propos, wie wär's denn – jeht ooch eins-zwei-drei –, wenn wir eben nochma'n bißchen ufffräumen, bevor wir alle –«.

Roboldt schien so versessen auf das mutmaßlich nächste Wort: »Feierabend«, daß er schon mal die Füße von Lietzes Tisch nahm und seinen Hintern vom Stuhl löste.

»Was willst du denn aufräumen?« Schade sah auf die Uhr. »Für heute darfst du den Alten vergessen, und was ihr morgen bei Rotbretts rauskriegt, hören wir dann. Ansonsten –«, sie sah nacheinander Lietze, Fritz und Roboldt an und verbuchte Zustimmung, »müssen wir unsere geistigen Disketten wohl noch eine Weile zustopfen mit einem kleinen alten Mann, zirka sechzig, der immer denselben Hut aufhat, und zwar die wahnsinnig originelle Sorte, mit der Jack Lemmon den lockeren Vogel –«.

»Uraltbundeskanzler Boccia –«, Fritz zwinkerte Lietze an.

»– und Kieferchirurgen Ruhestand spielen!« sagte die artig.

»Hat hier zufällig mal jemand den Namen Mielke jehört?« Jokisch war stocksauer. »Ich frach ja nur...«

Schade lächelte ihn an. »Ja, leider.«

Roboldt stand schon in der Tür und strich sein blau-gelb gesprenkeltes Jackett glatt. »Im übrigen ist der Mann ein Chamäleon. Mal trägt er Feuerwehr-Look, mal erscheint er als Mechaniker oder irgendein Bürohengst aus irgendeiner Etage von diesem Labyrinth namens Flughafen Tempelhof –«.

»– als Captain soll er auch schon aufgetreten sein. Vor ein paar Jahren. In original US-Army-Outfit. Behauptet einer von den frühen Security-Leuten.« Schade klemmte sich die Werkzeugtasche unter den Arm.

Lietze verzog ungläubig das Gesicht. »Jedenfalls ist er nicht zu fassen! Also – Feierabend.«

Sie ließ sich auf ihren Stuhl sinken, als alle gegangen waren, steckte sich endlich eine *Lucky Luciano* an und versuchte, die Finger lockerzuschütteln wie Mimi nach langen Vernehmungen. Und nicht nur der! dachte sie, während sie einen tiefen Zug nahm. Hier ist überhaupt nichts zu fassen. Leben in der Schneekugel. Jeden Augenblick kommt etwas und wirbelt alles durcheinander. Alles ist ständig in der Schwebe. Hat man einen Zipfel erwischt – flutsch! Löst er sich auf wie eine Sinnestäuschung und war nie wirklich da. Das kommt so pünktlich, daß man nicht mehr wagt zu glauben, man hätte irgendetwas in der Hand. Oder im Blick. Man fährt jeden Morgen seine gewohnte Strecke von zu Hause zur Arbeit, und plötzlich ist die weg, versperrt, umgeleitet. Man gewöhnt sich mühsam an eine neue – peng! Ist die auch weg. Wer weiß wie lange. Wer weiß, wie die Straße demnächst heißt. Wer weiß, ob die nicht morgen ganz weggesprengt ist. Wer weiß –.

Gründerzeit! Lächerlich. Aufgeblasenes Gehampel. Ablenkungsmanöver. Was *hier* jetzt Grund unter die Füße kriegt, das ist nicht eine Dreieinhalbmillionenstadt, die nach sechzig Jahren Gefangenschaft unter der Glasglocke endlich wieder anfängt zu atmen und zu leben und sich auszuprobieren! Was hier mit Getöse und Geblubber in den märkischen Sand gerammt wird, das sind Fundamente für einen ganz ganz anderen Organismus – wie sagte Lang immer, wenn sie überhaupt mal Zeit für längere Gespräche fanden? Mafia ist keine Vereinsform, sondern eine Mentalität. Können Apparate eine Mentalität haben –?

Sie stand auf und ging die wenigen möglichen Schritte im Zimmer herum. Und dieser verdammte Fall Lüsebringk hat mit all dem zu tun! knurrte sie (lautlos) ihre Nase an, die daraufhin noch lauter zwickte.

Sie ging zurück zum Tisch, holte die Tasche aus dem Fach, warf Zigarilloschachtel und Feuerzeug hinein und klickte das Schlüsselbund, das mit einem mittleren Karabinerhaken an einer Gürtelschlaufe der Jeans hing, ab.

Jeht ein-zwei-drei! Dieser Jokisch. Eins-zwei-drei ging hier gar nichts. Das geht's bloß, wenn der Täter noch auf der Leiche liegt. Am besten geständig, nach der Ausnüchterung! Wenn nach zwei, drei Tagen nicht alles klar ist, dauert's ewig.

Sie nahm den Trenchcoat aus dem Schrank und über den Arm.

Oder es wird nie was! Genau wie dieses Wetter. Von wegen Sommertag. Warm, ja. Aber Sonne? Nee. Alles unklar. Grau. Labberig. Nicht nach ihm und nicht nach ihr, hätte ihre Mutter gesagt. Alles Fake!

Sie verschloß die Tür und versuchte, ihre Gedanken auf Lang zu konzentrieren. Wozu *das* gut war, das wenigstens wußte sie.

II

A Foreign Affair

HELGA KAM ALS ERSTE aus den Federn. Aber das lag weder daran, daß sie gestern nicht so tief ins Glas gekuckt hatte, noch daran, daß in ihrem Alter normalerweise der Schlafdrang ab- und die präsenile Bettflucht zunahm. Im Gegenteil. Helga hatte den neunzehnten Jahrestag der bislang stolzesten Aktion von aller Huren Länder mindestens ebenso begossen wie alle anderen, und sie hatte sich in all den Jahren, in denen sie nicht mehr auf der Tiergartenstraße stand, sondern im Büro von MIGRÄNE e.V. wohnte, an die Vorzüge eines eher geruhsamen Daseins gewöhnt. Es hatte lange gedauert, denn ihr Schlafdefizit war eigentlich so groß, daß es sich in den ihr wahrscheinlich bleibenden Jahren nicht mehr wirklich ausgleichen lassen würde. Aber schließlich hatte sie der neue Lebensrhythmus gepackt und ins Herz geschlossen. Der Rhytmus, den sich der Körper selbst zurechtwurschtelt, wenn er darf. Fern der unberechenbaren Taktzeiten (und Taktlosigkeiten), mit denen eine Straßenhure sich herumzuschlagen hat.

Heute hätte sie glatt bis mittags in dem schmalen Bett unter dem plusterigen Daunenpfühl versunken bleiben und den lieben Gott einen guten Stuppen sein lassen können. Wenn sie gedurft hätte. »Mann, Castro!« fauchte sie schließlich. »Hast *du* een inne Birne oder icke!«

Es war halb zehn. Pünktlich um halb sieben hatten Schischi, Fritz und Castro (ehem. Fritschi) die allmorgendliche Zermürbungsstrategie eingeleitet. Schischi und Fritz tauschten in immer kürzeren Abständen und mit immer mehr Aplomb ihre Stammplätze auf Helgas Kopfkissen und traten dabei immer »versehentlicher« auf die Wange, die zur Zeit aus dem Pfühl ragte; Castro gab Töne von sich, die sich von felinem Miauen zu humanoidem Dauernölen steigerten.

Um kurz nach neun hatte Castro (der sich mit den Jahren vom schwarzweißen Winzling mit unklarer Geschlechtsidentität zum halben Zebra ausgewachsen hatte und seit seiner zeugungstechnischen Neutralisierung, der er den neuen Namen verdankte, noch größeren Wert auf demonstrative Männlichkeit legte) den Luftkrieg eröffnet. Das heißt, die ersten Phasen waren noch bodengestützt: Er bewegte seine gut zwanzig Pfund Lebendgewicht betont gemächlich vom Fußende bis kurz unter Helgas Kopfkissen. Direkt vor Schischis und Fritzens Basen drehte er auf seinen vier Kreppsohlen um und tappte denselben Weg ebenso akzentuiert zurück. Phase 2 schloß immer ausgedehnteres Verweilen an der Stelle des inzwischen plattgetretenen Plusterbettes ein, unter der Helgas Bauchgegend ruhte. Half auch das nichts, wechselte er genau dort mehrmals Stand- und Spielpfoten. Danach ging er gnadenlos zum Luftangriff über, und der begann mit seiner Art Fliegeralarm: Er begab sich möglichst geräuschvoll auf das mannshohe Regal mit den klirrenden Nippesgläschen und -fläschchen. Das brachte eigentlich immer den Durchbruch.

Heute nicht. Heute hatte Castro sich bereits zweimal von seiner Startrampe aus auf Helgas Bauch geworfen, jedesmal mit einem Begleitgeräusch zwischen einer pfeifenden Fliegerbombe und einer sirrenden Granate. Zweimal hatte Helga geschafft, das

Kneifen in der Blasengegend auf *wohn bisken ville Wottkah jenippt jestern!* zu schieben und im Halbschlaf auf *Harndrang verkneifen, bis ick wieder an'n Klo komme!* plädiert.

Beim dritten Einschlag war sie hochgeschossen, hatte drei Katzen (Mucho Macho Castrissimo an der Tête) vor der Tür lauern sehen und war benommen in die Daunen zurückgesackt.

Schließlich fühlte sie sich standfest genug, ächzte sachte hoch und balancierte den kleinen weichen, aber schweren Körper und den (sogar ohne Perücke) noch schwereren Kopf schlurfend in Richtung Küche. Vorweg ein Kommando in Halbzebraformat, hintendran zwei auch nicht gerade bulimische Knäule in schneeweiß (männlich) und rotbraunschwarzweiß (weiblich). Und da Helga bekanntermaßen das größte aller Katzenherzen besaß, stand die Raubtierfütterung auf Platz eins; erst danach trank sie eine volle Flasche Mineralwasser leer, setzte den Kessel für Kaffee auf und schlurfte in die Richtung, in der sie das Klo vermutete. Ganz sicher war sie nicht auf den Beinen, als sie an einem Zimmer vorbeikam, das irgendwie ein Büro sein mußte. Aber ganz sicher lag in dem jemand auf einer Notmatratze und schnarchte wie ein sächsisches Sägewerk.

Sie schickte ein Stoßgebet: *Edith, kneif ma!* an die Decke, schloß die Augen, klappte sie aber sofort wieder auf und sah immer noch dasselbe. Zwischen Stühlen, Sesseln, Tischen, Faxgerät, Telefon, Bildschirmen, Keyboards und einem Riesentisch mit leeren Flaschen, halbvollen Gläsern und ganz vollen Aschenbechern – lag eine schöne, stattliche (wenn auch derzeit leicht derangierte) Mittdreißigerin und schlief.

Ratlos strich sich Helga über die nackte Stirn. Auch der Weg war falsch. Hierlang ging es nicht zum Klo, sondern zur Wohnungstür. »Ooch jut!« murmelte sie, schloß die Tür auf und holte die Zeitungen herein. Auf der Titelseite der »Tagespost«

war ein Foto, das ihr irgendetwas sagte. Sie grübelte, ob es etwas mit der Schlagzeile zu tun haben könnte: DENKMALSCHUTZ FÜR TEMPELHOF – AUS FÜR FLUGVERKEHR?

Als sie wieder am Büro vorbeischwankte, hatte sich das Bild immer noch nicht verändert. Helga schüttelte den Kopf, was sie nicht hätte tun sollen. »Wieso hab ick denn nich ma' mitjekricht, dis Nati *hier* jepennt hat!«

Sofort hörte das Schnarchen auf, aber Helga fiel fast kopfüber ins Zimmer. Die Zeitungen klatschten zu Boden, und sie schaffte gerade noch, sich auf den wackligen Beinen zu halten.

»Morchn, Helka – wos machsd'n *tu* ta? Tanzte Lipsi am friehn Morchn?« Natascha (privat Renate, für Freundinnen Nati), rieb sich die Augen und blinzelte Helga an.

»Mann, Nati? Bist du *echt* – ähm, achduscheiße! Ick hab doch mein toten Maulwurf no'jaanich uff'n Kopp – entschuldije mir, ick muß ersma uff Klo –«.

Als Helga zehn Minuten später in der Küche wieder auftauchte, trug sie einen korrekten Morgenrock, und nur der graumelierte Bubikopf hatte noch eine winzige kecke Schlagseite. Sie nahm am Küchentisch Platz.

Alle drei Katzen hatten alle drei Näpfe spülmaschinensauber geleckt und sich an die jeweiligen Tagesplätze für die Abteilung Duschen & Ruhen verfügt. Natascha hatte den Tisch gedeckt und goß Kaffee auf. »Wor kanz scheen häftsch kestern Ahmt, n'ar? Haste schonn Zeidung keläsn?«

»Wat«, Helga zog den Stapel Papier zu sich, »dis Tempelhof ma wieder abjewickelt wer'n soll? Kommt alle Jubeljah wieder uff, passiert aber nich! Keene Bange, Kleene, mitten *Nana's* hat det nischt zu tun, aber erklären kann ick dir det erst, wenn ick'n klareren Kopp hab.«

»Ähcha, *tas* doch ni!« Natascha stellte den Kaffeetopf ab und zog die »Tagespost« vom Stapel. »Mußde ma bläddern – im Logal-Deil.«

Helga interessierte sich zwar entschieden mehr für den Kaffeeausschank, schlug aber die Zeitung auf. »Wat meinst'n? DAIMLER-BENZ UFF'M WEHJE DER JESUNDUNK? UMSATZ IM ERST'N QUATHAL VIER'NEUNZICH NEUNZ'N PROHZENT HÖHER ALS IM VORJAH? Is do' lohrisch, bei die ewijen Entlassungen!«

»Näh, Mänsch. Weidr – Logal-Deil. Die Mort'ndoodschlach-Seide.«

»Moment ma ehmt, ick muß ersma'n Schlucke –«, Helga knautschte ihr die Zeitung in die Hand und trank den Kaffeebecher in einem Zug leer. »Ahhh!«

»Ta ohm!« Natascha hielt ihr die »Tagespost« sauber gefaltet wieder hin. »Guck *tu* tir dän ma an. Mir gomm der waansinnsch begannt vor.«

Helga betrachtete das Foto eines mittelalten Mannes mit akkuratem Scheitel und ausdruckslosem, glatten Gesicht. SPRENGSTOFFATTENTAT: NOCH IMMER KEINE HEISSE SPUR IM MORDFALL DR. LÜSEBRINGK, las sie, und dann stutzte sie, weil sie in dem Artikel einen Namen fand, der ihr wiederum nicht nur wahnsinnig bekannt *vorkam*. »Karin Lietze, Leiterin der Dritten Mordkommission, die vor zwei Wochen die Ermittlungen aufgenommen hat, wies die Vermutung von sich, die Polizei ermittle nicht energisch genug in alle Richtungen. ›Wir fassen auch kein Milieu mit Samthandschuhen an, wie in einer Berliner Tageszeitung zu lesen stand‹, erklärte Lietze. Nach Recherchen der ›Tagespost‹ war der Leitende Beamte Lüsebringk des öfteren in Begleitung zweier Nobel-Bordelliers gesehen worden, die jedoch beide nur kurz vernommen…« Sie sah Natascha an.

»Nu?«

»Sieht aus wie Kaltenbrunner«, murmelte Helga. Natascha hatte Lietze vor Jahren kurz gesehen und wahrscheinlich längst wieder vergessen. Welche Hure merkt sich schon nette Bullen.

»Wär?«

Helga lächelte bitter. »Kaltenbrunner – na, den kennt sohn Küken wie du natürch nich.« Sie schon. Und Lietze auch. Er hatte im Nachbarhaus gewohnt. Damals, als die kleine Helga und die noch kleinere Karin bei Madamm Schiesell gewohnt hatten. Im nobelsten Bordell der Reichshauptstadt. Er war des öfteren im *Salon Kitty* aufgekreuzt. Und nicht bloß wegen der Abhöranlagen. »Kannst ooch sahng: dieselbe eiskalte Fresse wie Heydrich. Oder Eichmann. Von die haste aber schomma jehört, wa?«

Natascha nickte abwesend. Im Büro schrillte das Telefon. Als sie wieder in die Küche kam, hatte Helga den dritten Becher Kaffee und das erste Stück feste Nahrung in Arbeit. »'s wor Gimm.«

»Wat? Wo is *die* denn?«

»In Läninkrad. Weeßte toch!«

»Sankt Petersburch, Nati. Jenau wie Schemmnitz – det heeßt ooch ni'mmer Kahmahkschtatt. Nu sach schon, wieso ruft Kim von da an? Is wat passiert?«

»Bassiert nisch, awr's gost nu wo doch'n bor Mork mähr, rischtsche Babiere für Milli zu grieschn. Ploß – wie grieschn *wir* tie ta hin, die Tollarsch!«

Helga kaute schweigend am Rest des Marmeladen-Knäckebrots. Ick hab's ja glei' jesacht, knurrte sie innerlich: So eimfach, wie *ihr* euch dis denkt, is det nich! Mach ja sein, dis de da jetze *allet* zu koofen krist, wat heißt *jetze*! Haste do' immer. Aber det *kostet*. Und die wer'n ooch von Woche zu Woche teurer, die Russen. Die ihre Bürokratie is noch'n Zacken schlampijer wie unsre, und die ihre Bürokraten ham noch mehr Pattex anne Pfoten. Ick *hab*'s ja jesacht: Kim, nimm jenuch Dollars mit. Zweemah fahn is *noch* teurer!

»Mechte fei wärglisch wissn, worum mir där Gärl so begannt vorgommt…«, Natascha griff auch zu Knäckebrot und Marmelade. »Und – ob hier ma wär zum Butzen aufgreizt, oder ob wir'n gonzen Glodderotatsch hier sälber machn solln!«

»'tschuldige, ick bin noch – wat is'n mit die anderen Mädels? Kim is doch mit diese Film-Lesbentruppe da hinjefahn, offener Kanal oder wat. Is da nich'n janzet Festiwell? Ick meine, kann sie *da* nich eene von anpumpen solange?«

»Wollt sie machn, freilisch«, Natascha biß krachend ins Brot und sah durch Helga durch. »Weeßte wos? Isch wär ma die Ändschie anrufn. *Tie* könn' dän ooch noch genn – tenn das muß in Laipzsch kewäsn sinn –«.

Die Türklingel schnitt mitten in Nataschas verzweifelte Erinnerungsnetze, in denen sich eben irgendetwas Seltsames festgeflattert hatte.

»War *nich* der Briefträjer.« Helga schob eine sehr filigrane, sehr anmutige und sehr selbstbewußte Vietnamesin von höchstens achtzehn vor sich her, als sie endlich wieder in der Küche erschien. »Et war ooch nich det Migräne-Putzjeschwader. Wenn ick ma bekanntmachen dahf: Det is Natascha, det is Scherieh!«

Natascha starrte Helga, dann die sehr junge Vietnamesin an, versuchte, das Gedanken-Geflatter mitsamt dem Knäckebrot runterzuschlucken, und traute ihren Ohren nicht, als Chérie den Mund aufmachte.

»Tja, Tachchen – wie jesacht, icke bin Chérie, jehmfalz ersma. Und ick wollt ma frahng, ob ihr ooch ausbildet.«

»ICH KANN'S IMMER NOCH NICHT FASSEN!« KHK Lothar Fritz stand keuchend vor einer massigen Stahltür, die fast im Dunkeln lag, obwohl das oberste Stockwerk des Gewerbegebäudes im Hinterhof eines typischen Neuköllner Gründerzeitblocks ein halbes Dutzend Dachluken über dem schmalen Treppenhaus hatte. Aber deren dicke graubraune Schleier sperrten den größten Teil des ohnehin sonnenlosen, müden Tageslichts aus. »Was hast du denn mit der Dame im Amtsgericht angestellt? So schnell hab ich noch nie einen Auszug aus dem Handelsregister gekriegt!«

KOK(Ang.) Kalle Jokisch gab ein unschuldsvolles »Orch« von sich und tastete weiter auf der Tür herum, auf der Suche nach einem Klingelknopf. Dem Prinzip nach hatte die Oberfläche gewisse Ähnlichkeiten mit Braille-Schrift, die zahlreichen Lackschichten waren holprig und außerdem übersät mit noch mehr Schichten von Aufklebern in allen Größen und Formen, die teilweise aufgerollte Ränder hatten oder halb abgefetzt waren. Schließlich fuhr er sich mit beiden Händen über die Brust und zog ein Wegwerf-Feuerzeug aus der Hemdtasche. Er erkannte im funzligen Schein einen tomatenrot überpinselten Knopf unter einem Messingschild. *Rotbrett Planungs GmbH*, las er. Und darunter, etwas kleiner: *Im Besitz der Belegschaft*. »Ich kann ehm manchmal'n richtig fieser Sonnieboy sein! Was is Phase, Lothar? Sind wa unhöflich und kommen 'ne Viertelstunde zu früh?«

»Wer zu früh kommt, den belohnt das Leben – oh Gott! Könnte von Detlev sein. Also, drück!«

Jokisch preßte den tomatenroten Knopf mit aller Kraft, die er im rechten Daumen hatte, und das war eine Menge. Aber nichts rührte sich. »Die pennen noch! Komm, dann lesen wir erstmal, mit was für'ner Firma wir gleich die Ehre ham.«

Fritz nahm zwei Blätter aus einem Aktendeckel und schwenkte sie solange durch die Luft, bis sie maximales Licht durch eine der Luken hatten. »SozBau GmbH – Sitz Berlin – Gegenstand des Unternehmens: a) die Förderung und Verbreitung zeitgenössischen, insbesondere sozialistischen Bauens –«.

»Zeich ma her!« Jokisch riß ihm die Kopie aus der Hand und hielt sein Feuerzeug dran. »Das haste nich richtig – doch! Das hältste im Kopp nich aus! Von wann is'n das?«

Fritz nahm sie zurück. »Von 1971. Hatte man damals, in West-Berlin.« Er las weiter. »Grund- oder Stammkapital 20.000 DM – Vorstand/Persönlich haftende Gesellschafter/Geschäftsführer/Abwickler: Soziologe Dr. Konrad Wagenknecht/ Stud. phil. Werner Nagel –«.

»Na, is doch wenigstens *etwas*, was nach Bau klingt!«

»Das ist ja komisch!« Fritz nahm Jokisch auch das Feuerzeug aus der Hand und klickte es an. »Die wechseln alle paar Jahre die Geschäftsführer aus – hier: 1973 ist Wagenknecht raus, *durch Beschluß der Gesellschafterversammlung vom 28. Juni 1973 ist der Gesellschaftsvertrag geändert* – hah! Nochmal: *durch Beschluß – blablabla – vom 25. Februar 1982 ist der Gesellschaftsvertrag insgesamt neugefaßt* – mmmh! Hör mal, das gefällt dir: Gegenstand ist jetzt zusätzlich *b) die Förderung und Verbreitung sozialistischer Politik* –«.

»Na, is doch schön!« Jokisch klang genervt und fing schon an, mit den Füßen zu scharren.

»– und *c) der Erwerb gleichartiger oder ähnlicher Unternehmen sowie die Beteiligung an solchen, und zwar auch als Geschäftsführer* –«.

»Soso. Steht da vielleicht ooch, daß neuerdings das Polizeipräsidium 'n gleichartijet Unternehmen is? Ich meine, wir sind hier wehng Lüsebringk, oder?« Er hopste die paar Stufen hoch und wieder runter.

Fritz klickte das Feuerzeug wieder an und las ungerührt weiter. »SozBau hießen die nur zwei Jahre, solange Wagenknecht dabei war. Ab da Rotbrett. 1986 haben sie das Grundkapital erhöht – auf 50.000 DM. Und wieder die Geschäftsführung gewechselt. Ah – kuck an! Da ist er: Steffen Schurge. Seit 1989. Mit dem hab ich gestern telefoniert. Diplomchemiker ist der! Und der zweite Geschäftsführer ist – eine Frau. Rechtsanwältin Isabella Wantze. Klasse! Weit und breit kein Mensch, der irgendetwas mit Bau zu tun hat.«

»Na, wieso'n ooch!« Jokisch stand wieder vor der Stahltür und ziepte an aufgerollten Aufklebern herum. »Ich will dir ma *was* sahng: Sozialistisches Bauen, ja? Das heißt übersetzt: Platten, Pfusch und Pannen. Da *darfste* jar kein' ham, der was davon versteht – aua, Scheiße!« Er hatte sich einen Splitter abgeblätterter Farbe unter den Nagel gerissen. »Verstehste!« Er trat vor Wut gegen die Tür.

Fritz kam sofort die Treppe hoch. »Bist du blöde? Sollen die vielleicht denken, wir kommen gleich per SEK-Brecherkommando!«

»Die sind doch sowieso nich da!« knurrte Jokisch weiter. »Die ham uns in' Arsch jekniffen!« Er drückte die Klingel ein paarmal hintereinander.

Fritz klickte das Feuerzeug wieder an und zeigte auf die Tür. »Ist nämlich genau *die* Sorte Mäuse. Polizei – SA – SS und so. Kuck's dir an. Die komplette Galerie linksradikaler Heiligenbildchen. Möchte wetten –«, er nahm einen aufgerollten Rand und zog den Aufkleber weiter ab, »wußt ich's doch!«

Er hatte die rechte Hälfte der stilisierten Kalaschnikow und die Buchstaben A und F freigeziept, als die Tür aufknarzte und ein Geschöpf erschien, das nicht nur abgeklärten Alkoholikern das Wort »Halluzination!« durch die verbliebenen grauen Zellen gejagt hätte. Es *war* eine Art weiße Maus. Im bauchfreien T-Shirtchen überm wippenden Trikoträckchen allerdings, und mit schweren Fliegerstiefeln an den ziemlich standfesten Füßen. Alles schwarz, bis auf über die Stiefelränder gerollte grüne Wollsocken. Und *eine* war es eben auch nicht. Es waren – zwei! Die beide die linke Hand am Türgriff hatten und jetzt gleichzeitig und gleich träge pechschwarze Spaghettisträhnen aus identischen Gesichtchen warfen.

Jokisch riß Fritz den Aktendeckel aus der Hand und preßte ihn in Plisseefalten. Fritz hätte am liebsten Jokischs Feuerzeug zerbissen und beruhigte sich erst, nachdem er die Namensschilder entdeckt hatte, die an identischen Ketten und identischen Hälsen baumelten: *Ophelia* und *Titania* entzifferte er fasziniert. Gott sein Ding bloß Zwillinge, stöhnte er innerlich auf. »Jah-äh, Kriminalpolizei, guten Tag. Mein Name ist Fritz, das ist Herr Jokisch. Darf ich fragen –«.

Durfte er nicht. Das Doppelte Girlie hatte laszives Interesse an der Hundemarke gefunden, die Jokisch jetzt baumeln ließ, und gähnte, nach einer ganz langen, kontemplativen Muße, ein mattes »– Huschke –«. Im Duett.

Jokischs Interesse war längst übergeschwenkt zu einem mittelalten Glatzkopf, der aussah wie Ralf Wolter und in einer der vielen Türen am Ende des neongrellen, engen Flurs verschwand. Und zwar mit einem blauen Müllsack. Aus der Tür davor trat fast im selben Augenblick ein etwa dreißigjähriger Hippie-Verschnitt, wie Jokisch fand, der erst ihn, dann seine eigene Armbanduhr anstarrte und auf ihn zukam.

»Jachach – schon zehn? Pünktlich wie die Maurer, hachach.« Er war kaum größer als Jokisch, trotz der extra hochgelegten (teuren) Turnschuhe. Und er stank geradezu nach Angstschweiß.

Jokisch entwand dem Doppelten Girlie seine Hundemarke.

Das Doppelte Girlie entschwand nach rechts in eine Tür.

Fritz sagte: »Fritz!«

»Schurge!« sagte der übriggebliebene Hippie. »Wir haben telefoniert. Wollt ihr – achach: wollen Sie –«. Die einladende Handbewegung geriet zu ausladend und hätte Jokisch um ein Haar den Aktendeckel aus der Hand gefegt. Nach drei weiteren »Achachs« machte er kehrt und lief einfach den Flur entlang.

Berliner is der nich, konstantierte Jokisch, während sie hinter ihm herliefen. Irgendwie West. Südwest. Genau der Typ, der auf Berlin abfährt, janz schnell jelernt hat, daß Berliner jern »icke« sagen, und aus lauter Überassimilation dauernd »mick« kräht. Wo doch jeder vernünftije Mensch weiß, daß in Berlin der Verein *Rettet dem Dativ!* zu Hause is, der außer »mir« nischt kennt! Lallbacke! Ma jespannt, wann's kommt. Ick-mick. Diese Pluderhose! Seide, wa? Wie das Jäckchen! Schurge! Halt ma! Jokisch blieb einen winzigen Augenblick vor der einzigen nicht geschlossenen Tür stehen und bemerkte einen Fotokopierer und mehrere vollgestopfte blaue Müllsäcke.

Gleich hinter dieser Tür hatte der Flur eine Ecke und öffnete sich zu einem geräumigen Dreieck mit einem großen Tisch. Tassen, Teller, Bestecke, Kaffeekannen hatten offensichtlich gestern schon so dagestanden. Ganz zu schweigen von Wurstpellen und leeren Fleischsalatpackungen. Zum Aufräumen der Eßsachen schien heute noch niemand Zeit gefunden zu haben. Jokisch verschluckte einen leisen Übelkeitsanfall und beschloß einen kleinen Ablenkungsausfall. »War das ehm, ich meine – ham *Sie* so'n Wahnsinnsfarbkopierer? Der ooch Ausschnitte kann und so – och!« Er registrierte, daß Schurge den nächsten Angstschweißausbruch bekam. »Darf ich *den* mal – is mein *Traum*, sowas!«

Fritz runzelte die Stirn.

Schurge versuchte eine Geste, die wieder drei Nummern zu großspurig wurde. »Logo, achach. Aber nicht, daß Sie denken, wir drucken Geld damit, achach!«

Sonnieboy Jokisch machte große, unschuldige Augen. »Jeld? Wie – ach was! Aber der macht so schlaue *Bilder*, und meine Freundin –«, damit verschwand er im Kopierraum, bevor Schurge ihm eine Vorführung andienen konnte. Mehr Phantasie, fand er, muß man in 'ne nicht-existente Freundin jar nicht investieren.

Befriedigt, daß ein ganz anderes Gerät, das er dort ebenfalls vermutete, erstens da und zweitens tatsächlich noch *sehr* warm war, kam er wieder zum Tisch.

Fritz hatte den nervösen Geschäftsführer inzwischen an den Rand eines Nervenzusammenbruchs getrieben.

»Hacke? 'chach – Manfred ist auch hier. Du glau-, ach'ch, Sie *glauben* ja nicht, was hier los ist! Zwei unserer Projekte machen echt Trabbel zur Zeit – ich weiß nick, *waren* Sie schon mal auf einer Baustelle?«

Jokisch grinste triumphierend, setzte sich dazu und beobachtete ihn.

»Ist doch kein Grund zur Aufregung, Herr Schurge«, beschwichtigte Fritz, leicht amüsiert. »Wieso sollten wir Herrn Hacke *nicht* bei Ihnen treffen. *Er* hat uns doch auf Sie aufmerksam gemacht. Darf ich?« Er wedelte mit einer Zigarette.

»Logo – achach, hier ja! Ist der Kollektivraum. Wir haben ja auch Ost-Kunden – ach'ch, wissen Sie ja schon!« Er hibbelte mit spitzen Fingern durch seine speckigen Locken. »Und die rauchen. Die Arbeitsräume sind teilweise, 'ch – rauchfreie Zone.«

Fritz nahm einen extratiefen Zug. »Da kann man mal sehen,

wie verschieden Kollektive sein können, was, Kalle?« Er zwinkerte Schurge an. »In der dritten Mordkommision sind Ost und West auch gemischt, und Ost-*Kunden* haben wir auch. Aber bei uns rauchen alle, die einen mehr, die anderen noch mehr. Die Türen stehen übrigens meistens alle offen …«

Jokisch fand Fritz' Schmunzeln bewundernswert unverschämt. Aus Steffen Schurge war jeder Hippierest gewichen, er schien völlig aus dem Konzept, falls er eins gehabt hatte. Er wirkte verkrampft, als hätte er alle Schweinereien der Welt persönlich zu verbergen und wüßte gleichzeitig nicht mal mehr, wie man »Dreck« buchstabiert. Er machte auf lässig, aber entweder kam Slapstick dabei raus oder diese unangenehme Mischung aus Herablassung und vorauseilendem Gehorsam. Für Leute wie Schurge waren er und Fritz – irgendwie unter Niveau. Und *die* Botschaft kannte er. Genau das hatten die verwöhnten, verblasenen Bonzenbälger abgestrahlt, wenn sie wieder mal ein paar Tage einer LPG die Ehre gaben. Verlogene Unterwerfungsgesten die Mädchen. So'n echter Bauer is ma wat andret im Bett – heh, wat machst'n für Zicken: Biste prüde, Bauer? Die Jungen großkotzige Panik. Penisneid hatte *er* immer bei Jungen gefunden. Ganz freudlos. Und der hier? Steffen Schurge aus vermutlich betuchtem Haus in Deutsch-Südwest – dieselbe Wichse. Für so einen is man Bulle. Und für so einen is Bulle gleich Schwein – ach, Scheiß doch druff! Jokisch sprang vom Stuhl, um seine Zigaretten aus der Hosentasche zu angeln. Der Zorn schoß mit ihm hoch. Scheißideologen. Er hatte keinen Bock auf so Typen. Keinen Bock auf Sauställe, die auf Edel-Parfümerie machten. Alles falsch hier. Vor allem dein »Sozialismus«, Schurge – *den* kenn ich ooch! Is eimfach'n feinerer Begriff für Abstaube. Möchte nicht wissen, wie ihr hier die Leute linkt! Nich die Ufftrachjeber, nee-hee. *Das* traut ihr euch nicht. Aber eure janzen kleinen

Mitarbeiter und Sub-Unternehmer und wie sowas heißt bei euch!

»...nein, achach!« hörte er Schurge stammeln. »Geschäftspartner wäre wirklich übertrieben. Wissen Sie, wir *kannten* Lüsebringk natürlick –«.

»Kann mir jar nich vorstellen, daß *der*'n Freund des sozialistischen Bauens jewesen is«, hörte er sich dazwischenfahren. Du kleiner Jauchekopp! ratterte es in ihm weiter. Du hast doch im Leben noch kein Schwein anjefaßt! Wenn dich'n Bulle bloß von weitem riecht, rennt er dich übern Haufen! Du – du – Reajenzglas! Verwöhntes Wohlstandsbalg! Er hatte keinen Bock auf seinen Job. Er hatte wieder das unangenehme Gefühl, da nicht hinzugehören. Da auch nicht!

»Ach – daß heutzutage mit Schlicht-Linkssein kein Blumentopf mehr zu gewinnen ist, hat die Firma Rotbrett bestimmt auch schon begriffen, nicht, Herr Schurge?« Fritz sah besorgt auf Jokischs Gehopse.

»Achachgottchen! Wem *sagen* Sie das – seit der Wende«, der Geschäftsführer schien wieder Tritt zu fassen, »ick meene, vorher konnte man sick dock mehr auf – achach: Solidariät verlassen, nick? Alternative Kleenbetriebe und so. Heute! 'chach – wir sind echt *froh*, daß die D.I.E. *uns* die Planung für Köpenick übertragen hat!«

»Köpenich – 'ch! Köpenick?« Jokisch hopste um den Tisch herum, um auch sein Feuerzeug zu angeln, das Fritz immer noch in der Hand hatte, »Sie meinen, den alten D.I.E.-Firmensitz? Der letztes Jahr abjebrannt wur–, äh: is? Erzählen Se ma, was machen Se'n *da*mit!«

»Abgebrannt? Achach – bin ick jetzt überfragt – 'chach, wollen Sie eigentlich –'ch'ch – Kaffee? Oder so?« Geschäftsführer Schurge rutschte auf seinem Stuhl herum und schien sich nichts dringlicher zu wünschen, als daß irgendwo wenigstens *eine* der vielen Türen aufging und ihm wenigstens *ein* weiteres besitzendes Belegschaftsmitglied solidarisch zur Seite sprang. Oder wenigstens Ophelia und Titania Huschke!

Fritz schüttelte energisch den Kopf und sah demonstrativ *nicht* auf den Tisch vor sich.

»Sind Se überfraacht? Schade! Aber Sie können uns doch bestimmt erklären, was Herr Hacke so alles durch Ihren Aktenvernichter gejagt hat.« Jokisch blieb direkt vor Schurge stehen und zündete sich die Zigarette an. »Und wieso das unbedingt heute morgen sein mußte. Oder – waren *Sie* das?«

SCHAUDERRHAFFTHH! So ein Drreckhh!

Er legte das Fernglas auf den dicken Packen Zeitungen und kratzte angewidert an seiner Nase herum, in der Hoffnung, sie würde taub. Er könnte wenigstens für einen Augenblick den gestrigen Abend loswerden. Zweimal hatte er seitdem geduscht und die zwischen Stahl und Silber changierenden Haare mit Rasierwasser getränkt. Er hatte die Unterwäsche gewechselt. Der Anzug, den er seit einer guten halben Stunde trug, war fabrikneu. Wie das Hemd und die Krawatte. Aber er witterte überall den Tabak, aus dem sie ihre feisten, krummen Zigaretten drehte. Grräßlichh!

Sorrayahh!

Soweit war es gekommen. Per »Du«. Per »Soraya« und – »Wodka«. Wottkahh! Er hatte den linken Nasenflügel fast blutig gekratzt. »Ha'ck ma schon jedacht«, hatte sie die Enthüllung, das O.E. auf seinem Türschuld stehe für Otto Ernst, quittiert, »war der Lieblingsschauspieler von mei'n Ollen. *Mir* war der nischt, ick fand den anderen schärfer – Monty. Montgommerie

Klifft.« Mit einem lüsternen Lacher und einer wegwerfenden Handbewegung.

Das mit dem »Wodka« ging auf sein Konto. *Er* hatte die Flasche mitgebracht. Er hatte ja nicht wissen können, daß er unten in seinem Briefkasten neben der Hauswartstür doch noch die Kassette finden würde. 120 Minuten mit diesem »Panzerkreuzer Nimitz«. So nannte *er* ihn (aber nicht ihr gegenüber). Mitsamt einem Zettel von Nadja. Handgeschrieben. In Russisch. Adresse und Uhrzeit für den Termin heute morgen und die Order, Soraya Töpperwehr weiter warmzuhalten. Dringend! Er hatte gerade noch das Papier in die Hosentasche schieben können, bevor sie die Tür aufgerissen hatte. (Sie hörte viel. Vielleicht nicht alles. Aber jeden, der den Hauseingang betrat oder verließ oder an den Briefkästen hantierte. Von Hof- und Kellertür ganz zu schweigen.)

»Mönsch, Herr – dis war donnüch nöötüch!« Die Frisur spielte ins Damenhafte, sie schien beim Friseur gewesen zu sein. Dauerwellen, die sich genauso leutselig kringelten wie ihr Timbre. »Ick hatte ja'n Fläschken Schampus kaltjestellt. Denn wir zwee beede müssen ja domma endlich Brüderschaft –«, sie hatte ihm die Flasche Wodka entrissen, »aber dis is natürch – Schtòhlich-nà-ja. Is wat Besseret, hnng?«

»Stalìtschnaja!« hatte er matt gekontert.

»Ah-so. Na, *Sie* sollen dis wohl aussprechen können, sind ja'n halber Russe, wat? So als Balte? Ick hatte seinerzeit ja denn jern ma'n Gläsken Gorbàtschoff jenomm, wissen Se – aus reine Sümpattie. Jetz is aber Schluß mitte Siezerei!« Sie hatte ihn am Ärmel gepackt und in ihre vollgestopfte und tabakverpestete Wohnung gezerrt. Die Kassette hatte er in der Hand gehalten, bis Soraya das »Du« besiegelt hatte. Da hatte er sie ihr einfach in die freie Hand gedrückt. Anders hätte er dem Bruderkuß nicht entgehen können.

»Nee! Wat? 'ne *janze* Kassette mit – ick nenn'n ja Sascha, sachste aber nich weiter, hörste? Hach, und wenn er so von unten kiekt! Und'n Stüft so inne Hände zwürbelt, hach, so – zierlich ürnkwie. Richtich süüß. Denn sahr'ck ooch schomma *Saschie*. Nur so für mich, natürch. Nee, is *dis* ne Überraschung! Denn ick bin ja *die* Woche quasi uff Entzuch. *Er* modderiert ja erst Montach wieder…«

Sie hatte darauf bestanden, die Kassette sofort einzulegen. »Hör ma – jenau die Stümme! Hach – ick fand Schweizerüsch ja immer schon so verführerüsch –«.

Schweizerisch? Er war zusammengezuckt und hatte sich sofort wieder am Kopf gekratzt. Wieso kam sie auf Schweizerisch? Wußte sie –?

» – bis ick denn dis Baltüsche jehört hatte.«

Nein. Sie wußte nichts. Weder von seiner Zeit in Zürich noch von irgendwas. Sie plapperte einfach. Über silbergraue Haare und viereckige Tollen und ausladende Handschwünge. »Weeßte? Dis würkt so – suhwereen. Wie'n Paster.«

Nach den fünf ersten Minuten hatte sie auf »Stop« gedrückt. Sein Vorschlag, sie solle sich die Kassette doch allein und in Ruhe ansehen, nachher, denn er könne gar nicht so lange bleiben, er müsse morgen ausnahmsweise früher im Umweltsenat sein, hatte ihr offenbar eingeleuchtet. »Na jutchen, Wottka, haste recht. Aber wenn du nich aussehn würdest wie't jespuckte Ehmbild von Sascha – und jenau die Stümme. Naja, ihm seine is fleicht 'n Ticke dunkler, aber sonst…«

Warmhalten. Dringend! Er ließ seine Nase in Ruhe und nahm das Fernglas wieder hoch. Bis ihm einfiel, daß das nicht mehr sein Job war. *Er* mußte keine Flugzeuge mehr beobachten. Auch kein anderes Geschehen vor BGS-Hangars oder unter dem Spanndach. Nadja hatte auch sehr ungut gekuckt, als er ihm zu erklären versucht hatte, daß sowas wie die 2-cm-Oerlikon nach seiner Erfahrung das Richtige wäre. Nämlich praktisch als Flak einsetzbar. Persönlich sei *sein* Favorit ja eine 2-cm-Vierlingsflak, aber *die* Zeiten – ob Nadja übelgenommen hatte, daß er von Strelas nichts hielt? Überhaupt *keine* sowje–, ah: russische Waffe ins Auge gefaßt hatte? »Wofür?« hatte Nadja gefragt und dabei gekuckt wie – irgendwie von oben herab. Spöttisch. Mitleidig?

Er starrte den Packen Zeitungen an. Zeitungenlesen! Ein Job für degradierte West-Agenten! Auf Theater und Fußball achten – aber auf *was* genau? Und wofür? Das hatte Nadja ihm nicht gesagt. Diese Russen! Unberrechenbarrhh!

Sofort wälzte Soraya sich wieder durch seine Gehirnwindungen. Wodka! Panzerkreuzer Saschie! Wie soll man jemanden warmhalten, mit dem man kein einziges Thema gemein hat! Er las keine Krimis. Schon gar keine billigen. Ihm sagte auch nichts, daß Eintracht Frankfurt von einem berüchtigten Feldwebel trainiert werden sollte. »Weeßte, *ick* hab dis dreckt als *Sehrje* empfunden: Erst dis, denn faliert Barza viernull jehng die Mailänder und der Hilfs-Duhtsche da unten pellt sich'n Ei druff, und jenau an dem Tach fliecht hier nehman'n Koffer inne Luft! Na jut, um *den* is wahrscheinlich nich schade, den's da in alle Winde zaleecht hat. War wo sohn tüpischer Beamtenarsch. Soll ja früher ooch bein Senat jewesen sein – haste den einklich jekannt? Nee? Korrupt bis ins Mark. Sohne richt'je Rejierungspfeife. Ick sahre ümma: sprechende Hehmoriede. Wohnt dreckt beim Chef im Enddarm und hält überall die Pfote uff! Naja … aber ausjerechnet Heynckes! Ausjerechnet beide Eintracht! Dis is dis Ende! Ick versteh jar nich, wie du da so jar keen Draht zu hast! Du machst mir da aber nich sohn Scheiß bei dein Senat, hnng?«

»Aberrhh –«, hatte er angesetzt, »nichts liegt mir fernnerrhh,

Frr–, Sorrayahh!« Und erleichert festgestellt, daß sie immerhin an der *deutschen* Nationalelf ebenso wenig Interesse hatte wie er. Der Weltmeisterschaft allerdings fieberte sie, im Gegensatz zu ihm, regelrecht entgegen. »Ehrensache! Und *die* kiekste bei mir, mitte ooch ma siehst, wat Fußball sein kann. Ick sahre nur: braune Beene, Wottie! Samba!«

Es schien irgendwie mit Südamerika zu tun zu haben. Einem Teil der Welt, zu dem er auch »keen Draht« hatte. Gar keinen. Seit er am Anfang seiner Dienstzeit nach Kuba geschickt worden war. Mit so Leuten wurde er nicht warm. Die rauchten auch alle. Und er konnte kein – achso, ja: Spanisch! Kundenkreise, die zuviel Amerikanisches stören würde – hatte er nicht vorhin, auf dem Weg zur Fasanenstraße, eine Schlagzeile gelesen? SÜDAMERIKANISCHE PROFI-TASCHENDIEBE VOM KU'DAMM VERTRIEBEN? Hieß es etwa was, daß Honecker da unten gestorben war und die Witwe da zu bleiben schien? Unsere Liebe Frau von den Lila Löckchen … Und wieso Theater?

Mit mürrischer Neugier griff er die oberste Zeitung und fing an zu blättern. Der Luftzug der Seiten trieb ihm wieder den Tabaksgestank in die Nase. Er sprang hoch und riß die Erkertür und alle drei Fenster auf. Er sah auf seine Armbanduhr. Jun 3 stand im Display. 10:56 - - - 4:56 - - - 10:56 blinkte es abwechselnd. Er hatte noch eine gute halbe Stunde, bevor die Sabena aus Brüssel ihm die Ohren zerreißen würde.

Er versuchte weiter zu lesen, aber außer einer Schlagzeile, daß Mieten und Eigentumspreise fielen, und einer über die Fusion zwischen Lufthansa und United Airlines und einem Foto der Mirage 2000, die offenbar vor ein paar Tagen bei der Internationalen Luftfahrtschau in Schönefeld einen Antennenmast rasiert hatte und abgestürzt war, blieb nichts in seinem Blick hängen. Er sah wieder auf seine Uhr, auf die er so stolz war.

Der Kleiderfritze heute morgen hatte sie sofort gesehen. Der hatte auch sofort gewußt, woher die kam. Er hatte ihm dann ein paar Brocken Englisch hingeworfen und ihn, hatte er das Gefühl, ein bißchen anders behandelt als die *loschad* und die neue *sobaka*. Respektvoller. Fast ein bißchen – ehrerbietig. Aber diskret. Und auf Russisch. Die Pferd und die neue Hund konnten kein Englisch. Sie sahen auch beide ausgesprochen albern aus in den nagelneuen Outfits, wegen denen sie alle drei um acht Uhr nach Charlottenburg beordert worden waren. Der Kleiderfritze schien eine ganze LKW-Ladung von der Firma *synergy* in der Wohnung im ersten Stock über diesem französischen Luxusjuwelier zu lagern. Seiden-Viskose-Anzüge, diskretes Pfeffer & Salz-Muster, dezente Asphaltschattierungen. Hemden und Krawatten aus Rohseide, uni, aber farblich passend. Schuhe und Gürtel vom selben italoamerikanischen Edeldesigner und genau die Sorte, die Schweizer Banker bevorzugten. Die neueste Kollektion, wie der Kleiderfritze ein paarmal betonte. Und *synergy* war überhaupt *die* Marke. Rodolfo Giuliano Sindonella hatte erst vor drei Jahren seine erste Kollektion vorgestellt, die sich exklusiv an höhere und höchste Business-Kreise wandte. Top-Manager, Banker, Medienlenker. Und er entstammte einer der feinsten New Yorker Familien. Die Sindonellas residierten seit den dreißiger Jahren in dem Teil von Brooklyn, gleich neben der Brooklyn Bridge, von dem aus Manhattan aussah wie Camelot Revisited, wußte der Kleiderfritze. Und er wußte auch, daß gleich um die Ecke die alte Villa stand, in der irgendwelche Fritzis oder Pritzis ihre Ehre gegen irgendeine Film-Blondine verteidigt hatten. Ihm sagte das nichts. Er las weder Romane, billig oder nicht, noch ging er ins Kino. Den Namen des Mannes, der New York wie Camelot und seine Viertel wie feindlich-koexistierende Stammesterritorien beschrieb, hatte er nie gehört. Er war nicht überrascht, daß der Kleiderfritze eigentlich Kunsthistoriker war. In ihren Kreisen war jeder eigentlich ganz was anderes. Auch daß er außer Englisch noch Italienisch konnte, wunderte ihn nicht. Er konnte kein Spanisch, war ihm eingefallen, und um sich von diesem offenbar unguten Umstand abzulenken, hatte er den Kleiderfritzen reden lassen – über die *executive*-Kollektionen, die den Jungunternehmer Sindonella nach nur drei Jahren auf Platz 3 des Weltmarkts katapultiert hatten; über das Musical-Theater, das *synergy* in Minsk plante und das anscheinend gleich ein Allround-Konsum-Tempel werden sollte, mit Restaurants und Boutiquen und Fitneß-Center; über den Namen *synergy*, der aus der ersten Silbe des Nachnamens und den Initialen der Vornamen bestand, Italiener sprachen das angeblich aus wie »Er-Dschie« – und sich dem Anblick der neuen Hund gewidmet, der in dieser Verkleidung besonders grotesk aussah. Das Jackett war bei weitem zu eng. Aber die Hund hatte ein Faible für Gewölbtes, auch da, wo er *keine* Muskeln hatte. Auch seine sehr flach geratene Stirn und die Kahlschlagfrisur sahen nach nichts weniger als nach gediegenem *executive* aus. Eher nach *execution*. Die *sobaka* würde Krach mit Nadja kriegen. Der Kleiderkünstler hatte ihn dreimal gewarnt. Das hatte er gehört.

Er blätterte abwesend durch die zweite Zeitung. Wieso Spanisch. Wahrscheinlich mußte er wieder zu Soraya Töpperwehr. Die ganze Weltmeisterschaft lang. Wottiehh! Und demnächst womöglich Wottieleinhh! Trotzdem: warmhalten. Ums Achterdeck charmieren. Er *hatte* es gelernt. Er *war* darin Meister. Und Nadja wußte das. Leiderrh! Er klappte die Zeitung zu. Was interessierte ihn der Kandidat Scharping. Was interessierte ihn die Bundestagswahl im Oktober. Was interessierte ihn, daß übermorgen die vier Alliierten Abschied von der Berliner Bevölkerung nehmen würden und überübermorgen vor fünfzig Jahren zwei der Westalliierten im Morgengrauen an irgendwelchen Stränden der Normandie gelandet waren und alle drei Alliierten das zu feiern beabsichtigten! Oder alle vier. Nord-Süd-Ost-West! Dieser ganze Job hier. Von dem er immer noch nichts erfahren hatte, was ihm irgendwie brauchbar vorkam. Oder auch nur bekannt. Und der Brighton Beach in weite Ferne zu rücken drohte.

Diese Russen. Unergrründlichh!

»– KÖNNT IHNEN GESCHICHTEN ERZÄHLEN, da würden Sie sich an den Kopf fassen! Vorsicht, nicht stolpern, hier wird überall umgebaut.« Der große, hagere Mann mit dem schweren Schlüsselbund war über siebzig, und auch deshalb hatten sich die älteren der Männer schon skeptisch das noch relativ frisch rasierte Kinn gerieben. Jetzt baute er sich in der Lichtschranke der Fahrstuhltür auf und federte von einem Fuß auf den anderen, bis sich das gemischte Dutzend, das er heute auf seiner Routine-Besichtigungstour durch die pittoresken Katakomben und überirdischen Teile des Flughafengebäudes geführt hatte, wieder um ihn scharte. Schließlich hielt ihm auch der Jüngling mit dem Sonnenbank-Teint und der Wurstpellenhose aus rotem Leder wieder betont cool seinen High-Tech-Minirecorder unter die Nase.

»Zum Beispiel: Wenn Sie sich hier mal das Brett ansehen wollen –«, der Cicerone streichelte liebevoll ein Viereck an der Fahrstuhlwand, »was lesen Sie hier, wo wir ausgestiegen sind?«

Niemand von der Sightseeing-Truppe war noch im schulpflichtigen Alter. Die vier sehr jungen und ebenso ahnungs- und interesselosen Journalisten von Berliner Zeitungen und Radiosendern demonstrierten das durch schnöseliges Grinsen und drehten rötlich anlaufende Gesichter weg. Die drei Beamten in ihren angeblich besten Jahren, die normalerweise tagsüber an der Zentralen Ermittlung von Regierungs- und Vereinigungsschweinereien mitwirkten und unter deren Büros, im sogenannten Filmbunker, die Tour begonnen hatte, reckten amüsiert-unauffällig die Hälse in Richtung Brett. Die Herren von Lufthansa und Sabena schienen just in diesem Augenblick alle die Attraktivität der Dame von eurowings zu entdecken und flirteten um die Wette, was die Dame mit einem knappen: »Na, fifth floor, nicht?« und einem Blick der Sorte: »Wenn man nicht alles selber macht!« abwürgte.

»Sehen Sie – aber wir *sind* hier im *vierten*!« Cicerone schwenkte sein buntes Riesenschlüsselbund und lächelte zufrieden. »Und ich weiß auch nicht, wieso die Amis damals hier die andere Zählweise eingeführt haben. Aber feststeht – Sie haben. Und wir haben heute noch zum Teil drei verschiedene Schlüsselsysteme. Der ganze Ostflügel zum Beispiel – Sie wissen ja, der war Eigentum der US-Militärs. Da haben Sie auf manchen Fluren noch die Original-Wasserautomaten –«.

Das schien die rote Wurstpelle zu interessieren: »Ach nee! Echte? Kann man die, ich meine – wenn die abgebaut werden, wer kriegt'n die?«

Cicerone schwieg grinsend.

Die ZERV-Beamten reckten jetzt unauffällig die Hälse.

Die Dame von eurowings empfahl eigene Recherchen. »Ich dachte immer, als Journalist lernt man sowas.«

»Und auch *dieses* Herzstück von Tempelhof Central Airport, wie die Amis ihn genannt haben, ist heute noch ein Relikt aus den Zeiten des Kalten Krieges und wird komplett erneuert, aber das –«, Cicerone nickte einem sportlichen Mittvierziger mit geblümtem Halstuch zu, der sich über den von Kisten und Material verstellten Flur zum Fahrstuhl durchschlängelte, »kann Ihnen der Herr Jobst hier besser erklären. Von Flugsicherung versteh ich nämlich nichts.«

Er stellte Jobst die Truppe kurz vor und versprach, sie in einer halben Stunde wieder abzuholen und dann durch einen »polnischen Korridor« und andere Teile des Westflügels zu führen. »Presse sind komischerweise bloß die vier Jungs«, flüsterte er dem Wachleiter von der Deutschen Flugsicherung schließlich zu, »und die sind höchstens scharf auf explodierende Koffer.«

Der DFS-Mann gab noch vor dem Fahrstuhl eine angelsächsisch pointierte Einführung in die seit etwa einem Jahr vor sich gehende Normalisierung der Luftraumüberwachung aus der Radarzentrale Tempelhof. »Dies war eine militärische Anlage bis zum Sommer 1993. Für den Zivilluftverkehr gab es drei Korridore, daran werden Sie sich erinnern – das hat die Flüge länger und teurer gemacht, weil die Piloten nicht sehr hoch steigen durften. Inzwischen kontrollieren wir von hier aus den unteren Luftraum, also bis zu einer Höhe von 24.500 Fuß oder siebeneinhalbtausend Metern, des gesamten Gebiets, das früher DDR hieß und unter der Lufthoheit der ehemaligen Sowjetunion stand. Wir haben bereits die meisten Funktionen aus Schönefeld übernommen, und dafür bauen wir um. Genauer gesagt: neu. Die Radarzentrale zieht noch in diesem Jahr eine Etage höher, denn hier unten wird nicht nur die Software allmählich zu eng. Ach ja – im Radarraum, in den wir jetzt gehen, arbeiten traditionell Amerikaner, Engländer, Franzosen und Deutsche zusammen. Inzwischen sind es auch eine Menge *Ost*deutsche, und wir haben hier eine relativ hohe Quote von weiblichen Mitarbeitern«, er sah dabei nicht die eurowings-Dame an, sondern die vier Medien-Fohlen.

»Typisch Berlin«, knurrte einer der drei ZERV-Polizisten.

»Und das liegt daran, daß wir eine Menge sehr qualifizierter Mitarbeiterinnen aus Schönefeld übernehmen konnten.«

»Von Intersturz, was? Das war'n ja Klapperkisten!« knurrte der ZERV-Mann weiter.

Die beiden Lufthansa-Herren zogen säuerliche Münder.

Drei der vier Medien-Fohlen malten Kringel auf ihre Blöcke, die rote Wurstpelle wedelte gelangweilt mit dem Recorder.

Jobst musterte sie. »Was Katastrophen betrifft – ich weiß außer dem Koffer neulich nur von zwei Sprengstoffanschlägen hier. 1972 wurden zwei Bomben in der Skymaster gefunden – das ist der Rosinenbomber, der draußen am C-Damm steht; und 1986 ist am T-Damm ein Auto mit dem Kofferraum voll Sprengstoff hochgegangen. Die Täter sind wohl immer noch nicht gefaßt. In *unserm* Bereich ist mir nichts bekannt, aber ich kann Ihnen gleich mal zeigen, was für eine Kettenreaktion hier losgehen würde, sobald uns ein Pilot etwas in *der* Art funken würde.«

Die eurowings-Dame lächelte.

Die vier Lufthansa- und Sabena-Herren rollten dramatisch die Augen.

Ein anderer der ZERV-Beamten, der aussah, als ob er mit gutem Wein und gutem Whisky die Eigenart gemein hatte, durch Alterung noch besser zu werden, und in dessen sehr angenehmer Stimme ein ganz leichter Hauch Südstaaten schwang, sah Jobst an. »Stimmt es eigentlich, daß man – wie nennen *Sie* das? – unterm Radar langfliegen und verschwinden kann?«

»Das *ist* schon vorgekommen, ja.« Jobst erwiderte seinen Blick. »Die kleinen polnischen Maschinen in den siebziger, achtziger Jahren –«.

»LOT, genau!« knurrte der andere ZERV-Mann dazwischen. »Landet Oft Tempelhof. Hieß doch so.«

»Das ist *wieder* etwas anderes. Ich spreche gerade von den kleinen Sport- und Agrarmaschinen, mit denen viele aus Polen geflüchtet sind. Das waren keine Instrumentenflüge wie die von LOT. Das waren von vornherein Sichtflüge – ich zeig Ihnen das gleich genauer. Erstmal – hier«, er hob den Stapel Papier, den er die ganze Zeit in einer Hand gehalten hatte, hoch und verteilte zusammengeklammerte, eng betippte Seiten, »ich hab Ihnen eine kleine Liste mit Tempelhofer Zwischenfällen gemacht. Die können Sie mitnehmen. Dann sparen Sie sich den Gang in Ihre Archive.«

Die Medien-Fohlen griffen widerstrebend, aber artig zu.

»Mein Name ist übrigens Ulrich Jobst. Und wenn Sie mich unbedingt zitieren müssen – wie Obst mit Jott. Ich sage das nur, damit Sie nicht schon am ganz kleinen Einmaleins scheitern.«

Die Medien-Fohlen liefen dunkelrot an und schienen bereit, von ihrer Verachtung füreinander momentan Abstand zu nehmen. Die rote Wurstpelle fingierte einen umständlichen Batteriencheck am Recorder.

»Können Sie alle Englisch? Ich meine: *Lotsen*englisch?« Jobst bekam keine Antwort, aber einen amüsiert-skeptischen Blick vom ZERV-Mann mit dem angenehmen süddeutschen Timbre.

Die Dame und ein Herr von der freien Flugwirtschaft lächelten wissend.

»Na, dann wollen wir mal. Ich mache solche Führungen übrigens sehr gern«, er lief vor, den Flur entlang, »meiner unbedeutenden Meinung nach sollte jedes Schulkind ein gepflegtes Grundwissen in Sachen Fliegerei bekommen. Es gäbe dann weniger Passagiere mit Flugangst und –«, diesmal sah er nicht zu den Medien-Fohlen, sondern auf den Zickzack-Kurs durch Kisten und Kästen, »entschieden weniger dummes Geschwätz in den Medien. Hier lang, bitte.« Er drückte einen Flügel einer schweren Doppeltür auf und dirigierte die anderen in einen düsteren, holzgetäfelten Raum ohne Fenster und mit wenigen runtergedimmten Deckenleuchten.

»Warum hacken Sie denn so auf unseren Presseleutchen rum?« erkundigte sich der ZERV-Südstaatler im Vorbeischlendern. Es klang nicht amüsiert.

Jobst zuckte die Schultern. »Wissen Sie – ja, gehen Sie ganz nach rechts durch, bitte –, man hat einfach gewisse Standards intus, wenn man lange in den USA gelebt hat, was Qualität und Professionalität angeht. Stichwort: vierte Gewalt. Und wenn man dann hierher zurückkommt – entschuldigen Sie einen Moment.« Er arrangierte die zwölf Besucher um einen der sieben besetzten Arbeitsplätze, an denen je zwei Leute vor bräunlich flickernden Bildschirmen saßen, teilweise telefonierten, bekritzelte Papierstreifchen hin- und herbewegten und kurioses Kauderwelsch äußerten. Auch das trübe Licht aus dem Klemmlämpchen am Pult war gewöhnungsbedürftig.

»Das hier sehen Sie zum ersten und zum letzten Mal, vermute ich, jedenfalls in Tempelhof. Diese monochromen Bildschirme haben ausgedient, wir bekommen die Farbdisplays, die andernorts längst üblich sind, und dann brauchen wir auch nicht mehr diese militärische Abdunkelung. Die *functional units* bleiben im Prinzip so, wie sie sind: ein Radarlotse, ein Koordinator, oder wie hier: eine Koordinator*in*. Die *strips* auch. Darauf sind die Daten aus dem Flugplan – Route, Höhe, Geschwindigkeit, Start-, Lande- und Überflugzeiten –, die noch nicht durch *clearances* geändert worden sind. Den Flugplan kriegt der Pilot vom Computer gemacht. Und halten muß er sich auch an alle *updatings*.«

Durch den etwa 250 Quadratmeter großen Raum schwirrten teils gedämpfte, teils herrische Fetzen des Kauderwelschs, mit dem nur die eurowings-Dame und ein Lufthansa-Herr keine

Probleme hatten. Sie waren beide Flugbegleiter gewesen und wußten, daß »trieh« kein Baum, sondern eine Zahl und das Kauderwelsch dem Wortschatz und der Grammatik nach Englisch war, allerdings so zurechtgeschliffen von vielen verschiedenen Zungen, daß es klang wie der größtmögliche gemeinsame Nenner bei kleinstmöglichem einzelnem Kompromißaufwand.

»So muß sich diese legendäre Baustelle in Babylon angehört haben«, fiel dem dritten ZERV-Mann ein.

»Pfingstwunder«, Jobst drehte sich zu ihm, »hat hier neulich mal ein Kirchenmann mit großen Augen gestöhnt. Na, bleiben wir bei den einfachen und erklärbaren Dingen zwischen Himmel und Erde –«, er beugte sich dicht vor den Bildschirm, »was haben wir denn gerade, Frank?«

Der Radarlotse schob ihm einen Kontrollstreifen hin, kauderte diverse Zahlen und zeigte auf ein Flickern auf dem Schirm.

»Das hier«, Jobst trat einen Schritt zur Seite, damit alle den Schirm sehen konnten, »ist ein Instrumentenflug. Linie aus Dortmund. Ein kontrollierter Flug also. Das heißt, wir haben ihn in unserem Primärradar, und er hat gleichzeitig ein sekundäres Radarantwortgerät an Bord, mit dem der Pilot, Sie können sagen: uns bestätigt beziehungsweise unsere Daten verfeinert. Primärradaraufzeichnungen sind immer nur so gut wie die Radaranlage, und diese hier ist – nun ja, nicht die neueste. Aber das posaunen Sie bitte erst in ein paar Wochen aus, wenn sie ersetzt ist.«

Die Medien-Fohlen wurden auch davon nicht aufmerksamer.

»Ich wollte Ihnen erklären, was wir von hier aus tun können, wenn wir eine Notfallmeldung kriegen. Ich versuch's mal für Laien zum Mitkommen, nicht ganz korrekt. Also, alle Daten aus dem Primärradar werden aufgezeichnet und gespeichert im RDQC, das heißt *Radar Data Quality Control*. Das Antwortgerät im Flugzeug heißt Transponder und ist direkt an bestimmte Teile unserer Empfangsantennen hier ›angeklinkt‹. Bestimmte Notfälle an Bord haben ein bestimmtes Signal, genauer gesagt, eine Zahlenkombination. Die gibt der Pilot oder sein Co ein, am Ende einer Zahlenkolonne, die auch sein Kennzeichen, seine Flugnummer, die Flughöhe und die aktuelle Geschwindigkeit enthält. Solche Zahlenkombinationen gibt es für Entführung, Funkausfall oder etwas, das Notfall heißt und alles bedeuten kann. Sie werden hier automatisch verarbeitet, das heißt, kommt so ein Signal, rückt diese Maschine sozusagen in den Mittelpunkt. Nicht bloß im Radarsichtgerät. Dann fängt auch der Raum hier an zu – naja, sagen wir, die Adrenalinpumpen gehen an.«

Ex-Stewardess und Ex-Steward nickten mit leisem Stöhnen.

Die Herren ZERV schienen auch eine gewisse Erfahrung zu haben, zumindest mit der Angst vor derlei.

Der Rest der Besucher starrte ratlos zwischen Bildschirm, Kontrollstreifen und Radarlotsen hin und her.

»Ach, wissen Sie«, fuhr Jobst fort, »wir können dann schon eine Menge machen. Feuer an Bord, Elektronik im Eimer, Hydraulik hat sich verabschiedet – alles kein Beinbruch. Schwieriger ist das, was man meistens hat – eine plötzliche Verklumpung von mehreren Sachen. Schlechtwetter plus Geräteausfall plus Idiot an Bord und Co-Pilot auch bekloppt.«

Nicht alle mochten lachen.

»Und wenn was passiert«, der ZERV-Mann mit dem angenehmen Südstaaten-Timbre versuchte sich im allmählichen Verfertigen des Begreifens beim Reden, »dann wissen Sie hier genau, wo das ist, wie hoch –?«

»Achso –«, Jobst schien etwas wieder einzufallen, »Sie wollten ja wissen, wie man abtauchen kann! Gut, also –«, er sah die Kontrollstreifen, die noch links vom Radarlotsen lagen, durch und hob einen hoch. »Der einfachste Fall ist, Sie nehmen einen Flieger und ein Stück Acker und fliegen einfach los, halten sich in 150 bis 300 Metern Höhe und orientieren sich an Straßen und Landschaften. Das geht natürlich nur bei guter Sicht. Aber *damit* sind Sie im Prinzip aus jedem Radar raus, von Anfang bis Ende. Oder – jetzt stellen wir uns mal vor: Dieser Flug hier«, er hielt den Streifen kurz hoch, »wird in etwa einer halben Stunde in unserm Kontrollraum sein. Er ist – genau, das ist der, über den wir vorhin gefrotzelt haben: merkwürdig teures Unternehmen. Da läßt jemand eine ganze Yak 40 hier einfliegen, komplett leer, um hier in Tempelhof morgen ein paar Geschäftsleute oder Pressemenschen oder sonstwas einzusammeln und nach Minsk zu fliegen! Aber gut. Des Menschen Wille ist sein Himmelreich, manche Leute haben eben zuviel Geld. Der ist vor einer knappen halben Stunde in Minsk gestartet. Er hat eine der Standardrouten bekommen, über Slubice in Polen, und fliegt hier über Fürstenwalde nach THF ein. Dazwischen ist eine Menge Militär im Luftraum, deshalb ist die Route so und nicht anders.«

»Und wehe, er hält sich nicht dran!« murmelte die Koordinaten-Kollegin, die gerade keinen Kontrollstreifen weiterzuleiten hatte.

»Dann wird er abgeschossen!« knurrte der eine ZERV-Mann begeistert.

»Kann passieren. Eine Yakovlev 40 hat so um die 100 Sitzplätze, zwei Piloten, zwei Funksprechanlagen und einen Transponder. Sie fliegt, na, ich schätze mal: gut 800 Stundenkilometer bei – 7.500 Metern Höhe, Frank? Etwa?«

Der Radarlotse nickte und drehte sich zu den Besuchern. »Level two five zero. Yeah.«

»25.000 Fuß. Da oben ist der jetzt. Was macht er, wenn er verschwinden will? Er hat ja seinen Transponder – hm?«

»Kann man den abstellen?« fragte der ZERV-Südstaatler.

»Kann man.«

»Aber das würde auffallen?«

»Und wie. Vor allem, wenn er gleichzeitig runtergeht. Und unter dem Radar wegzutauchen versucht. Er muß ja auf 300 Meter runter – damit ist er aller Wahrscheinlichkeit nach auch aus den militärischen Radars raus.«

»Ja – und dann?« Dem knurrenden ZERV-Mann schien das nicht zu gefallen. »Der kann doch nicht so einfach verschwinden! Wollen Sie uns erzählen, daß das *keine* Märchen sind, diese Geschichten da mit den dicken Antonovs, die nachts heimlich in Sperenberg landen und so!«

»*Das* sind Märchen«, konterte Jobst, »genau wie das immer wiederkehrende Gerede von der Schließung dieses Flughafens hier.«

»Ach, da glauben Sie auch nicht dran, nein?« Der ZERV-Knurrer schien beruhigt.

»Nein«, lachte Jobst. »Zeigen Sie mir einen leiseren, sichereren Flughafen zu dieser Stadt und mindestens einen Bonner Politiker, der außerhalb von Wahlzeiten mit dem gemeinen Wählervolk zusammentreffen möchte, womöglich im Stau oder öffentlichen Nahverkehrsmitteln.«

Der ZERV-Mann mit dem Südstaaten-Timbre gluckste vergnügt. »Was ist denn mit dem Sprechfunk – könnte man damit nicht –?«

»Richtig. Frank hier – und jeder andere Radarlotse – würde sofort versuchen, die Maschine über Funk wiederzukriegen. Es kann ja sein, daß der Transponder mal ausfällt. Er würde, wenn er da nichts erreicht, weil auch der Sprechfunk ausgefallen ist, den Wachleiter informieren, also jemanden wie mich. Er würde als nächstes unseren technischen Dienst anrufen, damit die versuchen, eventuell die Radarsichtgeräte hier besser einzustellen, um die Impulse schärfer zu kriegen und ihn so wiederzufinden. Ich hab dann schon den Such- und Rettungsdienst Fürstenwalde an der Strippe, geb dem unsere letzten Daten durch, also wo ist die Maschine zuletzt geortet gewesen. Und damit ist die Rettungsaktion ausgelöst. Und hier im Raum können sie die Spannung mit bloßen Händen greifen. Denn man muß mit allem rechnen.«

»Kann man den Funk auch mutwillig ausschalten?« Der ZERV-Südstaatler schien immer neue Gedankenwelten zu verfertigen. »Kann man sowas inszenieren, einen Notfall? Nur um unbemerkt irgendwo lang zu fliegen?«

»Kann man alles. Aber erwarten Sie dazu hier jetzt nichts Genaues.« Jobst sah betont *nicht* die Medien-Fohlen an, die inzwischen gar kein Interesse mehr aufbrachten, sondern auf den Drehstühlen des Ersatz-Radarplatzes lümmelten oder miteinander flüsterten.

»Und da schickt kein Mensch Abfangjäger los!« empörte sich der knurrende ZERV-Mann.

»Oh doch – Moment mal eben.« Jobst sah hinüber zu einem größeren Pult in der Mitte des Raums und lauschte angestrengt. Der Soundtrack hatte eine wundersame Veränderung durchgemacht. Das Wachleiterpult wirkte wie eine Art akustisches schwarzes Loch, um das herum die Kauderwelsch-Fetzen schwirrten – je dichter dran, umso gedämpfter – und in dem sie zu verschwinden schienen. »Das tut man. Man fliegt dann exakt die angegebene Route ab. Die Bereichssuchstelle wird gemeinsam mit der Bundeswehr –«, er ließ den Satz hängen und lief zu dem Pult, an dem sein Stellvertreter eben den Hörer auflegte. Nach einem kurzen Wortwechsel griffen beide wieder zu Telefonen. Der Soundtrack nahm sekündlich neue, chaotisch-konturierte Formen an. Mit bloßen Händen war für Laien hier gar nichts mehr zu greifen. Allenfalls Choreographen im Ruhestand hätten einen Sinn für den Tanz aus Klängen und Bewegungen gehabt. Schlichtere Gemüter wurden einfach angesteckt von der Aufregung. In die Medien-Fohlen schien das Leben buchstäblich zurückzuschießen. Die rote Wurstpelle klickte den Recorder wieder an. Die wenigsten äußeren Merkmale von Anspannung zeigte dagegen die eurowings-Dame, die dem ZERV-Südstaatler ihr letztes Abenteuer mit Charlie Bravo zu erzählen versuchte. »Sagt heut auch keiner mehr. Cee-bee. Auf gut deutsch: Gewitter, haben Sie's mal erlebt?«

»Finden Sie nicht«, fragte der abwesend und sah zum Wachleitertisch, »daß wir hier jetzt stören?«

Die Ex-Stewardess seufzte und nickte. Und dann spulte sie ab, was sie oft trainiert, aber – »glücklicherweise!« – nie gebraucht hatte: Einen Trupp aufgeregter Leute in geordneter Ruhe aus einer Tür bugsieren. Die waren draußen vor dem Radarraum so mit sich beschäftigt, daß niemand den fehlenden ZERV-Südstaatler bemerkte. Kriminaloberrat Lang hatte sich zwischen sämtlichen, aber verschieden choreographierten Leuten hindurch zu Wachleiter Jobst durchgeschlagen, hielt seine Dienstmarke in der Hand, für alle Fälle, und versuchte, mental in den Griff zu bekommen, was um ihn herum vorging.

»Hundemarke können Sie wieder einstecken«, sagte Jobst nach zwei Telefonaten und einer kurzen Besprechung mit allen Lotsen, die es unmittelbar anging. »Ich weiß, daß Sie von der KriPo in Dresden kommen. Die Yak, die wir eben am Wickel hatten, ist kurz hinter der polnischen Grenze vom Radar verschwunden. Genau so, wie wir's durchgespielt haben: Transponder ade, Kontakt mit beiden Funkgeräten hopps. Bingo! Entweder ist das eine Katastrophe –«, er rieb sich die glänzende Stirn.

» – oder Absicht?« Lang sah ihm in die Augen. »Wieweit kommt der? Was kann er machen?«

»Die. Es sind zwei. Kommt aufs Wetter an«, er sah auf die Uhr und kramte auf seinem Tisch, »12.21. Bis zirka 14.00 soll die Wolkendecke aufgerissen bleiben – naja, die Wetterlüge. Sie könnten versuchen, die Route laut den letzten ATC-Freigaben nach Sicht fortzusetzen. *Continue flight according to Visual Flight-Rules*. Dann trudeln die irgendwann in den nächsten ein, zwei Stunden ins Blickfeld des Towers hier und landen sinnvollerweise auf dem Rasen.«

»Weil ihnen niemand sagen kann, welche Bahn frei ist?«

»Genau. Hatten wir hier dutzendfach.«

Lang überlegte. »Kann man Sprechfunk auch so schalten, daß man mithört, aber nicht antwortet?«

»Natürlich. Man kann sogar den Geräteausfall so simulieren, daß Simulation schwer nachzuweisen ist. Gleich nach der Landung. Vor allem, wenn niemand auf einem Verdacht besteht.«

»Und da kommt alles auf die Story an, die sie erzählen, stimmt's?«

»So ist es. Wie im richtigen Leben. Wer die plausibelste Lüge beherrscht, gewinnt. Wollen Sie Kaffee?«

»Nein. Aber eine rauchen.«

Jobst nahm einen Steingutbecher, auf dem grün-blau verschlungen ein U und ein J prangten, und schob Lang in eine Ecke des Raums. Der Aschenbecher auf dem Tisch war deutlich aus Schönefeld und voller als die Thermoskanne, aus der nur noch ein lauwarmer Rest plätscherte. »Sie können sich sogar auf internationales Reglement berufen, wenn sie nach Sicht weiterfliegen. *Communication Failure Procedures* und so weiter.«

Lang zog eine Schachtel Zigarillos der Marke *Lucky Luciano* aus dem Jackett und hielt sie Jobst hin. »Gesetzt den Fall, es ist *kein* Unglück – was könnten sie damit bezwecken?« Er zündete beide Zigarillos an.

»Schwer zu sagen.« Jobst sog den Rauch tief ein und blies ihn langsam wieder aus. »Die Strecke testen.«

»Sie meinen: Wie gut die kontrolliert wird?«

»Ja. Ich vermute, die Polen sehen es so. Sie haben einen Jäger hochgeschickt.«

»Ist man wirklich aus allen Radars raus bei dreihundert Metern Höhe?«

»Ziemlich sicher. Wenn sie wissen, wo die Militärradars stehen, können sie zusätzlich Bogen fliegen, um ganz sicher zu gehen.«

Lang dachte nach und paffte. Er hatte sich noch nicht lange umgestellt von seinen »labbrigen Filterzigaretten«, wie Karin sie zu nennen pflegte.

»Vielleicht will ja auch jemand testen, ob es nicht sicherer ist, gleich schwarz zu fliegen«, spann Jobst weiter.

»Aber der könnte dann auch nicht offiziell landen, oder?«

»Und nicht offiziell starten, nein. Aber bei Minsk wird's auch ein paar Wiesen geben, Hauptsache lang genug. Das heißt, das kommt auf die Maschine an. Eine moderne Cessna mit allem Pipapo an Bord braucht auch nicht mehr als einen Kilometer.«

»Und landet hier auch auf der Wiese. Und der ganze Flug hat nie stattgefunden? Ist das wirklich möglich?«

Jobst nahm einen Schluck Kaffee und zog eine Grimasse. »Sagen Sie's nicht weiter: Ja. Das *ist* möglich.«

Lang paffte und nickte ein paarmal gleichzeitig. »Auch nachts? Da kann er doch aber keinen Sichtflug machen – oder?«

»Muß er ja nicht. Wenn er ein GPS an Bord hat, ach so: ganz korrekt DGPS. *Digital Global Positioning System*. Das ist ein Satellitennavigationsgerät. Damit macht er praktisch einen Instrumentenflug. Sehr tief. Nachts ist übrigens die Chance, in irgendeinem Radar hängenzubleiben, noch geringer.«

»Weil da alle schlafen? Und wie landet er?«

»Erstens, weil die Besatzungen kleiner sind; zweitens, mit Restlichtverstärker zum Beispiel. Dann braucht ihm bloß jemand ein paar Kerzen auf die Wiese zu stellen.«

Lang paffte und nickte eine Weile so versunken, daß er weder den Cicerone an den Tisch kommen hörte noch merkte, daß die Glut des Zigarillos fast an seinen Fingern war.

»Wollen Sie die Führung nicht weiter –«. Cicerone sah ihn besorgt an.

»Äh-jah! Entschuldigung. Danke!« Er warf die Kippe in den überfüllten Aschenbecher, stand auf und griff abwesend nach Jobsts ausgestreckter Hand. »Ich bin übrigens wieder in Berlin. Unten, bei der ZERV. Woher wußten Sie, daß ich in Dresden war?«

Jobst drückte ihm fest die Hand. »Von unserer Tochter. Die volontiert da bei einer Zeitung, und der haben Sie mal ein Interview gegeben. Über organisierte Kriminalität und die Dresdner Polizei. Meine Frau und ich haben Ihren Mut bewundert! Nice to have met you. Das meine ich wörtlich.« Er zog ihn ein paar Zentimeter zu sich und lächelte verschwörerisch wie alle Menschen in mittleren Jahren angesichts der anderen, die entweder älter oder jünger sind. »Unsere Tochter hat sich die ganze Seite an die Wand gepappt. Ich vermute, wegen des Fotos. Sie *schwärmt* von Ihnen!«

»STELLEN SIE ES AB, HERTA, und seien Sie so gut: Ziehen Sie die Tür wieder zu – bitte – danke.« Die beiden letzten Wörter blieben im Raum hängen. Peinlich wie die öffentliche Bloßstellung einer Schwäche. Das Gespräch blieb unterbrochen, bis die Haushälterin das Tablett mit Teekanne, vier Tassen und Kandis- und Sahnebehältern, alle aus demselben hauchfeinen Porzellan, das man kaum zu berühren wagte, abgesetzt und die Schiebetür mit den braun-gelb-grünen, undurchsichtigen Bleiglasscheiben hinter sich geschlossen hatte. Erst dann neigte Freya Lüsebringk, geborene von Doberan-Schnittenheim, den Oberkörper leicht vor und widmete sich der Inszenierung des Bildes der perfekten Gastgeberin.

Roboldt löste den Blick von dem bleichen jungen Mann, dem der schwarze Stehkragen mit der steifen weißen Einlage von Minute zu Minute enger zu werden schien, und beobachtete jede ihrer Handbewegungen. Sie behielt auch beim Einschenken die sehr schönen, schlanken und langen Beine übereinandergeschlagen. Ihre Körperbeherrschung war makellos, die Pumps heute etwas flacher als bei ihrer ersten unvorbereiteten Begegnung. Auch die schwarzen Strümpfe und das offensichtlich maßgeschneiderte schwarze Kostüm, das neue Aschblond der halblangen Haare, die farblos lackierten Nägel und das dezente bräunliche Rot der Lippen waren der Rolle der trauernden, von Alltagsbanalitäten gequälten und überforderten Witwe angemessener. Genau der Typ, dachte er, während er ihr eine Tasse abnahm und kurz in die Augen sah, dem Wörter wie »bitte« und »danke« kaum freiwillig über die Lippen kommen. So etwas gehört einfach nicht in ihren Gefühlshaushalt. Es ist peinlich. Wie eine Laufmasche bei – einer Papstaudienz.

Er setzte die Tasse vorsichtig auf dem Tisch ab und rieb sich ein Ohr. Er fing Lietzes amüsierten Blick auf.

»Rauscht es?« erkundigte sich der Priester mitfühlend. »Wenn Sie beide Ohren kurz zuhalten, läßt es nach.« Er schien erleichtert, das beklemmende Schweigen endlich brechen zu können. »Dieses Holperpflaster hier in Zehlendorf – ¡ay-ay! Geht mir auch immer so, wenn ich mal hier bin. Obwohl man denken sollte, ich müßte Schlimmeres gewöhnt sein. In Nicaragua ist man schon froh, wenn die Straßen überhaupt gepflastert sind. Erst recht in den Bergen, wo –«.

»Nimmst du Kandis, Norbert?«

Norbert Lüsebringk zuckte zusammen, nahm bebend seine Tasse entgegen und mied Roboldts Blick, solange seine Mutter in seine Richtung sah.

»Nun - - - wie ich schon ausführte. Ein alter Mann, wie Sie ihn beschreiben, ist mir nicht erinnerlich. Wir hatten vor Jahren einen älteren - - - Herren mit einem solchen - - - Hut. Er ging uns zur Hand. Bei Reparaturen. Im Garten. Aber soweit mir bekannt, ist er verstorben.« Beim letzten Wort schluckte die Witwe gequält. »Ich kann mir auch *nicht* vorstellen, daß mein Mann - - - mein *verstorbener* Mann mit so jemandem - - - Kontakt gepflegt hätte.«

Lietze gab ungerührt die Nicht-Dame und schlürfte laut ihren Tee. Die Witwe wechselte auf schmerzhaft umwölkt, wie Roboldt mit Vergnügen notierte. Geschieht ihr recht. Wer uns weismachen will, nicht zu wissen, ob der eigene Sohn seinen Tee süß trinkt oder pur –. Er griff zu seiner Tasse, schlug sie aber, ganz aus Versehen, fast um, weil er gleichzeitig an zu reden fing. »Kontakt – ah, pardon!« Mit einem Gesichtsausdruck, als ob er sich um die Aufnahme in einen Flagellanten-Verein bewerben wollte, hielt er das zierliche Täßchen umklammert und hoffte, die Witwe würde platzen vor Angst, er könnte es zerdeppern. Plumpheit war eigentlich nicht sein Metier. Im Gegenteil. Im Zweifelsfall steckte Roboldt jede geborene Lady in die Tasche, wenn's um damenhafte Delikatesse ging. Dafür hatte *seine* Mutter gesorgt. »Mein Junge«, hatte sie verfügt, »ich hoffe, deine

Polizei da ist keine bewaffnete Bande und am andern Ufer, wo's dich ja wohl hinzieht, liegt dein Glück. Ich geb dir für beides einen Rat: Lern Manieren, und zwar die besten! Und vergiß nie, jeder deiner Liebhaber ist der Sohn einer Mutter, und *die* mußt du zuallererst für dich einnehmen.«

Aber irgendetwas sagte ihm, hier den naiven Tolpatsch zu spielen, könnte brauchbar sein. Wenn schon nicht, um die Witwe aus ihrer eisernen Reserve zu locken, dann um rauszukriegen, ob dieser all seine notorischen Bemutterungsinstinkte alarmierende blasse Priester wirklich schwul war, wie er vermutete, seit er ihm und Lietze die Tür zu dieser klobigen Villa in der Zehlendorfer Eitel-Fritz-Straße aufgemacht hatte. Auch so ein Instinkt.

»Wir haben durchleuchtet, was zu durchleuchten ging«, er ließ die Tasse los, »wir sind uns schon vorgekommen, als wären wir in einer Legebatterie – entschuldigen Sie, ich wollte Ihre Gefühle nicht – man macht ja so seine Witze, um durchzuhalten. Alle. Die Mitarbeiter und Vorgesetzten Ihres Gatten, sämtliche Teilnehmer an der Katastrophenschutzübung damals. Vor allem natürlich die Schauspieler, die als Verletzte und Angehörige mitgewirkt haben. Sie sind alle zu jung. Wir können aber *nicht* jeden Angestellten des Flughafens auch noch durchleuchten. Oder gar 3,5 Millionen Berliner Bürger plus Besucher.«

Die Witwe nahm ein formvollendetes Schlückchen und bedachte ihren Sohn, der beim Wort »Legebatterie« zwei Finger in den Stehkragen gezwängt hatte, mit einem mißbilligenden Blick.

Roboldt sah zu Lietze, die den rechten Zeigefinger unter die Nase geklemmt hielt, als ob sie nachdächte, und leicht zu nicken schien.

»Ich weiß nicht, wie vertraut Sie mit Polizeiarbeit sind. Ihr Mann war ja–«.

»Mein *verstorbener* Mann war kein Polizist«, schnitt die Witwe ihn ab. »Tut mir leid. Damit kann ich nicht dienen.« Sie ließ, bei noch immer fest verkeilten Beinen, den Oberkörper ins Polster des braun-gelb-grün-gestreiften Chintzsofas zurücksinken.

»Aber das macht ja gar nichts!« fuhr Roboldt stur fort. »Vielleicht interessiert es Sie trotzdem. Jemand, der ein Mordopfer ganz kurz vorher noch lebend gesehen und sogar mit ihm gesprochen hat, ist für uns natürlich, wie soll ich sagen: eine Art Huhn, das goldene Eier legt. Oh, Verzeihung. Das ist mir so rausgerutscht.«

Der Priester war aufgesprungen.

»Es könnte doch sein«, Lietze hatte den Zeigefinger jetzt auf die Nasenspitze gelegt, »daß es jemand ist, den Ihr Mann von früher kannte. Aus seiner Heimat, aus den vielen Stationen seiner langen Laufbahn.«

»Seine Heimat ist auch meine!« Die Witwe löste die schwarzbestrumpften Beine und verkeilte sie andersherum. Noch strammer. »Und ich war bei *allen* Stationen an seiner Seite. Wissen Sie denn überhaupt, ob dieser - - - Herr Westfälisch spricht?«

Roboldt starrte unverhohlen auf die schwarzen Beine und hoffte auf eine Laufmasche. Aber auch Mutter und Sohn war entgangen, daß sich die Tür zum Flur einen ängstlichen Spalt aufgeschoben hatte. Nur Lietze schien sprungbereit, kaum daß das Gesicht der Haushälterin zu sehen war.

»Ein Anruf für den – für die Frau Krimmi-, ähm: Kommi –«.

»Lietze reicht. Vielen Dank. Und Sie heißen Herta?« Lietze drückte sich an ihr vorbei durch den Spalt.

Herta lief zartrosa an, nickte, versuchte einen Knicks und sah zur Witwe, unsicher, ob sie Lietze folgen durfte.

»Nein, das wissen wir leider noch nicht.« Roboldt nahm den Faden wieder auf. »Und was wir auch immer noch nicht wissen, ist, mit wem Ihr Mann da um 14.00 verabredet war. Und wo genau.«

»Wo haben Sie Ihren Kopf, Herta! Ich hatte doch um etwas Gebäck gebeten!« Der Ton war eisig. Die Witwe stand auf und rauschte an der verdatterten Haushälterin vorbei. »Muß ich mich denn um *alles* selbst kümmern!«

Der Priester ging hinter ihr her, aber nur bis zu Herta, und legte der, nachdem die Witwe verschwunden war, eine spinnenfingrige blasse Hand auf die Schulter. Was er murmelte, klang tröstend, fand Roboldt. Danach schlich auch Herta aus dem großen, aber irgendwie engen, bedrückenden Salon mit den braun-grün-gelben Polsterlandschaften, den blickdichten Stores und schweren braunen Samtvorhängen an einer Seite und den maßgezimmerten Regalen mit den repräsentativen Buchrücken entlang den anderen. Eiche brutal, bilanzierte Roboldt. Er hätte keins der hier zur Schau gestellten Bücher auch nur in die Hand nehmen mögen. Wahrscheinlich hatte niemand sie je aufgeblättert.

»Es waren mal so liebe Leute.« Der Priester zog die Tür sorgfältig hinter ihr zu. »Sie haben den Hof meines Bruders restauriert. Also die Gebäude. Die Ställe, das alte Wohnhaus. Muß jetzt zehn Jahre her sein. War schon die zweite Generation Rotbrett.«

Roboldt sah ihn an und wartete.

»1985 war Richtfest. Ich weiß das so genau, weil ich einen Monat vorher endlich nach Lateinamerika durfte. Nach Chile zuerst –«. Er brach ab und erwiderte Roboldts Blick.

»Ihr Bruder ist Bauer?« Roboldt hielt dem Blick stand und fragte sich, ob die grau-blauen Augen mit den dunklen Ringen und das merkwürdig starre, blasse Gesicht erotische Turbulenzen verbergen sollten oder – Angst? Oder etwas anderes?

»Ja. Albrecht ist Öko-Landwirt. Erstaunt Sie das?« Er fuhr sich durch die dunkelblonden Haare und wandte die Augen ab zur Fensterfront. »Wir wollten beide raus aus dem –. Weg. Sehr weit weg aus all der Enge, all der –«.

Der Ruck, mit dem die Tür diesmal aufgeschoben wurde, machte das letzte Wort »Lüge« fast unhörbar. Lietze erschien, zermalmte krachend einen Keks, den sie sich mit derselben Hand in den Mund geschoben hatte, in der eine glühende *Lucky Luciano* klemmte, weil die andere den Aschenbecher balancierte. Hinter ihr schritt die Witwe mit einem ebenso teuren wie häßlichen silbernen Gebäckschälchen, in der freien Hand ebenfalls ein glühendes Zigarillo.

»War Mimi«, malmte Lietze in Richtung Roboldt und schluckte den Keks runter. »Rotbrett baut gerade die alte D.I.E.-Zentrale in Köpenick wieder auf.«

Die Witwe quetschte die Gebäckschale auf den Teetisch und nahm wieder Platz. Der Priester ging zum Fenster und gab vor, hinauszusehen. Wieso waren dem diese »lieben Leute« eingefallen, überlegte Roboldt.

»Außerdem hat Ihr Neumännchen angerufen und wünscht Rückruf. Helga übrigens auch, aber von mir.« Sie strahlte die Witwe an, die wie auf Stichwort an ihrem Zigarillo sog. »Ach – will noch jemand?« Sie warf Schachtel und Feuerzeug auf das Tablett und sah wieder Roboldt an. »Sagen Sie mal, was für Riesenpakete lassen Sie sich denn schicken?«

Der Priester kehrte zur Polstergruppe zurück. Die Witwe schenkte Tee nach. Roboldt war perplex. Die Witwe schlug die Beine nicht übereinander und wirkte für ihre (zuvor vorgeführten) Verhältnisse medusenweich. Er sah Lietze fragend an.

»Mimi mußte extra runter. Der Wachmann denkt ja nur noch an das eine: Paketbomben.« Sie lachte spöttisch auf. »Ich sag's ja: Ganz Berlin ist *eine* Macke! Arme Mimi – das Ding war schwerer als Zwillinge.«

»Ach –! Jaa!« stotterte Roboldt. »Jetzt kommt das schon? Ist mein Geburtstagsgeschenk für Detlef. Das Grimmsche Wörterbuch.«

Der Priester grapschte zwei Kekse auf einmal und sah ihn nicht an.

»Ich hab's an die Keithstraße schicken lassen. Zu Hause findet er's garantiert vorher«, legte Roboldt nach.

Der Priester kaute noch geräuschvoller. Die Witwe sog am Zigarillo. Lietze zückte Block und Stift.

»Also: Es *war* ein Termin mit der Rotbrett GmbH, das wissen wir jetzt. Wir würden dann gern, wenn Sie nichts dagegen haben, nochmal einen Blick in die Ordner werfen, die Sie uns vor zwei Wochen freundlicherweise schon gezeigt haben.« Lietze kritzelte.

Roboldt wartete gespannt.

Der Priester *hatte* jetzt rote Ohren. Kardinalsrote!

Die Witwe seufzte.

»Und was Sie mir eben in der Küche –«, Lietze blätterte ein paar Seiten zurück, »von *uns* kommt der Mist nicht, der in der Presse steht, und ich kann Ihre Gefühle da wirklich verstehen –«.

»Grausam!« platzte die Witwe dazwischen. »Das ist grausam, wenn man so etwas lesen muß, wo einem gerade der Mann gestorben ist! Wie können Menschen so grausam sein! Mein Mann *war* kein – kein – *Puff*gänger! Das hatte er gar nicht nötig!« Sie sah zustimmungsheischend zu Roboldt.

»Nun muß ein Mann in seiner Position ja hin und wieder – sagen wir: mitgehen. Wir sind alle erwachsen, wir wollen nicht so tun, als wüßten wir das nicht. Und als wüßten wir nicht, daß so manche politische Entscheidung und so manches Geschäft da abgewickelt wird, wo Männer sich, nun ja, wohlfühlen. Und dagegen ist auch gar nichts zu sagen.«

»Außer, daß *das* reine - - - Männergeschäfte sind«, hielt die Witwe dagegen. »So etwas *hat* mein Mann nicht getan. Er hat ja nicht mal getrunken.« Sie schien jetzt ihren Sohn um Zustimmung zu ersuchen. »Er war ja fast berüchtigt, weil er nicht mithielt mit diesen – Gepflogenheiten. Wir sind eine *anständige, katholische* Familie. Mit solchem Schmutz –«, sie warf eine Spur zu heftig die *Lucky Luciano* in den Aschenbecher. »Ich stamme aus einer Familie mit einer langen Tradition und vielen Offizieren. Die Familie meines Mannes ist seit Generationen in der Landwirtschaft...«

Jaja, da kommt eine Menge Immobilienbesitz zusammen, dachte Roboldt und fragte sich, ob die Witwe nicht viel mehr mit den Geschäften des Herrn Dr. Lüsebringk zu tun gehabt hatte, als sie glauben machen wollte. Hatte Lietze etwa Helga schon zurückgerufen, während er sich um den Sohn bemüht hatte? Gab die Puff-Spur doch etwas her? Er beobachtete, wie sein Chef sich durchaus nachdrücklich an der Nase kratzte, und stellte sich auf einen langen Ausflug in den norddeutschen Landadel samt Genealogie und Geschichtsumschreiberei ein. Anschließend Geschäftsordner durchsehen. Er beschloß, spätestens beim Verlassen dieses ganz und gar unheimlichen Heims irgendeine Gelegenheit zu inszenieren, bei der er diesem Priester-Sohn seine private Telefonnummer zustecken konnte. Ihn juckte die Nase zwar nur, wenn er Schnupfen hatte, aber das merkwürdige, unangenehme Kribbeln in seinem Unterbauch sagte ihm, dieser junge Mann war eine Chance, Licht in den ganzen ungreifbaren Fall zu bringen. Wenn auch eine blasse.

»ALLET OKEH, JETZT SCHLÄFT ER.« Der Seufzer am anderen Ende der Leitung war tief und hell. »Der is ja sooo süß, Mima. Ick möcht ne am liebsten mit nach Hause nehm, ehrlich!«

»Huh, da würde sich deine Mama aber bedanken!« Mimi Jacob kicherte halb abwehrend, halb amüsiert und winkte mit dem freien Arm einladend in Richtung Sonja Schade, die in der offenen Tür aufgetaucht war.

Am anderen Ende gab es eine Denkpause, dann ein trotziges: »Weil se dauernd weg muß. Politik machen. Is doch Keese. Wo zwee sind, kricht man ooch dreie durch!«

Mimis Lachen hatte die kindertröstende Potenz eines Riesentellers Nudeln mit Tomatensoße. Schade setzte sich an den großen Tisch, zündete sich eine Zigarette an und versuchte zu ermitteln, worum es ging. War das etwa schon das Schnelle Einsatz-Kommando zur Entlastung des armen Kindsvaters? Wenn Mimi von Mama sprach, mußte es wohl Nicole sein, die kleinere der beiden Nachwuchsamazonen aus dem Hause Fritz.

»Sag mal – ist Jennifer gar nicht mitgekommen?«

Mimi hatte noch nie so ausgewrungen ausgesehen wie in den letzten Wochen, seit sie wieder täglich in die Keithstraße kam, fand Schade.

»Doch. Die is inner Werkstatt. Zukucken. Ick hab Michel janz alleene jemacht, ooch die Windeln!« Nicole klang, als meinte sie das als unwiderlegbare Berechtigung, das Baby auf der Stelle zu enteignen und einzusacken. Als Mimi keinen brauchbaren Persilschein zu verteilen schien, erzählte sie weiter. Von der blöden Jennifer, die sich sofort zu David mit seiner »geilen Lederschürze« und seinen Maschinen und halbfertigen Schuhen verzogen und »keen Finger jerührt« hatte. »Ick weeß gar nich, seit wann die so uff Schuhe abfährt! Einklich fährt se zur Zeit dauernd uff Typen ab!«

Mimi schüttelte kichernd den Kopf und erkundigte sich nach Einzelheiten der Michelschen Versorgung. »Und jetzt? Läßt du dir von David den Kinderwagen klarmachen, Nico, und dann fährst du Michel ein bißchen spazieren. Okay?«

»Hab ick schon selber jemacht. Aber ick muß dir mah wat sahng, Mima. Ick finde hier bloß lauter so Wegschmeiß-Windeln. Und die machen aber die Umwelt kaputt!« Die Umweltkarte war Nicoles schärfster Joker und wurde pünktlich aus dem Ärmel gezogen, wenn sie nicht weiterkam. Nicht nur gegen Lehrer und Mitschüler, die ihrem hauptschulpflichtigen Sturkopf im Weg waren.

»Ich weiß, Nico. Aber –«, Mimi legte ihr balsamischstes Timbre auf. Natürlich hatte Nico recht. Nico ... Sie war die einzige, die sie Nico nennen durfte. Als Ausgleich für »Mima«, was Nicole in frühkindlich-linguistischer Autonomie aus »Miriam« gezwirbelt und später kanonisiert hatte. »– aber auch noch Windeln waschen, das würde *mich* kaputtmachen.«

Bist du doch schon, Mädchen! dachte Schade. Du kippst doch um, wenn dich einer mit dem kleinen Finger antippt. Sie sah zu, wie Mimi auflegte und sich einen Kaffee holen ging. »Als Star der Serie *Alles Glück des Weibes ist die Frucht ihres Leibes* wärst du aber auch glatt fehlbesetzt. Was ist los, Mimi?«

Mimi setzte sich hinter ihren Schreibmaschinentisch und lachte rostig auf. »Nix gegen Kinder«, stöhnte sie, bevor sie den Becher ansetzte und leertrank. »Wo sie hinpassen ... Lieberman hat Stein und Bein geschworen, er kann beides, den Laden schmeißen und das Kind großziehen. Wahrscheinlich hab ich's glauben *wollen*. Wahrscheinlich sind wir alle kleine Gartenlauben-Spießer, Sonja. Du hättest doch auch nicht geglaubt, daß du eines Tages – naja, irgendwie ist Anita doch auch eine Art Kind. Oder?«

Schade zuckte zusammen und sah Mimi nicht an. Nach mehreren Lungenzügen, zwischen denen sie sich immer wieder die Schläfen rieb, schien sie die Stimme wiedergefunden zu haben. Nicht ganz ihre übliche. »Stimmt, Mimi. Wir *sind* Idylliker.« Gallig-belegt. »Ist das nicht logisch? Bei *den* Scheißhaufen von Menschenhand, in die man pausenlos reinfaßt in diesem Job!« Schon trotziger. »Irgendwie *ist* Anita auf mich angewiesen wie ein Kind, und ich wollte nie Mutter werden. Wie sagst du immer? Nu, nebbich! *Mein* Kind wird sozusagen nie erwachsen, dafür ist es aber auch nicht immer Kind. Und ich hab gelernt, daß ich gute Chancen auf einen Meisterbrief hätte, wenn Mutter ein Ausbildungsberuf wäre!« Noch trotziger und mit Anklängen an die gute, alte Schade-Schnauze. »Ich würde sie noch heute auf der Stelle heiraten, Mimi! Und ich hätte es auch vor zwölf Jahren getan, wenn wir gewußt hätten, daß sie MS hat. Das sind Kinkerlitzchen gegen das Wissen, daß man – daß – man: zusammengehört. Punkt.« Sie hob den Kopf und sah Mimi in die Augen.

»Wie geht's ihr denn?« Mimi stand mit ihrem Becher auf. »Auch einen?«

Schade nickte. »Zur Zeit gut. Sehr gut sogar. Seit ihr Vater den zweiten Schlaganfall hatte. Seitdem kuckt sie jeden Kriegsfilm im Fernsehen und hat Stapel von Büchern über diesen, wie hieß das? D-Day? um sich rum!«

»Echt?« Mimi stellte ihr einen Becher hin. »Lieberman auch! Das heißt, der hat seine drei Bücher dadrüber wieder vorgekramt und demonstrativ im Laden auf dem Tresen plaziert. Die sind nämlich mit Autogramm, von irgendeiner Tante, die damals als Agentin für die Briten gearbeitet hat!« Sie ging wieder an ihren Platz und kicherte vor sich hin. »Wozu das Dezimalsystem alles gut ist. Bloß weil's fünfzig Jahre her ist – dabei müßte man gerade hier D-Day jedes Jahr feiern. Nu, nebbich!«

Schade drückte die Zigarette aus. »Geht ihr am Sonntag zur Alliierten-Verabschiedung?«

»Oh nee! Ich hatte eigentlich vor, wenigstens mal den christlichen Sabbat zu heiligen. Denn Sonnabend seh ich mich schon wieder die Supermärkte bevölkern, weil Lieberman das auch immer noch nicht gelernt hat! Das heißt, falls wir hier nicht alle Hände voll zu tun haben …«, sie kurbelte die eingespannte Seite aus der Schreibmaschine und spannte eine neue ein. »Meinst du, Jennifer kann einkaufen?«

»Äh – keine Ahnung. Wieso?«

»Die scheint ein Faible für Lieberman zu entwickeln – vielleicht könnten die sich zusammentun!« Mimis Timbre war dornig wie ein Großhandelsbukett Freilandrosen.

»Bitte?« Schade prustete und schüttelte den Kopf.

»Tja.« Dornen satt. »Ich hätte nichts dagegen, wenn sie auch gleich den Laden zu Ende renoviert mit ihm. Denn daß wir mitten in der Schwangerschaft umziehen, war auch nicht verabredet. Der Bayerische Platz ist ja bestimmt das passendere Ambiente für handgearbeitete Maßschuhe, mit denen er nun auch noch unbedingt Furore machen will. In unserm alten Wedding-Kiez hat kein Mensch Geld auch nur für einen einzigen, geschweige denn ein ganzes Paar! Aber der Laden frißt uns die Haare vom Kopf, und Handwerker kommen *mir* nicht ins Haus! Ich bin übrigens gleich fertig mit dem Rotbrett-Bericht.«

Schade trank ihren Kaffee aus, sammelte Mimis leeren Becher ein und spülte beide aus. »Wo sind eigentlich Lothar und Kalle?«

»Lothar bei der ZERV. Versucht, den bürokratischen Weg abzukürzen.« Mimi konnte tippen und sprechen zur selben Zeit.

»Wegen Rotbrett?«

»Wegen D.I.E. – du kannst es gleich lesen. Geht um Manfred

Hacke. Ich dachte, ihr hättet euch noch gesehen, bevor du zu Umwelt und Gewerbe gefahren bist? Muß ich da auch was abtippen?«

Schade trocknete sich die Hände ab und zog eine kleine Kassette aus der Hemdtasche. »Schaffst du das heute noch? Ist nicht viel.«

»Du kannst Fragen stellen! Ich will diesen Fall endlich weghaben!« Mimi hieb weiter auf die alte Maschine ein, die immerhin schon elektrisch war. »Der geht mir verdammt auf die Eier, und davon hat unsereins ja bekanntlich ein paar mehr als jeder Mann! Mal abgesehen von diesem Docktohr Lüüüsebringk. Der hatte wahrscheinlich *gar* keine!«

»Und Kalle?«

»Der ja!« Mimi hörte eine Sekunde auf zu tippen, um Schade anzufeixen. »Nehm ich wenigstens an.«

»Mimi! Als ob mich das interessiert! Wo Kalle *ist*, wollte ich wissen.«

»Ach sooo!« Honig und Stips, gefolgt von Hauen und Stechen. »Der ist raus nach Zehlendorf, Geschäftsordner mitwälzen.«

In der Tür erschien ein Mann, dessen Pensionsgrenze in nicht allzu weiter Ferne lag und der heute kein FDJ-blaues Jackett trug, sondern ein braun-schwarz-weißes, allerdings mit Frankenfeld-Karos. »Alle ausgeflogen?«

»Außer uns ja.« Schade wollte auf ihn zugehen, fuhr aber herum, weil von Mimis Tisch ein scharfes Raaatsch! ertönte.

»Fertig!« Mimi legte die Seite zu den anderen und schwenkte sie. »Morgen, Herr Dettmann!«

»Morgen?« Kriminaldirektor Dettmann sah sie fragend an. »Es ist gleich halb fünf nachmittags.«

»Der Uhr nach vielleicht. Der Arbeit nach nicht.« Mimi

stand auf, drückte Schade den Rotbrett-Bericht in die eine Hand und nahm ihr die Schachtel Filterlose aus der anderen, um sich eine anzustecken.

Kavalier Dettmann sprang ihr mit einem der bunten Billigfeuerzeuge bei, die er überall einsteckte und liegenließ. (Er war Nichtraucher.) »Ich dachte, ich lasse mich mal auf den letzten Stand bringen, bevor ich zum Platz der Luftpumpe fahre.«

Schade nahm Mimi die Schachtel wieder ab. »Sie müssen ins PolPräs? Wegen *unserm* Fall etwa?«

»Sieht so aus.«

»Ich sag doch – hier ist frühmorgens!« sagte Mimi. »Dann bring unsern Boss mal schnell auf Stand, Sonja!«

»...BROILER-BERTIE HAM SE NE JENANNT. Hier – kiek ne dir an. Ändschie is sich janz sicher, sacht Nati.« Helga hielt Kitty die Zeitungsseite hin, klackte ihre Handtasche zu und drückte die Beifahrertür des metallicblauen alten Admirals auf.

Kitty drehte den Zündschlüssel wieder zurück und das Heizungsgebläse auf Orkanstärke. »Tür zu! Ick hab ma heut uff Arbeit schon jenuch Arsch abjefrohrn! *Det* soll Sommer sein?« Sie hielt abwechselnd beide Hände vor die Düsen und besah sich das Foto. »Jestern ma een Tach, und Wiedersehn!«

Helga klappte die Tür wieder zu.

»Jefrierhühner! Hör ma, bei *die* Wiesasche weeßte doch sofort Bescheid. Der *kann* doch bloß 'n Schaden ham. Wat war der? Polizeipräsidium? Na siehste: Schreibtischbulle. Und da sitzt Karin dran? Du Scheiße, die Ärmste!« Kitty warf die Seite nach hinten, mit der Art Handbewegung, mit der man Schmeißfliegen verscheucht.

»Mann, du bist fleicht ne Frostbeule!« Helga angelte ächzend die Seite, »Karin hab ick vorhin schon ne Kurzfassung jejehm«, faltete sie säuberlich zusammen und verschloß sie in der Tasche. »Manu hab ick ooch gleich Bescheid jesacht. Soll unse Kartei ma schäcken, ob der da fleicht drinne ist. Die kam denn um dreie, wie wir grad fertich wahn mitten Hausputz!«

»Und wat sacht Karin?«

»Na, nischt ersma – wir hatten nich ville Zeit, die war wo unterweechs. Ick konnt ihr bloß schnell erzählen: Leipzich Anfang-Mitte Achtz'jer, und nich bloß Messe. Der kam wo ooch mang de Jahre, mit jewisse andre Herrn aus Pollizei und Pollitick West. Ick werse nacher nomma anrufen.«

Kitty drehte das Gebläse zurück auf Windstärke 2 bis 3.

Auf der kleinen Terrasse zwischen der Treppe und dem Eingang zum künftigen *NaNa's* liefen drei Frauen umeinander, wild gestikulierend, händeringend und dem Anblick aus etwa zehn Metern Entfernung nach wutschnaubend.

»Hoffentlich hat der wenigstens anständich jelöhnt, der Frostbroiler –«, Kitty drehte das Fahrerfenster einen kleinen Spalt runter, »wat is'n *da* los!«

Helga wälzte sich mit dem ganzen Oberkörper über Kitty und starrte auch zur Terrasse. »Jelöhnt hat *der* nie – keene müde Mark. Schon jar keene Westmark, faschtehste! Und *det* fand ick doch'n int'ressantet Dehteil – ham die Zoff da ohm?« Sie hievte sich zurück und drückte die Tür wieder auf.

»Immer mitte Ruhe!« Kitty drehte den Schlüssel aus dem Zündschloß und die Scheibe hoch, klappte ihre Tür auf, stellte zwei nicht sehr sonnenbraune, aber nackte Beine auf zwei unfallträchtige blaue Veloursleder-Stilettos und schwang den Rest des Körpers nach draußen. »Und dann mitten Ruck!« Sie schloß den Admiral ab.

Helga hatte es derweil um den Wagen herum geschafft.

»Där Ladön ies seit ein Jahr ssu –«, zeterte Nadine die beiden anderen Frauen an, »nieman war da drien! C'est complètement fou! Wier 'abön allö Schlüssöl bekomm'!«

Milli rollte die Augen in Richtung Wolkendecke, ruderte hilflos mit sämtlichen Händen und schien der Verzweiflung nahe. »Aber du chas gjesehn wie iech und Schienjett! Da war gjestern eine – eine –«, es folgte eine Welle russischer Wörter, die außer ihr niemand verstand, was die ganze Milli fast vor ohnmächtiger Wut zwischen die Wolken katapultiert hätte, »Kietie – chilf mir! Wie cheiß das! Staub. Fläche von Staub?«

»Staubschicht.« Ginette, seit vierzehn Tagen einen gewaltigen Schnitt näher am Ziel, was ihren Beschluß, sich zur Frau wie andere auch umbauen zu lassen, betraf, klärte Helga und Kitty auf, worum das Gezeter ging. »Also, *ich* hab ja nicht gesehen, ob da vorher eine Staubschicht drauflag, auf dieser komischen Tür. Ich hatte, ehrlich gesagt, nicht mal die Tür gesehen. Die ist ja echt geschickt in die Holzvertäfelung eingebaut!«

Helga und Kitty sahen Ginette an, dann Milli, dann Nadine, die bockig den Kopf schüttelte, dann sich gegenseitig. Auch kopfschüttelnd.

»Aber iech chab gjesehn! Und du auch, Nadien!« Milli hakte Kitty unter und zog sie nach drinnen.

»Und dieser Typ mit dem angetackerten Flokati auf dem Kopf wohl auch«, ergänzte Ginette.

Alle drängelten sich durch die Tür in das nur in ausgewählten Nischen beleuchtete Baustellenchaos. »Meinste diesen Holger?« keuchte Helga und hing sich an Ginette, um wenigstens nicht hinzufallen, »wat machte'n der überhaupt? Schafft *der* wehnksn wat!«

»'olgär baut der Mauer neu. Stärkör. Der Mauer 'ientön ahm – die *Wand*! Er ies *sehr* fleißiesch!« fuhr Nadine dazwischen.

Helgas Replik: »Det ist schön. Wehnksn eener!« ging unter im Gehämmer und Gebohre an der Seitenwand, und sie selbst prallte auf Kitty und Milli, weil sie nicht gesehen hatte, daß die stehengeblieben waren. »Hat hier ma wer ne Laterne!«

Nach einer halben Minute zusätzlichem Gescharre von Kabeln, die über Dreck, Zement und abgeklopften Putz geschleift werden, ertönte verschieden hell gefärbtes »Ahhh!«

»Sieht wirklich aus, als hätt'se jemand uffjedrückt!« Kitty betrachtete fassungslos die Ränder eines Vierecks, knapp menschenhoch und kaum einen halben Meter breit, das exakt den Mustern und Reliefs der getäfelten Wand folgte.

»Aber vonne drübensche Seite –«, Helga buffte ihr den Ellbogen in die Seite, »kiek ma: *Hier* siehste keen Abdruck!«

»Und die Staub ies diener! Kannst du sjehn?«

»Abär wär soll das gemacht 'abön!«

»Irgendeiner, der dahinter drankommt!« Ginette schien jetzt auch nachdenklich. »Heizungsfritzen, Techniker...«

»Wat liecht'n hier hinter, weeß man det?« fragte Kitty.

»Die Särf, soweit man 'at uns gesagt.«

»Die ZERV? Die wer'n det doch wo dichtjemacht ham, bevor se ihre Akten da stapeln!« Kitty runzelte die Stirn.

»Und wieso baut der Flockahtie-Kopp denn ne stärkere Wand da?« fragte Helga spitz und wies in den Hauptraum hinter dem Durchgang, aus dem wieder Bohr- und Stemmgeräusche kamen.

»Nur an einigö Teile er stemmt alte Schiescht weg und macht neue, diekö. Weil Mielie braucht für Elektrokaböl!«

Helga warf ihr einen skeptischen Blick zu. »Jehmfalz: Seid bloß nett zu die Zerf-Leute. Die woll'n wa nemmich nich nur als jute Nachbarn, sondern vor all'ningen als zahlende Jäste. Sobald wie möchlich – ick hab sowieso schon Manschetten, wie lange det dauert, bis *der* Laden hier Jeld abwirft!« Sie klemmte ihre

Handtasche unter einen Arm und hakte Ginette wieder ein. »Falls er überhaupt ma fertich wird.«

Milli hielt die Notlampe auf den Boden, vor Helgas Füße. »Was ies Zerf?«

»Sowat Ähnlichet wie'ne Strafkolonie. Lauter Heinis, diese andernorts rausjekejelt ham – Mann, ick brech ma noch die Hacksen hier!«

»Iech chab niech verstanden, und dabei iech bien niech dumm!« Ludmila, Kosename Milli, Künstlername Olga (was sonst!), diplomierte Bauingenieurin, spezialisiert auf Elektrik und seit etwa einem halben Jahr auch auf andere, rein männliche Vorstellungen von Spannung und Entspannung, dank einer Agentur, die sie (für die seinerzeit üblichen 3.000 Dollar) nach Berlin »vermittelt« hatte, wo sie zwar auf keiner Baustelle im üblichen Sinn gelandet war, aber immerhin ihren Führerschein hatte retten können, mit dessen Hilfe Kim derzeit versuchte, ihr legal (weitere 3.000 Dollar) neue Papiere zu beschaffen, Ludmila, geboren in Leningrad, nach Berlin gekommen aus St. Petersburg, klang keineswegs kleinlaut.

Kitty schoß Helga einen mißbilligenden Blick zu. »Woher soll'n Milli det ooch verstehn, also weeßte! Paß uff: ZERV heißt irnkwat mit Ermittlung von Rejierungs- und Vereinjungsverbrechen. Det is'ne Sonderpolizei. Der Scheff soll eener sein, also, der war ma Scheff vonne SchuPos, und der sollte da wo wech. Deswehng ham se dem *die* Truppe da hinjebaut. Jedenfalls – na, so sacht die Jerüchteküche –«.

»Die Schmierallje!« schoß Helga dagegen.

»Wer?«

»Schornallje kannste ooch sahng.«

»Die Presse«, sprang Ginette wieder mal ein. »Obwohl – *die* recherchieren sowas noch am wenigsten.«

Kitty sah sie an.

»Die stehen auf der Lohnliste.«

»Nu mach ma halblang, Ginette.«

»Soll ich dir mal erklären, wie du als Journalist in den Verteiler für Infos und Pressekonferenzen kommst? Und wie du da drauf *bleibst*?«

Helga knurrte zustimmend.

Nadine hatte sich zu Holger vorgearbeitet und hielt sich die Ohren zu. Er hatte das Stemmeisen wieder angesetzt.

»Ahh – *das* du meinst«, strahlte Milli. »*Das* iech kjenn!«

»Na, wat ick sahng wollte –«, Kitty suchte nach dem Faden, »anjeblich sind ooch die meisten andern ZERV-Leute aus allemöchliche Bundesländer zusamm'jesammelt. Die *da* keener ham wollte. Wahrscheinlich ham die so dreckje Pfoten, daß et nich mehr zu vertuschen jing. Oder die ham sich politisch unbeliebt jemacht, keene Ahnung. Sowat siehste ja bloß *zwischen* de Zeilen, im Fernsehen.«

»Und sie jagen eigjene Leute?« Milli lachte auf. »Ies Alibi! Rjegierung ies iemer Vjereinigung, wie cheißt? Krjiminell. Sie jagen Mafia? Aus DDR?«

Ginette feixte. Sie hatte nicht nur den immer noch amtlich eingetragenen Vornamen Gernot überlebt, sondern auch die WiWi-Sektion der Universität Frankfurt (Main), und zwar *cum laude*. Sowie cum anschließender wirtschaftswissenschaftlicher Verfeinerung in Form von zehn Jahren Bordsteinpraxis. »Heißt Seilschaften. Ist aber dasselbe. Alte StaSi plus West-Korruptel, ein paar von euren *bisnismeni*... Nach der Wende haben die ziemliche Batzen weggerubelt und -gewaschen.«

»Na, det *muß* man ja wo ooch uffklären!« protestierte Kitty und sah fragend zu Helga.

Die sah noch viel fragender zu dem Arbeitsplatz drei Meter

vor ihnen. Holger hatte plötzlich aufgehört zu stemmen. Und Nadines Gesicht die Farbe von Gips angenommen.

»Müßte man. *Mich* mußt du nicht agitieren. Aber –«, auch Ginette sah nach vorn, »wer *will* das denn? Außer uns kleinen Piepeln –«.

»Wenn du chas ein Mafia, was – ah: fliegt auf, es ies bloß, weil der njeechste Mafia ies bjereit und wiel an der Macht. Und der eine chat dir beklaut miet Löffel, der njeechste dir beklaut miet Suppe-Schaufel –«, Milli ließ die Lampe sinken, sobald die ersten Frequenzen von Nadines Aufschrei in Hörweite kamen.

Helga und Kitty faßten sich an den Händen wie kleine Mädchen, die es in die »Apocalypse Here & Now« verschlagen hat.

Ginette wagte eine Prognose. »Männer haben kein Fingerspitzengefühl.«

Sie wurde auf der Stelle bestätigt. »'olgär 'at Mauer gelocht! Ssu Särf!«

VOM DOPPELTEN GIRLIE waren nicht mal mehr fünfzig Prozent zu sehen. Abends gegen sechs wirkte der gesamte Betrieb eher unbesetzt von der Belegschaft. Alle neun Türen zum Flur standen sperrangelweit offen. Auch die zum größten der Zimmer, das von einem monumentalen Wandteppich in den Farben des MITROPA-Kompotts aus jener Ära dominiert wurde, in der Wessis ihre Berlin-Transite teilweise per Reichsbahn erledigten. Ein Obstsalat aus einheimischen Birnen, Beeren und Pflaumen in den Verfärbungen, die monatelanger Mindestaufenthalt in geschlossenen Weckgläsern ihnen antut. Er machte jede Assoziation mit Vitaminen unmöglich und war nur dazu da, alle Hoffnung auf Zugang zu gewissen länglich-krummen gelben und runden orangeroten Südfrüchten in den Zonis (wie sie damals nicht nur von den Wessis vorm. Bundis genannt wurden) im Keim zu ersticken.So hatte es Steffen Schurge gesehen. Nach seinen ersten monatlichen Heimfahrten mit dem Zug ins Hessische (die schmutzige Wäsche im Hin-, die von Mama gewaschene, gebügelte und mit einem üppigen Sortiment Bananen, Kaffee und Guzeln garnierte im Rück-Gepäck). Das war keine *chemische* Analyse. Auch keine sozio-psycho-ökopolitische. Aber in seinen Kreisen hätte man mehr geistige Mühen bezüglich des höchst real-existierenden Sozialismus in einem halben Land für Verschwendung gehalten. Er hätte da sowieso nicht wohnen mögen. Er pflegte das notorische: »Geh doch nach drüben, wenn's dir im Kapitalismus nicht paßt!« mit selbstgefälligem Grinsen zu kontern. In Einzelfällen, wenn er fand, sein Gegenüber würde da viel besser hinpassen, gab er ein pampiges: »Geh doch selber!« zurück.

Nach der vierten Zugfahrt war sein erster (gebrauchter) BMW aufgekommen. Und so ein Ding hatte ein paar weitere Vorteile für einen bekennenden westdeutschen Linksradikalen der frühen achtziger Jahre. Das gediegene bayrische Fabrikat bewog den soliden Wirtschaftswunder-Papa, es dem Herrn Sohn zu spendieren (und über den Familienbetrieb, »Elektro-Schurge – im Dienst der Kundschaft!«, abzurechnen), und nährte seinen leisen Optimismus, die »Vernunft« werde doch eines Tages wieder in den jungen Mann fahren (wenn der erst genug BMW gefahren hatte). Zweitens machte einen so ein Modell bei Kommilitonen jeden Geschlechts interessant – mochte »Schurri« der feurige Revoluzzer, als der seine Uniformierungen ihn ausgaben, auch vielleicht nicht sein: Ein rasanter Hecht war er allemal. Drittens verschaffte einem ein BMW seinerzeit bei jedem Grenzübertritt ein geiles Prestige-Surplus. Die Hysterie der späten westdeutschen Siebziger, in denen BMW mit »Baader-Meinhof-Wagen« übersetzt wurde, bebte noch lange nach, und so dauerte es garantiert mindestens eine Stunde, bis die West-Grenzer einen durch sämtliche Fahndungsraster gejagt und den Wagen gefilzt hatten. In ganz kostbaren Augenblicken durfte man sogar in eine leibhaftige Uzi blinzeln. (Die allerdings unterhalb eines bestenfalls mißgünstigen, gelangweilten BGS-Gesichts baumelte.) Gefährlich war das damals nicht mehr. Und die Ost-Grenzer ließen einen dafür immer besonders schnell durch.

Es war also logisch, daß Steffen Schurge *unter* dem Wandteppich saß, auf einem staksigen Designerschemel, die Augen starr auf einen Glatzkopf im leichten Sommer-Tweed fixiert, der aussah wie der mittlere Ralf Wolter. Das ersparte ihm gleichzeitig den Anblick der Frau, die seitlich von ihm und ebenfalls mit dem Rücken zum Teppich auf einem ausgeleierten Drehstuhl flezte, die schwereren Teile des Oberkörpers auf dem Schreibtisch, der übersät war von Plänen, Papieren, zerknüllten Taschentüchern, Tassen mit fest eingebrannten Tee-Rändern, Nagellackfläschchen und Lippenstiften sowie offenbar hastig gewechselten Strumpfhosen und Blusen. Die Lippen nur halb geschlossen über der oberen Zahnreihe, die irgendwie an Hufeisen denken ließ, eine Hand in den dünnen braunen Spaghetti-Strähnen, was offenbar an *femme fatale* denken lassen sollte, die Augen auf ein eventuelles Irgendwo hinter den graubeschichteten Fensterscheiben mit den verbogenen Jalousien gerichtet.

Isabella Wantze war der lebende Beweis für die inzwischen aus der Mode gekommene feministische These, nach der Sauberkeitsstandards in Frauen keineswegs genetisch verankert sind.

»...vollkommen bekloppt!« Manfred Hacke riß sein schwarzes Kunstleder-Köfferchen auf, fand ein Feuerzeug und eine Zigarettenschachtel und steckt sich eine *Cabinet* an. »Wer ist denn auf *die* Schnapsidee verfallen! Großes Aktenvernichten! Haben *unsere* schon falsch gemacht. November 89. Aber *da* gab's wenigstens noch *Gegner*!«

»Schnapsidee, achach! *Du* hast uns doch an die Bullen verpfiffen, du Arsch!« Steffen Schurge griff einen Prospekt vom Boden und fächelte demonstrativ nach Frischluft.

Isabella Wantze hüstelte melodramatisch.

»Verpfiffen? Wer hat hier was verpfiffen! Hat dir einer gesagt, *du* sollst erzählen, daß ihr beide mit Lüsebringk verabredet wart?« Ein Ascheklümpchen fiel auf den abgewetzten, verflusten Teppichboden. »In so einer Lage zeigt man Nerven. *Nerven*! Sonst gar nichts. In euerm Rechtsstaat kommt keiner und stellt euch mal schnell die Bude auf den Kopf! Muß *ich* euch das erklären!« Er wischte erregt mit dem Tweed-Ärmel über seine glänzende Stirn. Aber seine Erregtheit wirkte sehr – gezügelt. Er war auch der einzige im Raum, der keinen Angstschweiß absonderte.

Schurge dampfte, schoß von seinem Schemel und zerrte eine Jalousie hoch und ein Fenster auf. »Was kann *ick* dafür, wenn die mick – in die – 'ch! Mangel nehmen! Wieso mußtest *du* uns die überhaupt auf den Hals hetzen – ach'ch!«

»Halt's Maul! Als ob du das nicht wüßtest!« Wantze zog die Hand sehr langsam aus den klebrigen Strähnen und richtete sich auf. »Diese Schredderei heute morgen war der totale Schwachsinn. Wenn ich dagewesen wäre, hätt's das nicht –«.

»Ah ja! Wo warst *du* denn eigentlich?« Hacke trampelte mit einem Fuß auf dem Teppichboden herum, in den sich ein Glutklümpchen gefressen hatte. »Wieder nicht aus den Federn gekommen, hm? Wo war's denn diesmal? Prenzlauerberg soll ja gar nicht mehr so ap-tu-deet sein.«

»Du scheinst *gern* zu kokeln, Manfred.« Es sollte drohend

klingen, klang aber schnippisch. »Sei vorsichtig. Vielleicht fällt das sonst auch andern Leuten mal auf. Und dann ist Feierabend. Dann kriegst *du* mit deinem ganzen kleinen D.I.E.-Imperium keine einzige Kopeke Kulturförderung aus Köpenick. *Die* Drähte hab nämlich ich. Also Rotbrett.«

Schurge fuhr zusammen und knallte hastig das Fenster wieder zu, was dem Raumklima nicht gut tat. »Mach keinen Scheiß, Isabella! Wir *müssen* verkaufen.«

Hacke saugte weiter sorgfältig an seiner *Cabinet*.

»Wo *ich* war, geht *dich* einen feuchten Schmutz an, Genosse Hacke! Und gewöhn dich an eins: Andere Leute haben *auch* Wichtiges zu tun –«, sie schien nicht lockerlassen zu wollen, sondern funkelt ihn an, »und könnten Wichtiges in der Hand haben! Also, bild dir bloß nicht ein, daß *du* die Firma in die Finger kriegst, indem du die Bullen auf die Idee bringst, *wir* hätten das Schwein in die Luft gejagt! Damit kannst du vielleicht Steffen einschüchtern –«, sie schwenkte den Kopf und grinste Schurge höhnisch an.

Schurges Gesicht war weiß, feucht wie seine Locken und sein Seiden-Sakko und fing an zu zucken. Seine Augen flatterten von Hacke zu Wantze und umgekehrt. »'chach«, maulte er schließlich, »so, wie du dir das vorstellst, geht das wirklick nick, Manfred. Wir sind ein Kollektiv. Mit zwei persönlich verantwortlichen Geschäftsführern, ja. Und ick und Isabella sitzen in der – 'ch'ch! Scheiße! Ja. Aber die andern haben eine Beteiligung, und die steht auch im – im – 'ch: Gesellschaftsvertrag. *Die* müßt ihr *auch* – 'ch: ausbezahlen.« Er sah Hacke fast flehentlich an.

Hackes Lächeln hatte die liebreizende Milde des klassischen Folterknecht-Gesichts. »Ich glaub, ich *hör* schlecht, mein lieber Steffen. *Du* möchtest *mir* Bedingungen stellen? Mit dem Gesellschaftervertrag? Mit dem ihr nicht bloß eure Sub-Unternehmer über den Tisch gezogen habt? Mit dem ihr hier jahrelang auf liebenswert-links gemacht habt, bloß damit keine Sau auf die Idee kommt, daß der ganze Laden marode ist? So marode, wenn ich das mal einflechten darf, wie *unsere* Wirtschaft *nie* war …«, er sah ihn mitleidig an, wie einen etwas vorlauten Bengel.

Schurges Augen irrten zu seiner Mit-Geschäftsführerin, dann wieder in Hackes Gesicht. »Du – du – 'ch! Einfach bloß unsere – 'chach: Außenstände bezahlen, das – das – reicht nick!« Kleinlaut. Ängstlich.

»Jetzt hör endlich auf mit dem Geflenne!« fuhr Wantze ihn an. »Hier *gibt's* nichts mehr zu verhandeln. Solange ich hier Geschäftsführerin bin, nicht. Und solange wird Rotbrett auch nicht verkauft. Jedenfalls nicht an *die* Dreckpfoten!«

»Isabella! Das – das – kannst du doch nick so – 'ch: sagen!«

»*Ich* schon.« Sie stand auf und wühlte in den Papierstapeln auf ihrem Schreibtisch. Als sie den Vertrag gefunden hatte, hielt sie ihn Hacke so entgegen, daß er hätte aufstehen müssen, wenn er ihn hätte zurücknehmen wollen. »Hier. Kannst du wieder einpacken.«

Aber Hacke stand weder auf, noch entfaltete er sonst Aktivitäten. Manfred Hacke, der dritte der anwesenden Geschäftsführer, rauchte einfach weiter und musterte sie aus engen kalten Augen.

»Mensch, 'ch! Die haben uns aus der Scheiße gezogen, Isabella!« Schurge riß ihr den Vertrag aus der Hand. »Du und ick, wir säßen im – 'ch 'ch: Knast! Wenn die D.I.E. uns damals nick –«.

Wantze warf den Kopf nach hinten und lachte auf. Es klang mehr wie Kläffen, was nicht nur angesichts des entblößten Pferdegebisses unpassend war. »Wenn uns die D.I.E. beziehungsweise ihr West-Ableger Dünkelwitz Grund und Boden im schönen, sauberen Paderborn – sowohl verwandt als auch versippt mit dem ganz besonders sauberen Herrn Dr. Lüsebringk – nein, das wäre ungerecht: *Das* war *sie*, die eiskalte und noch viel sauberere Freya! Frigga Dünkelwitz ist *ihre* Sippe. Und Grund und Boden ist *ihr* Geschäft. *Er* hatte es mehr mit – *Waffen-Funkgeräte-Munition*? Nicht, Manfred? So hieß das doch früher immer an der Grenze, hm? Zu *Ostzeiten*, wie du's nennst.«

Hacke rauchte, lächelte und schwieg.

»Ja – 'ch! Verdammt nochmal! Die *haben* uns 90 dieses verdammte Mietshaus in Mitte aufgeschwatzt! Wer konnte denn wissen, daß das – 'ch – das – Juden gehört!« Schurges Seiden-Sakko wehte nicht mal bei heftigstem Gestikulieren mit, so naß war es inzwischen.

»*Die* haben's gewußt. Oder hast du schon wieder vergessen, daß der Vater der zähen Freya damals auch schon ein höheres Polizeitier war? Zur richtigen Zeit an der richtigen Stelle – da, wo man als erster erfährt, wer doch lieber emigriert und schnell Käufer für seine Immobilie braucht! *Die* haben nicht bloß unser Haus persönlich arisiert. Und die *wußten*, daß uns das das Genick bricht. Die wollten uns von Anfang an unter die Fuchtel kriegen –«.

Hacke lächelte noch liebreizender.

»'ch, jetzt kommst du wieder mit deiner Geldwäscherei!« Schurge ließ sich wieder auf dem Designerschemel fallen. »*Wir* wollten das Haus *haben*. Wir wollten ganz groß raus, damals – 'chach! Nach Mitte, wo angeblich bald alles baut und plant und tut und macht, 'chach! Wir haben drauf spekuliert, daß Berlin Hauptstadt wird. Und wir haben uns eben ach'ch: *ver*spekuliert.«

»Berlin *war* bereits Hauptstadt. Da hat eure kleine Wantze noch die Künstler-Szene der halben DDR verfrühstückt – nicht wahr, Isabella?« Hacke trat die Kippe auf dem Teppichboden tot und betrachtete zufrieden die angekokelte Stelle. »Unsere Männer waren doch wohl besser im Bett, hm?« Er sah sie an. »Und schön blind, was? Geblendet von deinen West-Piepen und West-Kontakten und West-Pinseln und West-Farben und West-Platten. Oder glaubst du, mit dir wär *einer* freiwillig auf die Matratze gegangen? Mädchen, Mädchen! Da waren *wir* Besseres gewöhnt.«

Schurge schoß wieder hoch. »Mann – eh – 'ch! Jetzt hört auf damit!«

Isabella Wantze sah durch ihn durch aus dem gleichermaßen intransparenten Fenster und ließ langsam eine Hand durch die feuchten Strähnen gleiten. »Raus.«

Niemand bewegte sich.

»Beide!« Sie drehte sehr langsam den Körper zu dem Wandteppich und schien in seine Betrachtung zu versinken. Nur das Zittern der aus dem Rock gerutschten Bluse verriet, daß sie alles andere als gelassen war. Sie hielt etwa eine Minute durch, ohne sich umzudrehen. »Meine Kontakte zu euern Künstlern«, deklamierte sie schließlich, »gehen dich *auch* einen feuchten Schmutz an, Manfred. Dieses Werk hier«, pathetischer Armschwung, »ist von einer eurer verdienten Künstlerinnen. Ihr habt Inge Koch in den Achtzigern die Orden nur so nachgeschmissen. Aber ich war *nicht* mit ihr im Bett. Heute, wo es keine Schande mehr ist, ein paar Leute mit ein paar andern Ideen in der Familie zu haben, heute ist sie mit dem halben Bezirksamt von Köpenick verwandt. Und *das* –«, sie drehte sich wieder um, »verhandelt mit *mir*. Deshalb durftet ihr euer abgefackeltes Hauptquartier wieder aufbauen, deshalb kriegt ihr Zuschüsse vom Feinsten, deshalb steht der alte Schuppen plötzlich unter Denkmalschutz.« Sie stützte die Hände auf den Schreibtisch und sah Hacke ins Gesicht. »Und deshalb wird das eine staatlich geförderte Kulturfabrik – wenn *wir* es fertigrestauriert haben!«

Hacke steckte sich die nächste Zigarette an, um die Rede verpuffen zu lassen. »Würd ich so nicht sehen«, sagte er schließlich. »Wir haben da auch noch ein paar Ansprechpartner. Und nicht nur da. Wir haben inzwischen doch wieder recht erfreuliche Kontakte zu Kreisen aus – fast hätte ich gesagt: Partei und Staat. Na –«, er grinste jovial, »*so* falsch ist es nicht, bei euch kommt eben das eine im Plural vor. Was ich sagen wollte –«, er nahm einen tiefen Zug, »es könnte sich womöglich jemand brennend – haha! dafür interessieren, daß Rotbrett seit einem halben Jahr keinen Pfennig mehr bezahlt hat, an keine der Firmen, die ihr beschäftigt –«.

»Na, wie denn auch'ch!« Schurge schluchzte fast. »Ihr habt doch die ganze Knete, die wir offiziell von euch gekriegt haben, damit wir nicht wegen Bankrott in die Kiste gehen, gleich wieder rausgeholt! Schwarz –«.

Hackes Lächeln wurde arktisch. »– und zweitens so netter Dinge wie Unterschlagung, Kreditbetrug, Untreue verdächtig ist, sogar *nachweisbar*. Mein lieber Steffen, *eure* Gesetze. *Ihr* hättet vor zwei Jahren Konkursantrag stellen *müssen*, stattdessen habt ihr Bilanzen gefälscht. Ihr wißt das, und *wir* – wissen es nicht nur, wir haben die Belege... Von Steuerhinterziehung gar nicht anzufangen.«

Isabella Wantze strich die schweißnasse Bluse glatt und straffte den Oberkörper. »*Ihr* wollt *uns* bei irgendwem anschmieren? Mit *der* Firma? Die ihre Wichsgriffel in jede fünfte Immobilienschweinerei und Waffenschieberei steckt? Seit Ostzeiten –«, sie äffte Hacke nach: »Von Giftmüll gar nicht anzufangen!« Sie kreuzte herausfordernd die Arme über der Brust. »Ihr mit euerm leider kürzlich so *tragisch* aus dem Leben geschiedenen Gesellschafter aus dem Polizeipräsidium? Was hat der euch eigentlich plötzlich getan? Wieso mußte der weg? Hm?« Die Frequenzen wurden höher. »Dr. Saubermann. Der auf allen möglichen Posten des westdeutschen Repressionsapparats gehockt und gefingert hat, was die Lage hergab, ja? Der vor gut zehn Jahren in die Deals mit eurer sauberen Republik eingestiegen ist, ja? Immer zu seinem Vorteil, immer zu euerm Vorteil – eine Hand wäscht die andere. Aber hallo! Der hätte mit der Stahlbürste schrubben müssen, damit *seine* Hände nicht mehr stinken! Und *das*, Genosse Major! das ist jetzt *mein* Vorteil. Belege können wir alle haben. Und *ihr* wußtet auch, was diese Ratte in eurer sauberen Republik sonst noch so getrieben hat und womit ihr ihn in euern StaSi-Krallen hattet… «

Hacke, von je her eher der Mann des lautlosen Genickschusses, wo andere noch in Schauprozessen badeten, stand auf, ging zu Schurge, der zitterte wie ein Laternenmast im Regensturm und den mittlerweile aufgeweichten Vertrag umklammert hielt, und wollte ihn ihm abnehmen. Schurge schüttelte heftig den Kopf.

»Ich sagte vorhin schon, daß *ich* kein Freund der Aktenvernichtung bin«, holte Isabella Wantze aus, »und bei Gauck sind eure Unterlagen über die – sagen wir mal: seltsamen Vorlieben des Dr. Lüsebringk *nicht.*« Sie lockerte die Arme, ließ sich in den ausgeleierten Drehstuhl fallen und tat alles, um auszusehen, als ob sie sich sehr sicher fühlte.

KRIMINALDIREKTOR LANG stand einen Augenblick unschlüssig vor der Tür seines winzigen Dienstzimmers mit Blick auf den Columbiadamm, ziemlich am Anfang des grellweißen Flurs, der immer noch leise nach frischer Farbe roch. Dann machte er kehrt, warf seine Tasche auf den zweiten Stuhl, auf dem sich Aktenordner und Lose-Blatt-Sammlungen stapelten, und griff doch zum Telefon.

Es dauerte vier Minuten und sechsundfünfzig Sekunden, es kostete ihn eine Menge Nerven und Geduld (zwei Dinge, die er nach einem Tag an seinem neuen Arbeitsplatz in der Zentralen Ermittlungsstelle für Regierungs- und Vereinigungsverbrechen kaum noch aufbieten konnte, und dieser Tag hatte sein Nervenkostüm überstrapaziert), insgesamt sieben verschiedene Leute dazu zu bringen, ihn mit Ulrich Jobst zu verbinden, falls der um diese Zeit noch im Dienst war. Das heißt, sie zunächst dazu zu überreden, *das* herauszufinden. Zwei der telefonbefugten DFS-Mitarbeiter hatten den Namen nie gehört, zwei hatten den Mann eben vorbeilaufen sehen, einer fiel ihm sofort mit einem mauligen: »Verbinde!« in den Satz, eine Frau hätte sich am liebsten seine Existenzberechtigung nachweisen lassen und hörte erst zu, als er mit seiner Dienstmarke auf die Sprechmuschel klopfte und seine Stimme auf »Kasernenhof« umschaltete. Nummer 7 wollte ihm zuerst weismachen, der Wachleiter habe jetzt keinen Dienst (was richtig war und zwanzig Sekunden Papierrascheln gekostet hatte), und ließ ihn dann vierzig Sekunden in der Warteschleife hängen.

»Jobst. *Wer* will was von mir?«

»Lang – wir haben vorhin –«.

»Hah! Ich wollte *Sie* schon anrufen! Woher wissen Sie –«.

Lang war erleichtert. »Wissen? Ich *wußte* bis eben nicht mal, daß auch Ihre Leute den Dialog mit dem gewöhnlichen Bürger für eine Zumutung halten!«

»Hören Sie bloß auf!« stöhnte Jobst auf. »Dabei sind wir gerade ent-beamtet worden. Wir sind jetzt ein Dienstleistungsunternehmen. Hähä, mit deutschen Beamtenseelchen!«

Lang angelte sich eine *Lucky Luciano* und legte die Beine auf den Tisch. »Das muß angeboren sein. Bei Dienstleistung verstehen Deutsche immer Dienen, und das –«.

»– ist unter ihrer Würde! Etwas weltfremd, *die* Definition von Würde.«

»– nein: tun sie nur gegenüber höheren Rängen. Das ist nicht rauszukriegen! Aber eigentlich wollte ich –«.

»– hören, was aus unserer Yak vorhin geworden ist? Well, Sir: Bingo again! Anscheinend das, was ich spekuliert hatte. Die sind hier um 14 Uhr 14 gelandet. Problemlos. Der halbe Tower soll platte Nasen haben - - - na, weil die natürlich alle an die Fenster gestürzt sind! Hatten wir ja lange nicht mehr, sowas. Und unsere Ex-Schönefelder hatten *sowas* überhaupt noch nie erlebt. Wer wollte schon in die DDR flüchten, hähä!«

»Und – was für Leute waren das?«

»Zwei Russen, wie angegeben. Oder Weißrussen, keine Ahnung. Aus Minsk jedenfalls. Hatten totalen Geräteausfall – Transponder, Funk, alles hopps. Ich hab nicht selber mit ihnen gesprochen, aber sie sollen ziemlich jenseits gewesen sein. Psychisch. Und – ziemlich schlecht Englisch gesprochen haben.«

»So könnten Sie mich wahrscheinlich auch beschreiben. Nach *dem* Flug?«

Jobst lachte freundlich. »*Der* Flug – tja. War auffallend lang.«

»Was könnte das heißen?«

»Sie sagen, sie hätten sich verflogen … Sie *könnten* natürlich auch getestet haben, wie die Strecke im Tiefflug geht. Bei so einer Höhe hat man schon ein paar Handicaps – pardon, ich meine Berge, Türme, so Zeug. Oder –«, Jobst schien eine Denkpause für Lang einzulegen.

»Oder sie sind zwischendurch gelandet?«

»Wäre möglich, ja.«

»Um irgendwas illegal ein- oder auszuführen?« Lang war nicht überrascht, kannte aber aus seiner letzten Dienststelle, wo er versucht hatte, eine Menge von überallher zusammengeholter Polizisten zu einer brauchbaren OK-Truppe zu machen, eher die Landwege entlang der sächsischen grünen Grenze.

»Oder irgend*wen*. Wir wissen ja nicht, wieviel Leute beim Abflug an Bord waren... Man könnte die Piloten natürlich –, soll ich mal versuchen, ob man die genauer checken kann?«

»Mit welcher Legitimation denn? Wenn das alles so nach Flugrecht abgelaufen ist, oder wie das heißt?« Lang warf das ausgegangene Zigarillo in den Aschenbecher und lachte spöttisch. »Glauben Sie, *ich* hätte da *Befugnisse*? Außerdem –«, er sah aus dem Fenster, »*meine* Erfahrung sagt mir, wenn etwas besonders viel Aufsehen erregt, dann soll es manchmal die Aufmerksamkeit ablenken. Von anderen, viel wichtigeren Dingen.« Unter ihm auf dem Columbiadamm donnerten die letzten Ausläufer des Feierabendverkehrs nach Kreuzberg, Neukölln und zu den anderen südöstlichen Außenbezirken. »Was das mit diesem Flug zu tun hat, weiß ich allerdings auch nicht.«

Am anderen Ende raschelten Seiten. »Jedenfalls, die NATO *hat* ihn im Visier. Das sehe ich aus ein paar Details. Ich will Ihnen das nicht auch noch auseinandertüfteln – *dürfte* ich auch gar nicht«, Jobst klang ironisch. »Und *die* hängen sich rein. Die haben genug unausgelastete *manpower* – und *equipment*! Und denen geht eins garantiert ab –«.

»Soll ich wieder raten? Die sogenannte Unschuldsvermutung?« Lang zündete die kalte *Lucky Luciano* wieder an. »Die NATO also auch. Hatte ich vorhin schon vermißt...«

»Die sind die nächsten Wochen beschäftigt!«

»Und dann? Verschwinden die Ergebnisse und keiner kommt ran?«

»Ach Gott, wenn Sie ein Leck finden …«, feixte Jobst.

»Verrückt«, Lang schüttelte den Kopf, immer wieder. »Verrückter Tag, verrückte Welt.« Er erzählte von dem Leck, das eine Wand der verrückten Dienststelle, auf der man ihn seit Januar zwischenzulagern versuchte, vorhin plötzlich bekommen hatte. Er hatte gerade tatsächlich in einem der vielen Ordner etwas über eine *D.I.E. GmbH & Co. KG/Berlin–Riga–Minsk* gefunden. Für Lothar Fritz, dessen Anwesenheit auch verrückt gewesen war. Und gleichzeitig das einzig Vernünftige: Warum hätte der Tage oder gar Wochen mit den üblichen bürokratischen Irrwegen verlieren sollen? Erst recht verrückt war, wer auf der anderen Seite des Lochs aufgetaucht war. »– ein Selbsthilfeverein von Prostituierten! Die machen da ein Bistro auf – direkt neben der ZERV! Wenn Sie das in ein Drehbuch schreiben würden, das würd' Ihnen jeder Fernsehredakteur streichen!« Er verschluckte sich fast an einem Lachkrampf.

»In Deutschland bestimmt!« Jobst war begeistert. Er hatte die MIGRÄNE bisher für eine typische Medien-Ente gehalten.

»Denn eins kann ich Ihnen schriftlich geben«, Lang gluckste noch immer, fand aber allmählich zu seinem angenehmen, weichen süddeutschen Timbre zurück, »die haben *jetzt* schon ein halbes Bataillon Stammgäste! Bei uns sitzen Leute, die haben immer noch nicht mal eine Wohnung in Berlin, die hocken in Pensionen und bei Hempels unterm Sofa. Die ziehen da sofort *ein*! Und wenn die Küche noch so schlecht sein sollte.«

Jobst hatte auch noch ein paar Vorschläge, die das Etablissement um jede Durststrecke bringen würden. »Und wenn *Sie* mal nach Feierabend nicht nach Hause wollen – sagen Sie Bescheid!«

»Mach ich! Ja – dann –«.

»Dann – ach so, noch eine Frage. Mit diesem Sprengstoffding hier neulich haben Sie nicht zufällig zu tun?«

»Ich? Nein – aber ich weiß, wer das ermittelt.« Das Zigarillo war wirklich wieder aus. Und Lang erwog wieder mal, doch zu seinen »labbrigen Filterzigaretten« zurückzukehren, die Karin so indiskutabel fand. Entweder man raucht oder nicht, war ihre Devise. »Wieso?«

Jobst zögerte. »Irgendwo habe ich gelesen, daß der Koffer mit einer Fernbedienung gezündet worden ist und daß es keine Spur gibt – also, niemand hat jemanden mit so einem Ding in der Halle gesehen. In der Entfernung oder was. Vielleicht stimmt das ja gar nicht. Sie wissen ja, was ich von unserer Presse halte.«

»Doch.« Lang wurde neugierig.

»Und – hat mal jemand die Hallen*decke* untersucht?«

»Das weiß ich nicht, wieso denn?«

»Aha. Dann waren *Sie* da vorhin also auch nicht. Manchmal gibt's dahin auch Führungen.«

»Nein. Wir waren nach der Radarzentrale nur noch in diesem gruseligen Fahnensaal –«.

»Ach ja, durch den polnischen Korridor, was?« lachte Jobst. »Ich weiß gar nicht, ob die Amis den so genannt haben. Ja. Hier gibt's auch die verrücktesten Dinge. Waren Sie unten? In diesen Wachräumen aus der Nazi-Zeit? Nein? Schade. Da soll irgendeine Fahrbereitschaft untergebracht gewesen sein... Ich weiß nicht, zwei, drei Stockwerke tief und ohne Fenster. Nur so Luftschächte... ja, war wohl eine Art Luftschutzkeller – jedenfalls: Die Leutchen haben sich mit Wilhelm Busch bei Laune gehalten! Im Ernst... ›Plisch und Plum‹ glaub ich, oder war's ›Die fromme Helene‹? Verse und Zeichnungen, die Wände lang, durch mehrere Räume!« Jetzt gluckste *er*. »Ja. Verrückt. Aber das Verrückteste ist, die Amis haben diese Keller mal renoviert, die Leitungen repariert, die Wände geweißt – aber die Verse haben sie stehenlassen! Ja! Die haben ganz artig drumrum gepinselt. Um diese Frakturbuchstaben!«

Lang sah auf die Uhr, klemmte den Hörer ans andere Ohr und angelte sich doch noch eine *Lucky Luciano*. Erstaunlich, was es alles gab in diesem merkwürdigen Gebäude, in dem auch er Jahre seines Arbeitslebens verbracht hatte. Lange vor Dresden. Vergeudet, wie er in den letzten Jahren oft bitter resümiert hatte. Beim Kriminalpolizeilichen Staatsschutz. Der seit seinem Weggang nach Dresden immer noch auf dem rechten Auge viel blinder war als auf dem linken. Womöglich noch blinder. Gottsfroh, ihn endlich loszusein. Den Querkopf Lang, Vorname Adolf. Eben. Mit Absicht. Diesen Vornamen hatte sein Vater 1938 *gemeint*. Und sich selbst, bigott wie er war, in dieser österreichischen Mischung aus Unterwürfigkeit und Größenwahn, gesehen als eine Art »arischen Abraham«, der diesem anderen Österreicher mit demselben Vornamen seinen einzigen Sohn – Lang schüttelte sich. Die Erinnerung an den Stall, aus dem er kam, ließ ihn immer noch frösteln. Wie kann einer aus so einem Stall blind sein! Auf dem rechten Auge. Auf irgendeinem Auge, das den Wunsch nach Terror und Tyrannei zu sehen bekam!

»... ist ja alles unterkellert hier, die ganze Anlage«, klang es von fern in Langs Ohr, wie Schwaden aus Licht, die von Nebelfetzen unterbrochen werden. Oder umgekehrt? »Mehrere Stockwerke tief... und man konnte alles unterirdisch erreichen... müssen eine Wahnsinnsangst vor dem gehabt haben, was sie andern angetan hatten, die Nazis... Bomben, Gas... am Ende haben sie sogar ihre StuKas und JaBos hier gebaut... ab 1941... die JU 87 und dann die FW 190... in dem Tunnel, ich weiß nicht, ob Sie den auch gesehen haben?«

»Äh – Tunnel?« Lang schrak zusammen. Ein Tunnel. Das war es, worin er lebte. Seit langem. Beruflich. Das einzige Licht, das er sah, war sein Privatleben. Kein Ende abzusehen. Sonst. »Ach – die Unterführung – wo mal die – Eisenbahn durchsollte?« stotterte er.

»Genau! Die haben ja nur wenig von den ursprünglichen Plänen fertiggekriegt ... der neue Flughafen war ja nie in Betrieb, zu *der* Zeit ... jedenfalls die haben sie da unten zusammengebaut ... dann um den Kleiderbügel rumgerollt, unters Kragdach ... zur Endmontage ... hat Ihnen nie jemand erzählt?« Jobst kicherte selig, als ob er am liebsten selbst nicht mehr aufhören wollte zu erzählen. »Das ist doch Standardrepertoire, kommt *immer* ... und daß an allen beiden Seiten nur ein paar Zentimeter Platz zwischen Flügel und Tunnelwand waren ... Nein? Und die Fluchttunnel? Unters Rollfeld? Nein? Jaja. Gab's alles. Haben aber die Amis dichtgemacht ... ich weiß natürlich nicht, ob alle oder – ich war mal drin in so einem ... vor einem halben Jahr ... im ehemaligen militärischen Teil ... drei Stock tief unter Hangar 3 ... bißchen unheimlich, wissen Sie? Mein Element ist mehr die freie Luft, häh! In engen dunklen Schläuchen – nee! Kein Licht, nur die Taschenlampe, die der Feuerwehrmann dabeihatte ... naja, und der Gang gerade mannshoch und einen Meter breit ... und nach zirka zehn Metern ein Kugelfang ... auch aus Beton, erst links über die halbe Breite, dann rechts nach einem halben Meter ... Zirka zehn Meter dahinter war dann zu ... irgendwie zugeschüttet. Ende.«

Wie kam der Mann ausgerechnet auf Tunnel? Lang nahm den letzten Zug aus der *Lucky Luciano*. Und wie kam er selber dazu, ihm zuzuhören, ihm durch diese halb unheimliche, halb verrückte steinerne Welt zu folgen, zurück in Zeiten, die irgendwie vorbei waren. Vergangen. Und trotzdem ständig Schatten warfen. »Wie kommen Sie – ich meine«, er betrachtete die Zigarillo-Kippe im Aschenbecher, die noch immer kleine Glutpünktchen hatte, die anscheinend nicht freiwillig ausgehen wollten, »*mögen* Sie hier eigentlich arbeiten? In diesem – Nazibau?«

»Hab ich mich früher oft gefragt«, Jobst schien zu überlegen. »Irgendwie hängt man dran. Wie an einem, einem *Alptraum* – aus dem man dauernd was Neues lernt –«.

Lang lachte auf und zerdrückte das letzte Pünktchen Glut. »Alptraum. So hab *ich's* immer empfunden. Monumentalbauten, die das Individuum – zusammenstauchen. Alles, was Menschen kleinmachen soll … das ist für mich geschlossene Gesellschaft, da werd ich plötzlich klaustrophobisch.«

»Die ›Verbindung des Netten mit dem Teuflischen‹, so hat irgendjemand mal diese Art Architektur definiert. Da ist was dran«, Jobst schien seine Blätter zusammenzulegen, »aber es gibt ja auch ein paar ganz schöne *memories* im Zusammenhang mit *Tempelhof Central Airport*.«

»Die Luftbrücke – natürlich! Ja.« Lang seufzte. Er war zehn gewesen. Beim richtigen Wind hatte die Ruine, in der sein Stall dann hauste, in der Einflugschneise gelegen und gezittert. Er war ans Fenster gelaufen und hatte die Dakotas und Skymasters zu zählen versucht, die zur »Landung in der Suppenschüssel« ansetzten. Manchmal alle anderthalb Minuten. Das Dröhnen der Propeller tagsüber, das Hämmern nachts, wenn die eilig auf dem Grasoval verlegten Blechplatten wieder provisorisch befestigt werden mußten – für ihn war das Musik. So klang Freiheit. Der Rhythmus von frischer Luft. Das Leben jenseits des Marsches, der allen geblasen wurde, die nicht mitmarschieren wollten. Das Leben, endlich. »Wir wären wohl verhungert und erfroren, wenn es *den* Flughafen nicht gegeben hätte –«.

»Ja. Paradox, nicht? Wußten Sie, daß wir *den* überhaupt einem Juden verdanken? Tja, 1923 hatte Berlin noch Verkehrsdezernenten, die – Leonhard Adler hieß der. Hat ihn der Militärverwaltung abgetrickst. Das war ja früher Preußens Exerzier-Gloria hier … Ach ja, sonst hätten wir heute hier das Messegelände …«, Jobst war hörbar in seinem Element, »… Berliner waren immer schon Flug-Freaks! Von Anfang an. Und West-Berlin abzuschneiden, war Stalins – hähä: *kapitaler* strategischer Fehler. Das ist *meine* Meinung. Auch so'n GröFaZ ohne Sinn für Realitäten. So einem Völkchen eine *Luft*brücke zu ermöglichen – also, das ist so ungefähr das Identitätsstiftendste, was man ihm schenken kann! *Das* schafft drei Generationen Demokraten durch den Magen …«

Demokraten? Lang hatte seine Zweifel, und die waren in den letzten Jahren bissiger geworden. Die Leute in seiner Behörde, die einen *Sinn* für innere Demokratie und Liberalität besaßen, wurden immer rarer. Ganz oben sowieso. Aber inzwischen hatten auch immer mehr aus den mittleren Rängen die Segel gestrichen. Und Berlin verlassen, in Richtung Brandenburg. Oder gleich die ganze Polizei. »Ach, du!« hörte er, wenn er solche Leute zufällig traf. »Deine Nerven möcht ich haben. Ich halt's nicht mehr aus. Intrigen hatten wir immer, Inkompetenz und Parteibuchkarrieren auch. Aber jetzt passiert was anderes – die bauen um. Wart's ab, Lang. Die wollen eine andere Republik. Die schotten ab. Fehlt nur noch, daß die Polizei wieder Militär wird – dann wandere ich aus!« Das hatte ihm eine der Säulen der ehemaligen De-Eskalationspolitik am Telefon gesagt. Und *er* hätte alles drum gegeben, wenn ihm nur *ein* Gegenargument eingefallen wäre, das nicht wie Wunschdenken klang. Ja. Es *wurde* umgebaut. Und *die* Leute, die eine andere, eine unrepublikanische Republik wollten, waren mehr und mächtiger geworden. Seine eigene Befürchtung war noch viel radikaler. Was sich in seiner Behörde ankündigte, waren Vorbereitungen zum

Bürgerkrieg. Zu viele zu weit oben hatten längst die inneren Schützengräben ausgehoben und waren dabei, sie gemütlich zu möblieren. Der Fall der Mauer hatte vieles zum Einsturz gebracht. Auch ein paar kostbare, zarte Konstruktionen. Aber es *sah* verdammt so aus, als ob gewisse Leute im Westen das Polizeistaatserbe, die Überwachungsmanie klammheimlich todschick fanden und in die neue Bundesrepublik integrieren wollten. *Die* gingen *auch* davon aus, daß der Staat vor seinen Bürgern geschützt werden müsse. Und gar nicht mehr so klammheimlich. So sah es aus. Was die sich schon wieder alles trauten! Trotzdem! Gehen *war* keine Lösung. Es gingen immer die Falschen.

Er hörte nur Fetzchen all der Anekdoten, die Jobst über Berliner Flugbegeisterung und tollkühne Ereignisse hervorsprudelte. Drei Generationen. Waren heutzutage drei Generationen nach fünfzig Jahren vorbei? War es wirklich so, daß seine Behörde nur von oben nach unten funktionierte? War die Polizei schon so verrottet, wie ihm ein anderer Kollege, der den Kram hingeschmissen hatte, erklärt hatte: »Und du packst auch bald deine Klamotten, denn eins hab ich gelernt: Wenn der Spruch vom Fisch, der vom Kopf her stinkt, irgendwo hinpaßt, dann auf diese Behörde! Wetten?«

Der Mann war einer der wirklichen Kenner der organisierten und vor allem der sich organisierenden Kriminalität gewesen. Und jetzt war er Berater von Industriellen, die in die GUS expandierten. Auch einer, der auf irgendeinen einflußlosen Posten hochbefördert werden sollte, weil er nicht mehr in den »politischen Kram« paßte. Für was hätte Lang wetten sollen? Für die Absurdität, daß diese, seine Behörde auch nach fünfzig Jahren rechtsstaatlicher, föderativer Republik nicht gewillt war, sich von ihrem königlich-preußischen Namen zu trennen, aus dem die obrigkeitsstaatlichen Begierden nur so trieften? Sollte er das vielleicht putzig finden, daß noch jedes Ticket für Falschparken mit dem Briefkopf *Der Polizeipräsident in Berlin* geziert war?

Trotzdem – !

»... naja, das sind alles so – häh!« hörte er Jobst wieder lachen, »die Kommunisten glauben ja immer, *sie* hätten die Dialektik gepachtet. Was halten Sie denn *hier*von, zum Beispiel: Dieser Nazibau hat eine Energieversorgung, sowas heißt heute alternativ, ressourcenschonend und umweltfreundlich. Scheiße, nicht? Paßt einem so *gar* nicht ins Weltbild, was? Ich kann Ihnen mal zeigen, was für Gedanken die sich damals über die Grasfläche gemacht haben – ganze Abhandlungen! Da finden Sie auch manches, was heute als ›grün‹ in aller Munde ist, angefangen bei der grünen Lunge für die gute Stadtluft und – sagen Sie mal, wollen Sie die Sache mit der Hallendecke eigentlich noch hören?«

Lang fuhr zusammen. »Ja – sicher! Entschuldigung!«

»Wieso – *ich* hab doch *Sie* vollgequatscht«, protestierte Jobst. Und gab eine seiner angelsächsisch pointierten Kurzeinführungen in einen offenbar hochinteressanten Raum oberhalb der Abfertigungshalle, von dem aus unter anderem die Neonröhren ausgetauscht wurden, die jeweils an den Seiten der Vierecke, aus denen die Kastendecke bestand, angebracht waren und die Halle ausleuchteten. Dafür gab es Kippfensterchen, und Jobst war der Meinung, daß man durch die den Zünder am Koffer auf dem Transportband auch hätte auslösen können. »Geben Sie's weiter, wenn Sie's wichtig finden. Man müßte natürlich wissen, ob da inzwischen Führungen durchgegangen sind. Oder ob da sonst jemand drin war. Wer Schlüssel dafür hat. Na, das wissen Sie besser als ich. Aber wenn da jemand war, dann gibt das satte Spuren. Bei dem Staub da oben ... Und sagen Sie weiter, die sollen unbedingt *auf* den Planken mit dem Geländer gehen. Da ist nämlich mal ein Hammer durch die Decke gekracht – im Ernst! - - - Nee, den hatte einer nicht richtig festgehalten - - - Um ein Haar, tja. Ist ewig her. Aber stabiler ist die Decke seitdem bestimmt nicht.«

Langs Ohren glühten beide, als er aufgelegt hatte. Stabiler? Was war denn überhaupt noch *stabil*? Nicht mal diese Steine für die Ewigkeit offenbar. Wieso sollten da ausgerechnet seine Nerven – Nerven? Nerven! Ihm war *nicht* der Geduldsfaden gerissen. Er *hatte* Jobst erreicht. Und es hatte sich gelohnt. Er nahm seine Tasche, bedachte die ineinanderrutschenden Ordner mit einem fröhlichen »Pfffh!« und verließ sein Zimmer. Federnd. Beschwingt. »Das wollen wir doch erstmal sehen!«

»WO BLEIBEN DIE DENN?« Schade legte den »Wochenspiegel« auf den großen Allzwecktisch und sah auf die Uhr. »Sieben! Ich wollte heute noch nach Hause! Da krieg ich *die* Stories sowieso besser erzählt.« Sie klappte die Seite mit der Balkenüberschrift: *Vor fünfzig Jahren/ DIE INVASION IN DER NORMANDIE/ Präsident Clinton auf dem Weg nach Europa/ Jahrelange Täuschungsmanöver brachten militärischen Sieg* zu. »Heute kommen wir doch nirgends weiter.«

Mimi hörte auf zu tippen. »Wie viele sind das?«

Schade stand auf und zählte die Ordner durch, die sich an einer Seite des Tischs türmten, in sicherem Abstand zu vier übriggebliebenen Brötchenhälften, die immer noch darauf warteten, daß jemand sie sich hastig in den Mund stopfte, um wenigstens etwas Solides in den Magen zu kriegen. »Fünf.«

»Und hinten drauf steht *ImmoPriv* und Jahreszahlen? Ab 90?« Mimi hackte weiter auf die Maschine ein. »Was für Stories meinst du denn?« Sie zog die Seite heraus.

»Ach – hier. D-Day. Die ganzen Gummi-Panzer-Armeen und Gummi-Flotten und – meine Nerven! Was haben *die* auf die Beine gestellt, bevor sie sich aufs Festland getraut haben! Irre!«

»Kann ich dir sagen!« Mimi legte die Seiten, die sie zuletzt (aus den gekritzelten und zugeworfenen Notizen von Lietze, Roboldt und Jokisch) getippt hatte, zusammen. »*Die* haben die Puppen tanzen lassen, von England aus. Und nicht bloß die deutschen. De Gaulle haben sie auch bis zuletzt an der Nase rumgeführt – nu, groß genug war sie ja.«

»Für seine Nase kann niemand was!« feixte Schade. »Paß schön auf, mit Nasen werden immer –«.

»Juden verarscht, ist mir bekannt!« perlte Mimi zurück. »Aber so einen Zinken haben und *Antisemit* sein – da wird man einen Witz dranhängen dürfen! Halte ich für politisch völlig korrekt!«

Schade steckte sich eine ihrer Filterlosen an. Irgendwie sah Mimi – lebendiger aus als vorhin. Obwohl sie seitdem pausenlos geschuftet hatte. Oder – deswegen? »Ich auch. Und wir zerreißen uns ja auch nicht über *jeden* kleinen Mann das Maul, hm?«

»Achtung!« perlte Mimi weiter und nickte in Richtung Tür. »Gleich kommt einer …«

Jokisch erschien mit einem Kästchen Fotos im Allzweckraum. »Mann, was 'ne Familie! Ein Scheusal kommt selten allein. Jehng das Horrorkabinett muß Transsylvanien 'n Erholungspark sein!« Er warf das Kästchen auf den Tisch und sich selbst auf einen der Stühle. »Aber keener dabei, den wir brauchen. Keen Hacke, keen Sternhagel, keen Mishkin, überhaupt null D.I.E. Bloß lauter Jermanen – Freya und Frigga und ähh!« Er griff eine der Brötchenhälften.

»Sind das die Familienfotos?« Schade zog den Kasten zu sich.

»*Da* gehören diese Döderleins doch gar nicht zu! Ach nee, kuck an – der Priester! Im Kreise seiner lieben Jungs! Hübsche Bengelchen. Sehen aus, als hätten sie fürs Foto extra die Patronengürtel abgeschnallt ... Wenn ich nicht wüßte, es ist Westfalen, ich würd auf Western tippen – *Fünf Freunde für ein Avemaria* oder so.«

Die Tür gegenüber dem Gemeinschaftsraum ging auf, Fetzchen eines Gesprächsendes wehten herein. Dem Ton nach konnte der Inhalt nicht sehr erhebend gewesen sein.

»– wäre eine echte Premiere!« Lietze blieb vor ihrer Tür auf dem Flur stehen. »Müssen Sie los oder – ach, kommen Sie, Dettmann. Darauf *müssen* wir einen heben. Soviel Zeit muß sein!« Sie schob ihren nächsten Vorgesetzten vor sich her.

Kriminaldirektor Werner Dettmann schien keine Sekunde zu überlegen. Er strich nur sein Peter-Frankenfeld-Sakko glatt und holte sein aktuelles grellgelbes Kavaliersfeuerzeug aus der Tasche.

»Mimi –«, Lietze stürmte auf die beste Schreibkraft von allen zu, »was haben Sie denn so in Ihrer Schatzkammer! *Wir* brauchen was zum Begießen!«

Mimi verschwand unter Tischhöhe und kam mit einer Flasche Cognac wieder hoch.

Schade und Jokisch beobachteten stumm das Treiben. Dettmann zog einen Stuhl vom großen Tisch und nahm Platz. Lietze balancierte mehr oder weniger kleine Gläser, manche mit Reklameaufdrucken, aus dem ehemaligen Asservatenschrank, zählte die Anwesenden und sah ein paarmal durch den Raum. »Roboldt? Fritz?«

»Detlev telefoniert«, Jokisch verteilte die Gläschen.

»Lothar scheint noch bei der ZERV zu sein«, ergänzte Schade und schob ihr Glas weg. »Für mich nicht.«

Mimi wischte Staub von der Flasche und bearbeitete den Korken.

»Bei der ZERV ist er vor eine Stunde losgefahren«, sagte Lietze. »Und vom Platz der Luftbrücke bis hier sind es zwanzig Minuten. Um *die* Zeit sogar weniger. Hat der nicht angerufen?«

Mimi, Schade und Jokisch schüttelten die Köpfe. »Ging auch nicht«, sagte Schade, »das Handy hatte *ich* mit. Falls ich euch da in Zehlendorf anrufen muß.«

»Plopp!« sagte endlich der Korken.

»Komisch!« sagte Lietze.

»Und worauf trinken wir jetzt?« fragte Mimi und kam mit der Flasche an den Tisch.

Alle sahen Lietze an. Die sah Dettmann an. »Unser geschätzter Vorgesetzter hier«, sie hielt Mimi das Glas hin, »hat von unser *aller* Vorgesetzten signalisiert bekommen, daß man mit unseren Ermittlungen nicht zufrieden ist und –«, sie hob es trotzig hoch, als es voll war, »Erwägungen anstellt, uns den ganzen Fall Lüsebringk wegzunehmen.« Sie sah nacheinander allen in die Augen. »So. Dienstvorschrift ist Dienstvorschrift, und dieser Raum ist dieser Raum: *Prost*!« Sie kippte den Cognac und setzte sich.

Schade, die nichts getrunken hatte, suchte Lietzes Gesicht nach vielleicht doch irgendwo versteckten Lachfältchen ab. Aber sie konnte nichts erkennen. An einem gewöhnlichen Frühsommerabend hätte die Sonne, bevor sie bald hinter den gegenüberliegenden Dächern der Keithstraße untergehen würde, den großen Raum mit der Nummer 456 in rotgoldenes Licht getaucht. Aber das hier war kein richtiger Frühsommer. Auch kein gewöhnlicher Abend. Und vor allem war es offenbar kein Scherz. Die Szene kam ihr plötzlich vor wie Kino. Das Kleinstadt-Kino um die Ecke. Als Kind. Sonntags nachmittags. Plötzlich halten die bewegten Bilder an. Meistens, wenn es gerade spannend wird. Oder romantisch. Im Saal wird es duster. Die Leinwand färbt sich braun, dann noch brauner, dann frißt die Hitze der Projektorlampe das erste Loch in das mürbe alte Zelluloid, es knistert und – Licht! So weiß und gleißend, daß man die Augen zusammenkneifen muß.

Aber das hier war kein Kino. Nur die Sonnenlosigkeit, die schon die ganze zweite Hälfte des Nachmittags geherrscht hatte und die eben in dämmriges Zwielicht umgeschlagen war. Und die Zeit, die ein Menschenhirn braucht, um etwas Unfaßliches zu begreifen. Oder wenigstens zu akzeptieren, daß es droht. Diese ausgehängte Zeit, die man Schock nennt.

Alle schienen davon gepackt. Als hätten sämtliche Sinne die Mobilmachung zum Stillstand erhalten. Niemand hatte Roboldt über den Flur kommen gehört.

»Die einen brauchen Babysitter, die andern Katzensitter!« platzte er in die Stille und lief zum Tisch. »Ach, Dettmann? Entschuldigung! Gar nicht gesehen, daß Sie auch da sind.« Er ließ den Stuhl los, lief zurück zur Tür und schaltete das Deckenlicht ein. »War Neumann. Fräulein von Thurau liegt im Koma. Schlaganfall. Ganz plötzlich. Die kleine alte Dame aus der Nollendorf – ach, Mensch! Nie wieder ›Noch'n Kongtröh, Herr Inschpeckter?‹ – was ist denn mit *euch*? Mit 95 wird man doch abtreten dürfen –«.

Niemand rührte sich.

»Hab ich wieder eine Pointe verpaßt? Das *ist* kein Witz!« Irritiert sah er in die Runde. »Wer – paßt denn jetzt auf Issiwuh auf! Die haben wir doch immer zu ihr gebracht – ach so, ja: Unser Alter mit dem Hütchen war *heute* in den Kellern unter Halle 5. Gibt's was zu feiern?«

Dornröschen Lietze fand zwar noch keine Worte, aber ihre

Stimme wieder. Sie reichte für haltloses leises Kichern, was ihr aber die Muskulatur soweit lockerte, daß ihr Kopf in serielles Schütteln verfiel.

Der Bann war gebrochen.

Jokisch sprang vom Stuhl hoch und rannte auf den Flur, um sich die Starre aus den Gliedern zu joggen.

Mimi hob ihr halbvolles Glas. »Links is Schabbes, rechts is Schabbes, in der Mitte fährt der Zug. *Das* gibt's hier zu feiern, Detlev!«

Dettmann griff nach einem belegten Brötchen.

Schade rieb sich die Augen. Dann drückte sie ihre Kippe mit solchem Nachdruck aus, als wäre die eine ewige Lampe. »Der Platz der Luftpumpe will uns den Fall wegnehmen.«

»Wie bitte?« Roboldt hätte auch nicht blöder glotzen können, wenn Schade ihm einen Heiratsantrag gemacht hätte. »Soll das ein –«, er fuhr herum und glotzte in den Flur, wo Jokisch eben eine Kurve drehte und wieder aus dem Türausschnitt verschwand.

»Nein, das soll kein Witz sein«, sagte Dettmann. Er hatte das aufgeweichte Brötchen verschlungen und fing wieder an, das Feuerzeug von einer Hand in die andere zu werfen. »Abgesehen davon, daß *ich* das PolPräs für eine uneinnehmbare Humorfestung halte – die Botschaft war ernst. Man hat mir zu verstehen gegeben, daß der Fall längst ›ausermittelt‹ sein müßte.«

»Och nee! Weil man uns ja so *wahnsinnig* unterstützt hat!« schrie Roboldt. Der Wutschub schien ihm den Schock zu ersparen. »Ich möchte fast sagen: *unbürokratisch!* Ent-zük-kend!«

Mimi flüsterte mit Schade. Das Wort »Lolli« war wirklich kaum zu hören. Etwas lauter kirchernd befand Schade, daß Roboldt kein Typ für eine Glatze wäre. Mimi geriet in Gefahr eines akuten Lachkrampfes.

Lietze griff endlich zum Zigarillo, weshalb Dettmann etwas Sinnvolles zu tun bekam.

Jokisch joggte von links durch den Türausschnitt und nach links wieder aus ihm hinaus.

»Seid ihr alle hysterisch geworden!« keifte Roboldt weiter. »Kann ich mal erfahren, was die gesagt haben?«

»*Gesagt* – wär zuviel gesagt.« Sagte Dettmann. »Sie wissen doch, wie die reden. Wutzi-wutzi und Walla-walla und Riesenwolken, aus denen man sich mühsam rausdestillieren muß, was sie eigentlich sagen *wollen*. Und notfalls haben sie *gar* nichts sagen wollen –«, er gab auch Schade und Mimi Feuer, »– mich haben allerdings ein paar Wörter stutzig gemacht. Die kamen mir zu oft. ›Besondere Brisanz‹ fiel immer wieder. Und ›überfordert‹ –«

»Moment! Überfordert – wer? *Wir*?«

»Wer denn sonst, Detlev!« brüllte Schade zurück. »Die doch nicht. Die *sind* die Überforderung! Denk an den Typ aus dem Innensenat gestern, wie der Kalle auflaufen lassen hat.«

Dettmann nickte. »Ich hatte auch den Eindruck, das Ganze kommt von weiter oben. Aus der politischen Ecke. Innensenat, was weiß ich. Eher als aus dem PolPräs. Ich kann mich täuschen, aber – es war ein bißchen viel von ›Fürsorgepflicht‹ die Rede. Das sagen Politiker immer, wenn ...«, er schien nachzudenken. »Vielleicht hat sich Jokisch nicht so ganz geschickt angestellt.«

»Wie'n Sack Landeier!« keuchte es durch den Türausschnitt. »– phphph – hätte dem – phphph – Arsch den – phph – Hörer aufknallen – phphph – sollen!« Damit verschwand Jokisch aus der Optik, aber nicht aus der Akustik. Er fluchte den ganzen Flur entlang und trat zur rhythmischen Untermalung gegen die Bänke mit dem Malerkrempel und jede einzelne der frischgestrichenen Türen.

Die Antwort erfolgte prompt, aus fünf Mündern gleichzeitig

und als Potpourri aller gängigen Ablehnungsbescheide von »albern!« bis »Unfug!«

»Fürsorgepflicht?« fragte Schade schließlich. »Wer bedroht uns denn?«

Dettmann runzelte die Stirn. »Ich habe ihnen den letzten Stand der Ermittlungen gegeben, D.I.E. und so weiter. Sie haben kaum hingehört. Einer hat in den Vernehmungsprotokollen Mishkin, Sternhagel und Hacke geblättert. Und der ist plötzlich richtig wach geworden, hat dauernd ›Minsk–Minsk‹ gebrabbelt. Der schien das richtig toll zu finden. ›Minsk–Minsk‹ und ›Mafia–Mafia‹, das war dann eins. Plötzlich hatte der Fall Lüsebringk ›solche Dimensionen‹, und ob man *da* die Sicherheit der Mitarbeiter des Landeskriminalamts wirklich schützen könne, ob *da* nicht doch besser das Bundeskriminalamt – wie gesagt: Gedankenspiele. Es war auch kein offizielles Gespräch – es war bloß ein – Warnschuß. Bisher. ›Verstehen Sie uns nicht falsch: *Wir* wollen *nur* Ihr Bestes‹...«

Auf Mimis Tisch schrillte das Telefon. Sie sprang auf.

»Ich will nur dein Bestes, sagte die Hure zum Freier«, murmelte Lietze. »Deine Kohle.«

»Ich glaube nicht, daß denen unser Wohlergehen so am Herzen liegt. Oder die Aufklärung dieses Falles.« Roboldt ließ endlich den Lichtschalter los und kam zu Tisch. »Sonst hätte der Innensenat dafür gesorgt, daß wir *alle* Auskünfte kriegen. Und nicht dauernd blockiert!«

»Ich frage mich –«, Lietze sah zu Mimi, die Zahlen auf ihren Block zu schreiben schien, »allmählich doch, *wer* eigentlich bestimmte Zeitungen auf diese ›Puffschiene‹ gesetzt hat – ist das Fritz?«

Alle starrten zu Mimi. Die nickte. »- - - ja, hab ich – willst du sie trotzdem sprechen? Nein? Okay. Bis später.«

»*Ich* möchte auch nicht ausschließen, daß sich *da oben* jemand gefährdet fühlt.« Dettmann warf das Feuerzeug auf den Tisch und sah Lietze grimmig an. »Durch die Ermittlungen. Was könnte das sein?«

»Wüßte ich auch gern – und, Mimi? Wo steckt der Mann!«

»In einer Telefonzelle auf der Heinrich-Heine-Straße.« Mimi gab Lietze ein Blatt mit Notizen.

Lietze sah es an und reichte es weiter. »Autonummern?«

»Die ersten beiden Wagen sind von hier bis zur ZERV hinter ihm hergefahren. Als er da wieder wegwollte, hat er den dritten an der Stoßstange gehabt – naja, auf Abstand. Er war wohl auch nicht ganz sicher«, Mimi atmete tief durch, »deshalb hat er eine kleine Testfahrt gemacht. Erst raus nach Zehlendorf, dann zurück und raus Richtung Köpenick. Bis jetzt sind's fünf, aber er glaubt, die beiden letzten Fahrer sind wieder die vom Anfang.«

Jokisch lief gerade noch rechtzeitig wieder am Allzwecktisch ein, bevor sich ein seltsames Schweigen über den Raum legte. Es schien sogar sein Keuchen zu verschlucken.

Die Blicke, die in Mandelbrotmäandern herumschwirrten, fragten alles dasselbe: Denkst du auch, was ich denke?

»Wir sollen mal rauskriegen«, Mimis Stimme war metallisch scharf, als wollte sie sich den Kloß im Hals selbst wegsäbeln, »ob das Zivi-Wagen der Polizei sind.«

Jokisch nahm das Blatt mit den Kennzeichen und Autotypen und schüttelte den Kopf. »Jetzt? Kannste verjessen. Die haben alle Feierabend oder zu tun. Is doch keene Jefahr im Verzuge!«

Lietze sah Dettmann an. »*Wann* haben die Sie eigentlich ins PolPräs bestellt?«

»Zwei, halb drei vielleicht – warum?«

»Die Witwe hat doch nicht telefoniert, solange wir da waren, oder, Roboldt?«

Roboldt angelte sich eine von Lietzes *Lucky Lucianos*. »Nein. Die hatte viel zuviel Angst, daß da was in den Ordnern ist, was sie nicht kennt. Aber der Sohn ist irgendwann weggefahren.«

»Der Priester?« Schade sah ihn skeptisch an. »Ich denke, dem stinkt das ganze bourgeoise Ambiente? Der ruft doch nicht ausgerechnet im Senat an und beschwert sich über die Ermittlungen.«

»Unwahrscheinlich. Der ist um die halbe Welt geflüchtet und Befreiungstheologe geworden – nee. Obwohl, schlau werde ich aus dem auch nicht ganz –«.

»Müssen Sie auch nicht, Kobold!« fuhr Lietze dazwischen. »Man muß nicht sämtliche Angehörigen eines Mordopfers auseinandernehmen, die nach dessen Tod aufkreuzen und ihre Dinge zu erledigen haben.«

»Ganz Ihrer Meinung, Chef!« gab Roboldt bissig zurück. »Aber der hier hat Ihnen doch lang und breit erzählt, daß er eigentlich sein schönes Nicaragua, wo er dringend gebraucht wird, nicht verlassen wollte, bloß um seinem Vater ein paar Schäufelchen Erde auf den Sarg zu schmeißen, oder?«

»Mir hat er das erzählt«, sagte Schade. »Aber dann hat die Mama angeblich so gedrängelt, daß er doch pünktlich einen Tag vor der Beerdigung hier war.«

»Eben. Aber mit *mir* hat er vorhin über eine Sendung im Fernsehen geplaudert – ich hab's erst gar nicht kapiert. Es ging um die böse, böse Welt und die bösen, bösen Geheimdienste –«.

»Kobold – bitte!« Lietze schabte ungeduldig an ihrem linken Nasenflügel herum.

»Ich hab die auch gesehen! Abgewrackte Agenten, die Firlefanz aus ihrem Leben erzählen – ›Krieg der Wölfe‹ hieß das. Hatte Neumann laufen, als ich dann endlich auch nach Hause kam. Und wissen Sie wann, *Chef*! Am 19. Mai! Das war der Tag, an dem ich eine nette – pardon, Dettmann! Katastrophenübung hätte mitmachen und einen ruhigen Abend zu Hause hätte verbringen sollen. Weshalb Neumann erstens bei mir und zweitens stinksauer war. Privatleben und so.«

»Mach halblang, Detlev!« Schade zuckte die Schultern. »Das Wort können wir alle nicht mal mehr buchstabieren. Dann hat er also gelogen. Und?«

»Aber warum? *Uns* hat doch nicht interessiert, wann der hier eingejettet ist!«

»Vielleicht hat er sich ans Lügen gewöhnt.« Schade winkte ab und sah auf die Uhr. »Das ist eine *closet queen* – der wird in Lateinamerika kaum damit hausieren gehen, daß er schwul ist.«

»Könn' wir ja mal im Auge behalten«, schlug Jokisch vor. »Mich würd erstmal int'ressieren, wozu die sich um zwei inner Abfertijungshalle treffen wollten, der Lüsebringk und diese beeden Rotbretter da.«

»Mich auch!« nickte Schade. »Und zwar bevor wir uns an die Kollegen von Betrug wenden. Oder an die Steuerfahndung. Umwelt und Gewerbe, habt ihr ja gelesen, war ein Flop. Die scheinen die nicht zu kennen. Aber irgendwas *ist* faul an dieser Rotbrett GmbH –«.

»Aber sowas von! Das paßt nich zusamm', die und der Lüsebringk!«

»Und diese Döderleins mittenmang – nee! Das stinkt doch!«

»Um irnkwelche Finanzierungsdetails für den Köpenicker Ufftrach, wie der Schurge uns weismachen wollte, is das nich jegang!« Jokisch stand auf und hopste zum Spülbecken. »Das kauf ich dem nich ab. Wieso jehn die dafür nich in sein Büro!«

»Im PolPräs?« Lietze sah hinter ihm her. »Jokisch, da ist Ausweiskontrolle. Für *jeden* Besucher!«

»Na, jut«, er klatschte sich kaltes Wasser ins Gesicht. »Aber wieso denn *das* Jewühl da!«

»Wegen des Gewühls.«

»Jenau! Also jing's um was and'res als bloß'n paar jeschmacklose Jeschäftsbeziehungen. Aber um was!«

»Der wollte sich mit beiden Geschäftsführern treffen?« fragte Schade. »Dann scheidet Sex wohl aus. Es sei denn – Gott ja, wäre nicht der erste, der ›weder hetero noch homo noch asexuell‹ sein will und nimmt, was kommt...«

Alle grinsten. Dettmann stand auf, rückte seinen Stuhl unter den Tisch und machte Anstalten zu gehen.

»Pervers«, Lietze zog die Flasche zu sich und schenkte sich noch einen Cognac ein, »war er wohl. Von der Sorte, die der Volksmund Hühnerficker nennt.«

»Ach du Scheiße – nee!« stöhnte Roboldt.

Schade zog eine Grimasse und angelte nach der Flasche und ihrem unbenutzten Glas. »Solange es einvernehmlich ist... Prost!« Es war ein doppelter Cognac. »Wenigstens keine kleinen Kinder.«

Mimi (kloßfreies, skalpellfeines Timbre plus genervt gerollte Augen) empfahl: »Aus biologischem Anbau und freilaufend, wenn ich bitten darf. Man gönnt sich ja sonst nix!«

Jokisch scharrte vor dem Spülbecken, als wartete er auf den Startschuß für den nächsten Flurlauf. »Wozu hatter'n Biobauern inner Familie!«

Dettmann hielt die Stuhllehne umklammert, als würden ihm die Knie weich. »Sachen gibt's!« quetschte er schließlich heraus, bevor ihn der hysterische Lachkrampf doch packte und ihm die Tränen in die Augen schossen.

Lietze schob ihm die Flasche hin. »Wo die Hühner aufgewachsen sind, ist nicht bekannt.« Gefährliches Glucksen in der

Stimme. »Bloß –«, noch glucksender, »– sie mußten – tiefgefroren –«. Der Rest war Prusten.

Damit brachen auch die Dämme. Das Gelächter dauerte sechs Minuten, senkte den Salzhaushalt aller Beteiligten durch Ströme von Tränen und gackerte den Flur entlang und wieder zurück. In Wellen, auf deren letzter Kriminalhauptkommissar Lothar Fritz in die Tür gespült wurde, wo er mit offenem Mund stehenblieb und sekundenlang über Verschwörungstheorien nachdachte: Er selbst gejagt, die Kollegen vergiftet –. Er verwarf sie augenblicklich, als er hörte, daß Roboldt, ohne es zu ahnen, im Hause Lüsebringk eine geniale Pointe hingelegt hatte. Er selbst ahnte zwar auch nicht, was an Legebatterien und goldenen Hühnern so genial sein sollte, beschloß aber, erstmal zuzuhören, was Lietze aus Kreisen der MIGRÄNE erfahren hatte, und erschloß aus dem sprudelnden Chaos, daß der Fall Lüsebringk, zusätzlich zu seinen schon bekannten Fäden, womöglich auch einen namens »StaSi« und »Erpressung« aufzuweisen hatte.

»So, Fritz«, sagte Lietze, als sie fertig war, »und jetzt kommen Sie!«

Dettmann überlegte einen Augenblick, kam zu dem Ergebnis, daß Mimi das, was jetzt folgen würde, kaum noch heute in nachlesbare Form bringen konnte, und setzte sich wieder hin. Fritz erzählte, was *er* bei Lang in der ZERV über die D.I.E. gefunden hatte. Und wie er die fünf Autos zweimal quer durch die halbe Stadt gelockt hatte. »Nachdem ich euch angerufen habe, war Nummer 5 verschwunden. Bis hierher ist mir keiner mehr gefolgt. Merkwürdig –«.

»Bißchen viel Aufwand!« fand Schade. »Immer zwei Leute drin?«

»Nein«, sagte Fritz. »In Wagen 4 und 5 war nur je einer. Die anderen doppelte Besetzung.«

Dettmann stand wieder auf. »Das klingt alles sehr danach, als ob Sie das merken *sollten*. Ich muß jetzt leider los«, er sah auf die Uhr. »Entschuldigen Sie, aber ein Hochzeitstag ist auch –«, er gab Lietze einen Zettel mit einer Telefonnummer. »Da sind wir. Bis Mitternacht etwa. Falls nichts dazwischenkommt.« Er lächelte verschwörerisch in die Runde.

Alle murmelten Glückwünsche.

»Und was machen *wir*?« Lietze stand auf und begleitete ihn zur Tür.

»Na – Feierabend!« Dettmann drehte sich noch einmal um. »Und dann: weiter natürlich. Oder hat hier irgend jemand irgendetwas Gegenteiliges gehört?«

IHM SO INS GESICHT ZU LACHEN. In seinem ganzen fast vierzigjährigen Leben hatten das nur zwei Leute gewagt!

Er nahm die kalte *Budweiser*-Dose, knallte die Kühlschranktür zu und ging durch das Wohnzimmer zurück auf die Terrasse. Das Rollfeld und die Flughafengebäude waren kaum noch zu erkennen in dem grauen Mischmasch aus Dämmerung und Wolkenballen, die in Böen aus West auf ihn zukamen. Grrauenhafthh!

Siebzehn war er beim ersten Mal gewesen. Fast achtzehn. Und immer noch Jungfrau eben. Ganz im Gegensatz zu dieser – Consuelo! Die hatte nicht geglaubt, daß es für ihn das erste Mal war. Konnte sich sowas wohl gar nicht vorstellen. Consuelo. Genau. So hieß die. Mit o. *El consuelo*, männlich, *der* Trost. Spanisch! Auch so eine Sprache, die es nicht so genau nahm mit dem – mit dem: Geschlechtlichen! Das ganze Stadion der Weltjugend hatte gedröhnt davon. Internationalismus. Pfhh. Und sie hatte alles andere als Trost geboten. Grräßlichh!

Dann der Ausbilder. Genau so. Kuba natürlich. Da war er neunundzwanzig gewesen. Und wollte dringend wieder weg. Aber Drews hatte ihn bearbeitet. Das ganze Repertoire. Rauf und runter. Bruderhilfe. Weltrevolution. Würgegriff des US-Imperialismus. Wässrige Augen. Feuchte Hände. Treuherziges Näherrücken. »Was glaubst du, Genosse, wie viele Menschen *dich* beneiden. Daß *du* hier sein darfst ... Sonne ... Wärme ... das schöne Land, geknechtet ... die Menschen, heldenhaft ... diese schönen Menschen, ähm: Frauen hier –«. Zentimeter um Zentimeter hatte er zurückzuweichen versucht, unmerklich, um Drews nicht zu brüskieren. Und stur erwidert: »Trotzdem, Genosse Hauptmann, ich – ich – *kann* nicht. Mit dem ganzen Menschenschlag hier.« Und dann hatte Hauptmann René Drews den Mund aufgerissen und – gelacht! Gelacht. Und schließlich gejapst, mit einem Blick, aus dem alle Treuherzigkeit gewichen war: »Er *kann* nicht ... er *kann* nicht ... auf Kuba *kann* er nicht!« Bös funkelnd. Verrnichtenthh!

Er knallte die Dose auf, legte den Kopf zurück, schloß die Augen und ließ sich das Bier durch die Kehle laufen. Nadjas Lachen jagte ihm durch die Hirnwindungen. Gellend. Widerhallend. Vervielfacht durch die Echos der beiden anderen Gelächter. Er riß den Kopf wieder hoch und die Augen wieder auf. Unter ihm, auf dem Taxiway, schob sich ein blasser Jet nach links zur Startposition. Die Sabena nach Brüssel. Go West. Er sah ihr nach und versuchte, mit ihrer schnarrenden und knarrenden Bewegung die Gelächtersalven aus seinem Bewußtsein zu entfernen. Aber sie teilten und verästelten sich und taumelten nur in tiefere Stollen und Katakomben, wo sie sich logarithmisch zu vermehren schienen und in Gestalt von Gesagtem wieder hochdrängten. *Dumm.* Nadja. »Du bist dumm. Du kannst dich nicht trennen vom alten Weltbild.« Klang auch auf Russisch gesagt nicht freundlicher. Er konnte es nicht begreifen. Was war daran falsch gewesen, daß er die Rede noch einmal auf die Oerlikon gebracht hatte? Es war doch etwas im Gange. Irgendwas wurde doch vorbereitet. Warum sonst diese Geheimniskrämerei. Dieses ganze undurchsichtige Treiben. Diese Hochspannung. Nadja *war* nervös. Wie nie in den elf Jahren, die er ihn jetzt kannte. Hatte alles verschoben. »Frag mich nach dem sechsten wieder!« Was war am Montag? Was sollte das heißen: *altes Weltbild?* Er begriff nichts mehr. Natürlich kannte er diesen Spruch mit dem *Banküberfall* und daß der nichts zählte, verglichen mit dem *Besitz einer Bank*. Als ob man ihm das erklären müßte. *Er* war schließlich Verbindungsoffizier in Zürich gewesen. Zu den Banken! Da saß Nadja noch immer in Vilnius. Dann in Riga. *In Uniform*. Mit Bagatell-Rang! Nadja hatte doch immer die bewaffnete Seite repräsentiert. Was sollte das jetzt alles? Wozu hatten sie ihn denn wohl in dieses Zimmer gesetzt. Fast 180 Grad Schußfeld. Völlig frei. Niemand, der ihn hindern würde. Weil niemand damit rechnete. Er konnte aufbauen, was er wollte. In aller Ruhe. Positionieren. Von links, wo die BGS-Hubschrauber mit den besonders geschützten Personen standen, bis rechts zu den kleinen VIP-Maschinen. Und dazwischen der Linienverkehr. Idealbedingungen. Besser als der beste Schießstand.

»Und dann?« hatte Nadja gezischt. »Wären wir hier weg. Sowas macht man einmal und nie wieder. Was soll das. *Wir* wollen uns hier festsetzen. Geht das in dein Hirn!«

Ging es nicht. Sein Hirn platzte fast von den Druckwellen des Gelächters. Er sah zu, wie die Sabena losrollte und abhob. Er spürte die Vibrationen, die der Schub in die Häuserwände preßte. Er hörte es dröhnen. *Sowas zerstört man nicht, man übernimmt es,* raunte es dazwischen. Was-was-was! schrie er dagegen an. Diesen

Flughafen? Den habt ihr doch schon gehabt. Sechs Wochen. Von Ende April 45, als die Rote Armee von den S-Bahn-Gleisen rübermarschiert ist und ihn kampflos übernommen hat. Bis Anfang Juli. Da haben die Amerikaner ihn gekriegt. Genauso kampflos. Da fehlten dann schon ein paar Kleinigkeiten. Aber das steht natürlich nicht in *euren* Geschichtsbüchern. Oder diese ganze Stadt hier? Die hattet ihr auch komplett übernommen damals. Nicht ganz solange. Die Schlacht um Berlin habe ich auswendig lernen müssen. Eure. Aus euren Büchern. Und da habe ich nicht erfahren, daß ihr nicht bis Berlin gekommen wärt ohne amerikanische Stiefel! Ganz zu schweigen von den Jeeps und den Halbkettenfahrzeugen und den Tausenden von Airacobras und Kingcobras und was weiß ich, mit was für Jagdfliegern sie euch eure glorreiche Rote Armee noch aufgemotzt haben! Und dann? Und dann?

Er stand auf, ging wieder in die Küche und warf sich mit einer neuen kalten Bierdose auf das Sofa neben dem Tischchen mit der Ladestation für das Handy, auf dem zwei Videokassetten lagen. »Ganz was anderes als eine dämliche Yak!« sagte er laut, bevor er die Dose aufknallte.

Um halb eins hatte das Telefon im Büro der Firma *Kowalski & Partner – Planung/Personal Management/Public Relations* geklingelt, und auf dem Display war Nadjas Nummer erschienen. Er hatte das Zimmer verlassen, war in die Abfertigungshalle gegangen, hatte vom öffentlichen Fernsprecher zwischen der Treppe zu den Büros der Fluglinien und dem Airport-Snack zurückgerufen und gehört, daß die neue *sobaka* mit einer Kamera zu ihm unterwegs sei. Er hatte, ohne sich etwas anmerken zu lassen, registriert, daß das Jackett der *sobaka* jetzt eher eine Nummer zu groß war und der Typ mit Kreide gefüttert worden sein mußte. Dann hatte er wie befohlen mit dem Fernglas dagesessen, bis er die Yak erkennen konnte, die Kamera genommen, das Erkerfenster geöffnet und die Hälfte des Films auf eine seltsame Notlandung (auf dem Rasen) verschossen. Auf der anderen Hälfte waren Szenen nach Öffnung der Tür. Die beiden Piloten und alle Leute, die sie in Empfang genommen und weggebracht hatten. Die Yak hatte günstig gestanden. Er hatte keinen der Pfeiler im Bild, mit deren Hilfe man die Position des Fotografen zweifelsfrei hätte bestimmen können. Danach hatte er weiter Zeitungen durchgeblättert, einen albernen Artikel gelesen, nach dem eine der raffiniertesten und effektivsten Luftkriegslisten – Tonnen von Stanniolstreifen, die in bestimmten Abständen abgeworfen auf dem gegnerischen Radar für totales Durcheinander sorgen: Damit hatten die Engländer Hamburg abwehrfrei gekriegt und dann in Schutt und Asche gebombt! – in Wirklichkeit eine deutsche Erfindung sei und Düppeln heiße. Hatte *FC Blauweiß-Union* und *TSB Türkspor Berlin* auf den Zettel geschrieben, auf dem bereits *Schillertheater/seit Februar dicht/Boulevard bzw. Musical?* stand, und um fünf Nadja an der verabredeten Stelle getroffen. Seitdem gellten ihm Lachsalven durch den Kopf. Er war keiner, der gern lacht. Er war erst recht keiner, der gern Lachen hört.

Er sah auf seine Armbanduhr. 20:28 - - - 14.28 - - - -20.29. Als er den Kopf wieder zurückwarf, um die Bierdose leerzutrinken, geriet ihm das Blinken der Ladestation in die Optik. *Lern Spanisch!* Auch von Nadja gesagt. Immer wieder. Er setzte die leere Dose ab und nahm die beiden Videokassetten in die Hand. »Damit du was zu tun hast bis Montag.« *Der Pate* komplett. »Dann weißt du, was ich meine.« Auch das hatte Nadja gesagt. »Macht aus den Gewehrläufen, Begriffe besetzen, alles alt, alles abgewirtschaftet, alles zum Scheitern verdammt. Es geht um die Bilder. Wer die Bilderwelt hat, hat die Wirklichkeit im Griff.«

Unbegrreiflichh!

Unerrgrründlichh!

Diese Rrussenhh!

Auf der anderen Kassette war ein anderer amerikanischer Film. *Es begann mit einem Kuß*. »Den mußt du dir mit Soraya ansehen. Ein Melodram um die Luftbrücke – das wird ihr gefallen. Und achte genau auf O.E.Hasse: *Der* war nicht dumm. Ein Fisch in jedem Wasser. Verdient sein Geld bei den Russen? Also? Wird er gleich wie die Russen. Noch gleicher. Studier ihn!« Und wieder dieses Lachen. Garben von Gelächter. *Rawny!*

Was sollte das alles bedeuten!

Lern Spanisch!

Er entdeckte einen Aufkleber auf der Kassette mit dem Paten. *ELF HUR HEUTE DER LÄNGSTE TAG ZDF* stand da, in Nadjas unsicheren lateinischen Buchstaben. Darunter, noch größer: *EINE MUST!*

Scheiße. Sieh das an, sieh dies an, studier ihn. Er hatte schon diesen Panzerkreuzer Nimitz studiert, um – Sorrayahh! O nein! Wottielein –.

Er nahm das Handy und tastete die Hemdtasche ab. Drei Telefonnummern waren es, die die neue Hund ihm auch gebracht hatte vorhin. Er probierte die erste. *Spanisch*! Ausgerechnet. Ausgerechnet er. Nie wieder hatte er damit zu tun haben wollen. Mit dem Süden nicht und mit dem Osten auch nicht. Die rauchten alle – auch darüber hatte Nadja gelacht. Und nur gesagt: »Spanisch wird die nächste Weltsprache. Gerade da, wo *du* hinwillst.«

»ZU DIR? ODER ZU MIR?« Roboldt ließ den Motor an und klickte seinen Gurt fest. »Oder was essen?«

Statt einer Antwort zog Detlef Neumann die Kassette aus dem Radio-Recorder, betrachtete das Etikett, schob sie wieder rein und ließ sie zurückspulen. Es dauerte nicht lange. Und er hätte sie laufen lassen können, ohne hinzusehen. Trotzdem blieb er mit dem Kopf unten, machte sich an Knöpfen zu schaffen und schien alles dranzusetzen, sein Gesicht zu verbergen.

Roboldt nahm den Gang wieder raus, zog die Handbremse an und legte ihm die Hand auf die Schulter. Er spürte ein flaches Zucken. Es rührte nicht von der Wucht, mit der Neumann auf Start drückte. »Leffi? Was hat du - - - weinst du?«

Das Zucken nahm zu.

Roboldt legte ihm die Hand auf den Hinterkopf. Immer noch scheu. Ängstlich, den Boden unter den Füßen zu verlieren, weil seine Hilfe nicht gebraucht wurde. Noch schlimmer, nicht gewollt. Von seinem Liebsten. Er hatte niemanden je so geliebt. Und er würde niemanden je wieder so lieben. Er hatte eine Menge begreifen gelernt, in all den Jahren. Von Neumann. Mit ihm. Gelernt, daß es ein Unterschied war, ob man die Welt aus schwarzen oder weißen Augen betrachtete und die Welt schwarze oder weiße Haut an einem sah. Gelernt, seine schwarze Haut mit seinen weißen Händen anzufassen, zuzupacken, einen schwarzen Körper zu nehmen, ohne sich wie ein Sklaventreiber zu empfinden oder sich zu fragen, ob Neumann ihn womöglich gerade so empfand. Gelernt, seine weiße Haut den schwarzen Händen, der schwarzen Haut, dem schwarzen Leib hinzuwerfen. Sie packen, nehmen, liebkosen zu lassen. Sich dem Aroma, der Wärme, dem Hautflimmern auszuliefern, das ihres war. Nur ihres. Ein gemeinsames neues Drittes, das sie produzierten und in dem sie, ewige Augenblicke lang, beide weiß und beide schwarz waren. Oder Zebras. Oder gar nichts, was sich in Begriffe fassen ließ.

Er hatte sogar gelernt, sich selbst helfen zu lassen.

Ein stahlharter elektrischer Gitarrenriff schnitt ihm durch die Gedanken. Dann Baß. Schlagzeug. Neumann richtete sich auf, mit geschlossenen Augen, und legte den Kopf auf die Nackenstütze. Gebettet in Roboldts Hand. Er zuckte nicht mehr. Er hatte breite glitzernde Rinnsale auf den Wangen.

You got my pride/ hangin' outa my bed/ you're messin' with my life –

Roboldt seufzte lautlos. Das Stück lief seit Monaten, wo Neumann ging und stand. In den ersten Wochen war er sogar mit Walkman U-Bahn gefahren, nach Tempelhof. Als erstes hatte er die Stereoanlage in seiner Werkstatt aufgebaut. Danach die Anlagen, die er für seine neue Arbeit brauchte. Nein, das war falsch. Neumann brauchte dieses Stück. Vor allem anderen. Seit er seinen Job als Bühnenbauer an der Volksbühne am Rosa-Luxemburg-Platz hingeschmissen hatte –

– get off of my back/ if you wanna get outa here alive!

– weil er die käsigen Schreibtischkrieger mit ihren Kolonial-Frivolitäten und ihrer Stahlgewitter-Attitüde und ihrem Blut-und-Hoden-Kitsch nicht mehr sehen wollte. Die »Siff-Schlingel«, wie er sie nannte. In ihrer wohlfeilen, staatlich gestützten Weißheit. Die nicht mal riskierten, einen wie ihn wahrzunehmen.

– Freedom!/ Listen: That's what I want –

Roboldt zog sanft die Hand unter seinem Kopf weg und legte sie ihm auf den großen weichen linken Schenkel.

– Freedom!/ That's what I need! –

Neumann schlug die Augen auf, sah Roboldt an, schwang nach unten und drehte den Recorder ab. »Schluß!«

Roboldt beobachtete ihn. Neumann suchte die Kiste mit den Kassetten durch, die er fürs Auto überspielt hatte. In das Klappern mischte sich eine Sirene, die näher kam. Dann gellte ein paar Meter vor ihnen, auf der Zufahrt zur Rettungsstelle des Krankenhauses, ein Notarztwagen vorbei und bremste. Eine Metalltür wurde aufgerollt. Gesprächsfetzen, auffliegende automatische Kliniktüren, über den Asphalt rasselnde Tragen drangen herüber. Roboldt drehte das Seitenfenster hoch, als Neumann die Jimi-Hendrix-Kassette aus dem Recorder zog und eine andere hineinschob.

»Thanks, Jimi!« murmelte Neumann halb ironisch, halb feierlich. »You did a great job! Aber jetzt brauch ich dich nicht mehr.« Er drückte den Rückspulknopf.

Roboldt hatte Mühe, seine Hand freizukriegen. Neumanns großer weicher Bauch drückte sie so schwer auf seinen Schenkel, daß sie fast eingeschlafen war. »Und jetzt?«

»Hörste gleich. Fahr los. Weg hier! Ich kann Krankenhäuser nicht ab!«

Roboldt legte den Rückwärtsgang ein, löste die Handbremse und manövrierte den Wagen durch die Autoreihen auf dem überfüllten kleinen Parkplatz neben der Böschung, an dem auch an diesem kühlen, dunklen Sommerabend Liebespaare in allen Kombinationen und Großfamilien in den meisten Hautfarben ihre kleinen idyllischen Inseln bevölkerten. Es war keine Arme-Leute-Gegend, hier am Rand von Kreuzberg. Aber es war ein Arme-Leute-Krankenhaus. Offen für die, die an anderen Orten als Strandgut betrachtet und nicht mal mit der Kneifzange angefaßt wurden, weil sie die Frechheit besaßen, nicht oben auf den Wellen der Großen Rekonstruktion und Restauration zu schwimmen. Oder nicht die Kraft dazu. Die Kinder mit den Einstichlöchern an allen denkbaren und undenkbaren Stellen der Haut. Die Erwachsenen, die zerkloppt, verdreckt oder einfach hackevoll waren. Die Alten mit den winzigen Renten und den ungreifbar fernen Angehörigen. Die oft nur noch zum Sterben kamen. Wie Fräulein von Thurau. »Ich glaube nicht, daß sie durchkommt. Du?«

Neumann spulte noch immer hin und her. »Die Gleene?« Er schüttelte den Kopf.

Es war gespenstisch gewesen. Ein Raum voller Apparaturen, ursprünglich gebaut für drei bis vier Betten. Sechs hatten dringestanden. In einem hatte sie gelegen. Und auf nichts reagiert. Bewegt hatten sich nur die Linien auf dem Monitor. Sehr schwach. Und die Flüssigkeiten in den Schläuchen, die alle zusammen in ihrem Handgelenk endeten. Wie in einer Steckdose.

Roboldt hielt an der Ausfahrt und sah Neumann wieder an. Neumann hatte gesächselt. Das tat er immer, wenn ihm etwas nahe ging. An die Gefühle. An eine Schicht in seiner Seele, wo der ganz kleine Detlef saß. Sächsisch war seine Muttersprache. »Hast du wegen ihr – geweint?«

Neumann nickte. »Yeah. Now, where the fuck –«, er spulte weiter hin und her. Englisch war die Sprache seines Vaters. Amerikanisch, genauer gesagt. Schwarzes Midwest-Amerikanisch. Aber von seinem Vater hatte er es nicht gelernt. Den hatte er kaum gesehen. Auch zu Lebzeiten nicht. Die USA waren nicht der große Bruder der DDR gewesen. Die US-Army schon gar nicht. Und ein schwarzer GI war paradoxerweise, wie er und vor allem seine Mutter schmerzhaft erfahren durften, geradezu eine Beleidigung für die Völkerfreundschaft. So hatte er erst, nachdem die Mauer spurlos verschwunden war, Informationen über Arthur Braxton bekommen. Vor allem die über das vorläufige Ende aller Information. Artie war MIA. Missing in action. In Vietnam. Wo sonst. Seit dem 25. Juni 1970. Seinem eigenen dreizehnten Geburtstag. »– das muß doch danach kommen!«

»Sie sah aus wie schon tot.« Roboldt wartete noch immer an der Ausfahrt. Die Frage nach der Richtung kam ihm blöd vor.

»Das war's nicht – bloody hell, where *is* it!« Neumann riß die Kassette wieder aus dem Recorder und drehte die Spule mit dem Fingernagel. Dann schob er sie wieder rein und sah Roboldt ins Gesicht. Seine Augen schimmerten. »Die haddn Baldwin gelääsn. Ploß wäächen mir. Weil isch ihr von däm erzäält hab. Vorschdeesde – wäächen mir liest die'n schworzn Schriftschdäller –«. Er beugte sich wieder runter.

»Sie hatte immer eine Faible für Schwuchteln, weißt du doch«, sagte Roboldt leise. »Wir wissen auch, warum...«

»Awr nisch für Schworze!«

»Da kannst du mal sehen«, Roboldt lächelte, »alles deine Schuld, Leffi! Wie *machst* du das? Ist das Voodoo?«

Neumann hielt brummelnd den Finger auf dem Startknopf. »So now, what's going on! Können wir endlich *essen*?«

»Wo?«

»Don Juan! Ich brauch jetzt *pollo ajo*, mexikanisches Bier und'n netten Familienbetrieb. Außerdem ist gegenüber das Salsa, und da wird hinterher getanzt! Awr frooch ni, wie Glommern schmeggn. Any question?« Er drückte den Knopf.

I had the blues so bad one time
it put my face in a permanent frown.
Now I'm feeling so much better:
I COULD CAKEWALK INTO TOWN...

III

The Longest Day

IDA KAM VOM MITTLEREN ATLANTIK. Und Ida kam nicht cakewalking. Das Sturmfeld frühmorgens südlich von Irland und die riesigen Warmluftvorräte in ihrem Schlepptau machten wahrscheinlich, daß Ida mit einem kleinen oder mittleren Veitstanz durch den Kanal wirbeln und über Belgien nach Bayern und schließlich durch den Berliner Süden toben würde. Innerhalb der nächsten vierundzwanzig Stunden. Mit Sturmteufeln und Platzregen. Und dem vorläufigen Ende aller Sommerhoffnungen.

Am Samstag, dem vierten Juni, gegen Mittag erreichte Ida Plymouth, rasselte an Türen und Takelagen, jaulte durch Straßen und spielte Jojo mit Schiffen im Hafen. Daß Anita Mahlow im Schlafzimmer einer Südwestberliner Etagenwohnung das Buch von den Knien neben das Bett rutschte, lag allerdings nicht an Ida, sondern an Sonja, die eben zum vierten Mal zuckte wie eine frisch geangelte Forelle und sich auf die andere Seite warf. Anita schnappte den Zeitungsausschnitt, der aus dem Buch geglitten war, scheuchte Stürme und Dünungen und Flottenverbände und französische Kanalküstenstreifen, die vorübergehend so unfranzösische Namen wie Juno und Gold und Sword und Utah und Omaha Beach trugen, aus dem Hirn und legte ihre Hand auf Sonjas nackten Arm. Sanft und langsam, um sie nicht aufzuwecken. Dabei versuchte sie sich einen Fluß vorzustellen, wie er breit und träge und zufrieden durch eine sonnige, saftige Ebene auf das offene Meer zutreibt, und sich so auf das Bild zu konzentrieren, daß seine Ruhe über die Haut in Sonjas Schlaf sickerte und ihr die Glieder löste.

Sonja Schade riß erschrocken die Augen auf: »Oh Gott! Wie spät ist – hab ich – verschlafen?«

»Kurz nach zwei, Sonnie. Schlaf weiter.«

»Was – dann waren das ja bloß – ich hab das Gefühl, ich hab stundenlang mit Drachen gerungen. Mindestens drei Dutzend!« Sonja sah Anita fassungslos an.

»Ich weiß, Sonnie. Du bist über die Matratze geschossen wie ein Elektroaal. Ich wollte schon zwei Blumentöpfe holen und dir die Hände in die Erde stecken –«, Anita schwenkte den Zeitungsausschnitt, als sie sich aus dem Bett lehnte und das Buch wieder hochholte, »– bloß weil die euch euern zersprengten Doktor da wegziehen wollen?« Sie saß wieder kerzengerade, und ihr Blick war die Mahlowsche Mischung aus Besorgtheit und Begehren, die Sonjas Poren noch nach über zehn Jahren zum Sprudeln brachte. »Verbuch's unter ausgleichende Gerechtigkeit.«

»Was! Daß *wir* dafür geprügelt werden, daß *die* uns ständig auflaufen lassen?« Sonja setzte sich auf, gleichzeitig kreischend wach und unendlich müde, und zog sich die Bettdecke bis ans Kinn. »Das ist nicht dein Ernst!«

»Das doch nicht, Sonnielein! Der Drecksack hat's verdient. Für den mußt *du* dir nicht die Nerven ruinieren!« Anita strahlte wie ein Faß Plutoniumabfälle. »Wie mein Vater. Jeden einzelnen Schlag hat der verdient. Den können von mir aus noch drei treffen. Dann warten wir eben noch ein paar Jahre aufs Erbe!«

»Anita!« Sonja war nicht sicher, ob das noch ein Teil des

Traums war, riß den Arm unter der Decke hervor und kniff Anita in die Wange. »Deine Mutter ist auch noch da!«

»Auah!« strahlte Anita weiter. »Aber nicht mehr lange. Die springt in die Kiste, sobald sie den Alten unter der Erde hat. Ist nämlich die Korsettstange ihres Lebens, der Sack. Und vor *mir* hat die soviel Schiß, daß –«.

Sonja streichelte Anitas Wange. »Wer weiß, Herzlein. Vielleicht kann sie ja auch endlich ran an ihre eigene Mitschuld, wenn der erstmal weg ist –«.

»– die ? Die ist kalt wie Hundeschnauze! Schuld haben für die immer die andern. Ich zum Beispiel. *Ich* bin schuld, daß mich mein Vater – ach, komm, hör auf! Hier, das wollte ich dir schon seit Tagen zeigen.«

Sonja zog beide Arme aus der Decke, angelte sich Zigaretten, Feuerzeug und Aschenbecher und nahm den Zeitungsausschnitt. »Besitzer der *Barbiecue*-Kette erschlagen. Wahrscheinlich Raubmord. Kleinmachnow: der 44jährige Heinz Klaus Jähder …«

»Das ist der Typ, bei dem Swetlana damals anfangen sollte, bevor sie vom Funkturm gesprungen ist! Der scheint aus Berlin weg und nach Brandenburg gezogen zu sein – lies mal. Kleinmachnow, Eberswalde, Oranienburg, Dallgow – wahrscheinlich haben sie ihm seine lila Wurstbuden da nicht mit Sprüchen verziert!«

Sonja überflog die Meldung, zündete sich eine ihrer Filterlosen an und starrte aus dem Fenster in den wolkenverhangenen grauen Himmel. Er war irritierend ruhig, verglichen mit den Fetzen aus Bildern und Gedanken, die ihr durch den Kopf jagten. An den Rändern ausgefranst, ineinanderrasend, auseinanderhetzend. Wie Regenwolken unter der Peitsche einer wilden Windsbraut. Fetzen vom Anfang dieses Jahres, als in neun Tagen neun Menschen ermordet wurden. Erschlagen. Erstochen. Erschossen. Geköpft. Mit Samuraischwert und Messer und Schraubenzieher. Im Elend von Armut und Obdachlosigkeit. In Kneipen. In edlen Ku'Damm-Läden. In Altersheimen. In trauten Heimen. Alte. Junge. Ein Baby. Aus dem neunten Stock geworfen. Männer. Frauen. Wegen Suff. Wegen Liebe. Wegen Geld. Immer wieder Geld und Gier und Gier und Geld. Schlagzeilen schoben sich über den Anblick der beiden Leichen, die sie selbst gesehen hatte. Von Berufs wegen. Balken, die die geschundenen, zerstückelten Körper, anstatt sie gnädig zu bedecken, lüstern entblößten. Zentimetergroßes Geschrei, das sie vereinnahmte. Noch einmal mißhandelte. Aus Gier. Nach Sensation. Nach Geld. Nach der obszönen politischen Münze, die in Umlauf gebracht und gehalten und vermehrt wurde. Mit mutwillig erzeugter Angst. Mit sorgfältig geschürter Hysterie. Hysterie! Eine Frauenkrankheit. Erfunden im neunzehnten Jahrhundert. Als Ersatz für Hexerei. Ein wahrer Fortschritt. Man verbrannte Frauen nicht mehr. Man sperrte sie weg. Wer was bewegt, hat verloren. Wer sich bewegt, ist tot. 1994. Jetzt war Hysterie gesellschaftsfähig. Die Hysterie, die vor dem Gleichschritt kommt. Was *wollen* Sie denn, meine Liebe! Die Gesellschaft ist heute eben einfach *femininer*! Berlin war ja immer – pardon! *West*-Berlin natürlich! – immer schon die Stadt der *Frauen*! Nicht wahr! - - - Gewiß. Frauen. Wetten, daß in ein paar Jahren alle Talkshows davon hecheln? Wenn endgültig alle begriffen haben, daß die Brocken der einstürzenden Mauer den *Frauen* dieser Stadt um die Ohren fliegen. Daß sie sich formieren zu Lawinen, die das *Feminine* verdrängen. Unter sich begraben. Daß diese Stadt wieder *maskulin* ist. Hysterisch männlich. Nicht ihre Männer. Aber ihre Machtschalter. Ihre Defizite. Ihr Tunnelblick.

Sonja drehte den Kopf zu Anita. Anita sah von ihrem Buch hoch und lächelte zurück. »Was *die* für Täuschungsnetze quer durch die ganze Welt geknüpft haben! Die haben die Nazis an der Nase rumgeführt, die haben Stalin an der Nase rumgeführt, die haben sogar de Gaulle zum Tanzbären gemacht – die haben Militär und Krieg simuliert, damit sie ihn da, wo sie ihn wirklich führen wollten, gewinnen und ihr eigenes Militär in Sicherheit …«

Sicherheit. Das Gebell nach mehr Sicherheit. Für die Aufrüstung im Verborgenen. Innere Sicherheit war das Wort des Jahres. Der Wahlfänger. Und niemand schrie zurück, daß keine Gesellschaft sicher sein *kann*, die ihre Balance zwischen *feminin* und *maskulin* verliert. Zerstört. Aus Dummheit. Machtgeilheit. Nach uns die Sintflut. Und weit und breit keine Arche Noah. Hier herrschte der Tunnelblick, und Mafia hieß dies Jahr das Licht am Ende des Tunnels. Mafia. Das Zauberwort. Das Sesam-Öffne-Dich. Das trojanische Pferd. Es kreischte und tanzte durch die Zeilen von Zeitungen und Bildschirmen. Mafia. Sie überdröhnten sich gegenseitig im Porträtieren. Mafia. Das kam aus dem Osten. Je ferner der Osten, desto bunter das Porträt. Russen, Ukrainer, Georgier, Tschetschenen, Vietnamesen. Mafia. Das war ein Monstrum, hochgespült aus den tiefen, dunklen Verliesen von Krieg und Kommunismus. Mafia. Das war Killerinstinkt und Kadavergehorsam. Gespenstisch. Entmenschlicht. Nicht von dieser *unserer* Welt. Mafia. Das waren immer die andern. Das Fremde. Das Böse. Niemand kreischte zurück: Eure Porträts haben dieselben Züge wie der Kinderschänder aus Franken und der Gewaltverbrecher aus Sachsen und der Raubmörder aus Hessen und der Wehrsportgruppenschinder aus Schleswig-Holstein und der Jungsöldner, den es aus seinem Kaff in Thüringen auf den Balkan treibt, und der Frauenhasser aus Berlin und Hamburg und Düsseldorf und sämtlichen Frankfurts, dessen Lusttrieb sich an Folter und Mord berauscht. Niemand schrie die Vernunft aus dem Schlaf, in den sie gelullt wurde. Die Politiker spielten Hebamme, und die Medien hätschelten die stolz entbundenen Ungeheuer. Oder umgekehrt. Und alle umtanzten das goldene Kalb und lutschten ihm den Schwanz und spuckten aus. Und das hieß dann Wahrheit.

Sie drückte die Zigarette aus, lehnte den Kopf an die Wand und schloß die Augen. Anita strich ihr sanft über den Arm. »Alles in Ordnung, Sonnie?«

»Lies weiter. Ich versuch's nochmal mit Schlafen.«

Es waren nicht die Schläger und Killer aus dem Osten, was die innere Sicherheit bedrohte. Nicht kaputtbrutalisierte, versoffene, zurückgebliebene Typen, die keine andere Sprache kannten als die der Gewalt. Gefährlich waren die anderen, die nicht auffielen. Die intelligent und wohlgekämmt genug waren, um ihren Machttrieb sozialverträglich zu kaschieren. Dasselbe Prinzip wie bei Triebmördern. Dieselbe Sorte Psychopathie. Nein: Soziopathie. Schwammen die meiste Zeit wie ein Fisch im Wasser ihrer Umgebung. Nette Lehrer. Freundliche Bürokollegen. Nachbarn mit guten Manieren. Lebten, ohne daß es irgend jemand merkte, in einem ständigen – wie hieß das noch, verdammt nochmal! In dieser Studie über Sexualmörder, die Anita ihr neulich gegeben hatte! *Passage à l'acte*. Im ständigen Vorder-Tat. Da lebten die auch. Unsichtbar. Solange niemand die Tat sah. Oder ins Auge fassen wollte.

Nein. Falsch. Alles falsch! Bei Sexualmördern war die Tat die Ausnahme. Sie schlummerte in ihnen als ständige Möglichkeit. Ob sie getan wurde, hing davon ab, wie sich innere und äußere Faktoren verknüpften. *Endogenes* und *Exogenes*. Bei diesen sogenannten YY-Chromosom-Typen waren die wohl beide unerforscht. Bei den anderen dagegen, bei all diesen stinknormalen Raffkes, den kleinen und mittleren und großen Rädchen von Korruptheit und Machtgier und Ausplünderung und – warum fiel ihr jetzt Sternhagel ein! Nicht Hacke. Nicht Mishkin. Der dritte. Der so bieder und brav und ein bißchen tumb gewirkt hatte, aber wahrscheinlich imstande gewesen wäre, eins-fix-drei das ganze verzwickte Firmennetz namens D.I.E. an die Tafel zu malen. Falls er *wollte*. Und woher kam jetzt dieses ungute Gefühl? Warum kribbelten die Füße? Warum kroch das Kribbeln die Beine hoch? *Passage à l'acte*. Vortatzeit. Vorkriegszeit. Warum fraß Anita diesen ganzen Kriegsscheiß? Warum merkt sie nicht, daß ich Schiß habe. *Ich*. Sonja Schade. Kriminaloberkommisar. Dritte Mordkommission. LKA Berlin. Schiß davor, daß die Scheißkerle vielleicht recht hatten. Daß der Fall Lüsebringk Kreise zog, vor denen ein Landeskriminalamt seine Polizisten nicht schützen *kann*. Gegen die das Bundeskriminalamt antreten *muß*. Und wenn nur, weil die Herren da oben das so wollen. Weil sie das Gift injiziert hatten. Und weil das Gift bei mir längst wirkt. Weil *ich* ernsthaft darüber nachdenke, ob die Herren da oben vielleicht Klartext geredet haben. Diesmal –.

»Die Kriminalpolizei überlegt immer in alle Richtungen!« sagte sie trotzig und schlug die Augen auf.

Anita riß den Kopf herum und sah sie an.

»Lies ruhig weiter deinen – Männerscheiß.«

Oder war es diese Stadt. Hatte sie Schiß wegen Berlin? Um Berlin? Diese beunruhigende Schwebe. Dieser ungreifbare Rhythmus. Dieses bedrohlich Gezügelte. Gerade noch im Zaum. *Passage à l'acte*. Dieses Gebräu aus endogenen und exogenen Partikeln. Ach, Quatsch! Komm auf den Teppich, Schade! Zwick dich ins Ohrläppchen, dann weißt du, diese Stadt ist kriminogen und kriminell und kriminalpolizeilich erschlossen, wie solche Städte eben sind, und daß etwas angelegt ist, heißt noch lange nicht, daß es auch getan wird, es gibt auch Gegen-Triebe, und du lebst und arbeitest in einem ganzen Nest von Gegen-Triebtätern, und du weißt, warum du hier bist und nicht in irgendeiner vorgetäuscht friedlichen Idylle, und wenn Berlin tausendmal nicht mehr so weiblich ist, wie Westberlin mal war, Berlin ist *kein* YY-Typ! Und was die Herren da oben wirklich treiben, das wollen wir doch erstmal sehen –.

»Ist kein *Männer*scheiß, Sonnielein! Das ist ja das Verrückte dran.« Anita schob die Füße nach unten und legte das Buch auf die flachen Schenkel.

Sonja wich ihrem Blick aus und starrte in den Himmel, der immer noch grau war, aber nicht mehr so ruhig.

»Wußtest du, daß eine Frau die Abschußrampen für die V-1-Bomben an der französischen Atlantikküste erkannt hat? Constance Babington Smith. War einfach eine Bildauswerterin. In England. Und hast du schon mal den Namen Joan Curran gehört? Die hat 1942 eine Täuschungstechnik entwickelt. Hieß Moonshine. Das war ein Apparat, der kam in Flugzeuge und Schiffe, und der hat den Puls von feindlichen Radaren aufgefangen und so verstärkt wieder zurückgeschickt, daß die auf der anderen Seite dachten, sie hätten Schiffe von 10.000 Tonnen vor sich. Und die hat auch Window gemacht – schon mal gehört? Hieß Düppeln auf Deutsch, die Deutschen haben auch mal dran rumgebastelt. Aber aufgegeben. Unser Lady Joan nicht. Die hat solange gekniffelt, bis sie raushatte, wie viele Alu-Streifen man in welchen Abständen aus den Fliegern schmeißen muß, damit die deutschen Radarschirme entweder ganz schwarz werden oder so fehlinformiert, daß die glauben, da kommen Tausende von Bombern, und mit ihrer Flak durch den Himmel ballern, wo bloß fingierte Echos sind, aber kein Bomber. Die Deutschen hatten Funker*innen*, in der Hoffnung, die könnten die Engländer nicht imitieren. Falsch gehofft. Die haben dann auch Frauen sprechen lassen. *Männer*scheiß, Sonnielein?«

Sonja schüttelte den Kopf, zündete sich eine neue Zigarette an und sah, halb mißmutig, halb ironisch-liebevoll, zwischen Anitas Gesicht und dem Buch hin und her. *Hoodwinking Hitler*. »Was heißt denn hoodwinking?«

»Sowas wie verkackeiern, naja, ein bißchen vornehmer natürlich. Und Bletchley Park, Sonnie –«.

»Wer?«

»Nicht wer, Bletchley Park war die Villa bei London, wo sie die Köpfe untergebracht hatten, die diese ganzen Finten und Täuschungen ausgeheckt haben – das war wirklich jahrelang ein Krieg mit mentalen Mitteln, flächendeckend, bevor die sich getraut haben, ihre Militärs über den Kanal zu schicken und die deutschen Stellungen in der Normandie plattmachen zu lassen – was wollte ich sagen? Ich meine, gleichzeitig *war* auch noch wirklich Krieg. 43/44 die ständigen Bomber-Angriffe allein über Deutschland – das war ja nicht alles –«.

»Bletschiepark – wolltest du sagen.«

»Ach ja. Bletchley Park soll zu drei Vierteln von Frauen bevölkert gewesen sein – und die waren da nicht, um Männer zu beglücken, Sonnie. Die gehörten zu *Bodyguard*. So hieß das ganze Unternehmen: *A bodyguard of lies*, die *Overlord* absichern sollten. Also die Landeoperation. Verstehst du? Die Weiber waren da, um den Krieg zu gewinnen!«

Sonja schloß die Augen wieder, weil ihr der Kopf schwirrte.

Anita klappte das Buch zu und legte es neben sich, bevor sie sich zu ihr umdrehte, ihr die Zigarette aus der Hand nahm und ausdrückte. »Ach, Sonnie. Ich liebe dich mitsamt deinen Drachen. Und wenn ich dir beim Niederringen helfen kann –«, sie hievte sich hinüber und legte ihren Kopf in Sonjas Schoß. »Übrigens«, kicherte sie, während Sonja ihr den Kopf streichelte, »du wärst ein phantastischer General geworden. Wie ich!«

»Hör jetzt auf mit dem Quatsch, Anita. Ich hasse Uniformen, ich hasse Gruppenterror, und vor allem kann ich Männervereine nicht ab. Und *du* auch nicht!«

»Und kein Mensch mag Krieg. Krieg ist grauenhaft. Widerlich. Stimmt, Sonnie. Stimmt alles. Trotzdem gibt es Kriege, nicht? Und bei uns um die Ecke jetzt auch wieder, nicht?«

Exogene und endogene Partikel. Mischung. Angelegt. Immer möglich. *Passage à l'acte.* »Selbst wenn ich aushalten würde, mit lauter Kerlen im Rudel zu leben und durch den Schlamm zu robben und was weiß ich! Dann hätte *ich* die wahrscheinlich in Windeseile adoptiert, und *dann* könnte *ich* nicht aushalten, meine Jungs in den Tod zu schicken. Das ist doch pervers. Das ganze System Krieg!«

»Eben, Sonnie. Weil ein wirklich guter General zuerst dafür sorgt, daß *seinen Jungs* nichts passiert! Wie eine Löwenmutter. Und weil Männer zu sowas so verdammt unbegabt sind. Und weil Krieg eine viel zu ernste Angelegenheit ist, als daß man sie denen überlassen darf. Krieg ist eben *kein* Sandkasten! Verstehst du? Vielleicht war das der entscheidende Fehler von Frauen, sich da nicht einzumischen. Haben wir Krieg damit aus der Welt gekriegt? Du sitzt in der Kutsche, ja? Was machst du, wenn die Pferde durchgehen? Hm? Du haust den besoffenen Kutscher aus dem Sattel und übernimmst die Zügel. Oder?«

Sonja warf sich über Anitas Gesicht wie ein Geschwader B-24 Liberators und belegte es mit einem Kußteppich. Hauptsache, Anita hörte auf zu reden. Hauptsache, ihr fiel jetzt nicht ein, daß sie unheilbar krank war und den Rollstuhl brauchte.

Fast überall. Zerbrechlich. Auch wenn sie zur Zeit vor Kraft und Energie strotzte.

Anita wartete die erste Atempause für einen glucksenden Ausfall ab. »Na dann, Sonnie – wollen wir die Behörde mal düppeln!«

ICH WERDE NICHT GLEICH BEGINNEN. Der neue, vernünftige Plan lockt mich und lockt mich nicht. Etwas, das an die jetzigen Störungen heranreichen würde. Ich habe Lust, Abschied zu nehmen. Hinabzusteigen. Niemals mehr zurückzukommen. Die Dinge ihren Lauf nehmen zu lassen.

Der Pfeiler. Wenn ich dort bin, werde ich alles endgültig verbessern. Aber zuerst muß ich Neuordnungen vornehmen. Trage die Last hin und her. Durch die engen Gänge des Labyrinths. Im Fluge wird sich dann alles machen lassen.

Der kleine alte Mann bleibt stehen, läßt die schwere Umzugskiste auf den unebenen sandigen Boden sinken und zieht den Hut ab. Lauscht im Dunkeln in die Stille.

Wieviel Zeit. Wieviel Anspannung erfordert dieses lange Horchen. Pausenweises Geräusch. Kaum hörbares Zischen. Stampfen.

Es kommt von weiter oben. Kriecht über ferne Flure und Treppen durch verschlossene Türen zu ihm hinunter. Aus den Zellen unter Halle 5 und 6, die der Senat als Übungskeller für Musiker eingerichtet hat. Von da, wo der schwarze Mann zum ersten Mal aufgetaucht und hinter einer Tür im nächsten Flur verschwunden war. Nachts, als die Gefahr vorbei schien, hatte er das Schild darauf betrachtet.

NEU-BAU
D. NEUMANN
HANDGEARBEITETE MÖBEL
MEISTERBETRIEB

Er setzt den Hut wieder auf. Immer Neuordnungen vornehmen. Eindringlinge. Es gab glückliche Zeiten. Ich und der Bau. Er läßt die Kiste stehen und tastet sich ein Stück zurück in die Schwärze des Stollens. Zu einem Knick. Dann weiter nach Südost. Die Unruhe zittert in ihm. Er wird seine Schatzkiste später nach Süden tragen. Jetzt muß er sehen, woher die Störung kommt. Das Geräusch schwillt an, als er eine Truhe weggeschoben und eine Brettertür aufgezogen hat. Pausenweise. Zischen. Heulen. Stampfen. Stoßen. Dumpf wie von einer metallenen Tür weiter oben. Er kann mit dem Hut eben aufrecht stehen in dem schwarzen Hohlraum, von dem ein in die steinerne Wand gekratztes schmales Loch auf einen Gang führt, an dessen Ende ein vergessenes, versperrtes Stahlgitter schimmert. Das fahle Licht bringt der Flur dahinter.

Er löst die Hände von den Wänden und tastet alle Taschen der Latzhose nach Schlüsseln ab. Er mag die neue Feuerwehr-Uniformhose nicht. Aber es war gut, sie zu beschaffen. Und für heute auszuwählen. Ein Captain der US Army würde Aufsehen erregen.

Es gab glückliche Zeiten. Jetzt, kaum eine völlig ruhige Stunde. Hier unten. Einheitlichkeit ist Harmonie. Einen solchen Gegner habe ich nicht erwarten können.

Ich werde alt. Besinnungslos. Müde.

Er befühlt die Schlüssel und sortiert die meisten gleich in die Brusttasche. Die anderen läßt er zwischen den Kuppen von Daumen und Mittelfinger gleiten, bis er den passenden erfühlt hat.

Wie kam es nur, daß so lange Zeit alles still und glücklich verlief? Keine Frauenstimmen. Kein Chaos. Harmonie. Militär. Ja. Ordnung. Krieg. Ja. Nur ein kalter. Es soll still sein. Wie früher.

Er sperrt die Gittertür auf und bleibt davor stehen, um zwei weitere Schlüssel zu ertasten, die er noch brauchen wird, um an den Ort der Störung vorzudringen. Während seine Augen sich langsam an Licht gewöhnen. Und selbst der heiße Krieg war niemals. Etwas, das an die jetzigen. Einen solchen Gegner. Zivil. Chaos. Frauenstimmen. Pausenweises Geräusch. Das Ringelhemd des Majors der Roten Armee haben Tiere gefressen, die er nie gesehen hat. Er hat die ganze Uniform vernichtet. Oder die Zeit. Es gibt auch Feinde im Innern. Der neue, vernünftige Plan. Ich und mein Bau. Sind eins.

Er klopft den Hut aus und die Latzhose ab, bevor er die letzte der Zwischentüren aufschließt. Nach mehreren Biegungen und Treppen sieht er den weißen Korridor. Ausgeleuchtet von kalten Neonröhren. Dutzende von Türen auf einer Seite. Auf der anderen Kabelbündel die Wand entlang. Dicke und dünne Rohre. Alle zwanzig Meter eine abgesperrte Luke in Huthöhe. Zu den Versorgungsschächten. Der Vater. Zwanzig Räume für Musiker. Brandschutz. Entlüftung. Toiletten. Alle vier, fünf Meter am Boden viereckige rote Näpfchen mit roten und grünen Körnern. Papptafeln. Totenkopf. Kreuz. Hunde und Katzen fernhalten. Rattengift.

Als er die Stimme hört, schlüpft er in eine Nische, tastet die Schlüssel durch, drückt die Klinke einer Drahtgittertür und schlüpft erleichtert, weil sie unverschlossen ist, ins Dunkel dahinter.

»– du bist schuld: Hast mich wahrscheinlich total verwestet!« Er kennt die Stimme.

Aber da ist noch eine. Die lacht. Keine Frau. »Leffi, du

spinnst! *Ich* bin doch bei uns der mit den Problemen mit der Mulackstraße. Obwohl, inzwischen –«.

Die andere Stimme lacht auch. »Dann sind wir jetzt schon zwei! Und *ich* will da weg. Dieses Schischi-Aufgemotze in Mitte geht mir auf die Eier – know what I mean?«

Sie scheinen stehenzubleiben. Genau vor der Nische. Kleider rascheln. Schaben. Pausenweises. Schweigen. Wenn mich der Verstand nicht zurückhielte, würde ich mich sofort eingraben. Zwei Männer. Was tun die.

Sie entfernen sich. »– gönnd'n doch ma brobieren, die Wohnung von Fräulein von Thurau zu grieschn. Issiwuh wär ooch seelisch –«.

Vorsichtig zieht er das Gitter auf und folgt ihnen. Er erkennt auch den anderen Mann.

»– eigentlich hier, um diesen Alten mit dem Hut zu suchen, Leffi. Wo hast du den denn nun gesehen ...«

Er schlüpft von Nische zu Nische. Besinnungslos. Erregt. Es gab glückliche Zeiten. In denen ich mir fast sagte, daß die Welt draußen sich beruhigt habe. Der Bau mich zu sichern imstande. Darin mein Glück zu finden. Der Vater. Der Pfeiler. Ich krieche in den Schacht, schließe ihn hinter mir zu, taste mich voran. Immer tiefer. Zu der Röhre. Meinem letzten Ausgang. Durch Kratzen und Hämmern dem widerspenstigen Boden abgewonnen. So weit, daß das Bündel zusammengeschnürte Stangen mit mir hindurchpaßt. Und es wird sein, als öffnete sich die Quelle, aus welcher die Stille strömt. Die Stille meines Baus. Nichts wird uns mehr trennen. Es ist jener Pfeiler, den mir der Vater gezeigt. Es sind jene Stangen, die mir der Vater übergeben. Es ist das Wissen, das mir der Vater vermacht hat.

Wenn ich zurückkomme. Im Fluge wird sich das dann –.

»– was ist denn da hinten los!« Der weiße Mann reißt den

schwarzen am T-Shirt. Die Buchstaben auf dem Rücken: IMPROVE YOUR IMAGE: BE SEEN WITH ME! sind nicht mehr zu erkennen. Der schwarze Mann greift nach dem Arm des weißen. Etwa sechs Meter vor ihnen ist eine Tür aufgeflogen, ein Junge rast auf den Flur, kahlrasiert bis auf einen blau-grünen Hahnenkamm, eine gelbe, durchsichtige Gitarre schlenkert an seiner Flanke, er springt nach links bis zum nächsten Treppenaufgang, dann zurück, stößt fast mit dem schwarzen und dem weißen Mann zusammen und schreit: »Wo issen die *hin*! Verdammte Scheiße! Die kann sich donnich in *Luft* ufflösn!«

Aus der offenen Tür strömen andere. Junge Männer. Frauen.

Der kleine alte Mann reißt den Hut vom Kopf und duckt sich in den Hohlraum unter der Treppe, an der er schon fast vorbei war. Keine Tür. Kein Gitter. Er kann nicht orten, von wo der Singsang kommt. Eine Stimme. Eine alte Frau. Singsang-Schreien. Herrisch wie – wie – die Nacht – die Frauen – etwas – das – an die jetzigen Störungen –.

Mehr Frauenstimmen. Männerstimmen. Wild durcheinander. Vor der Tür im Flur müssen sie stehen. »– war ersten janz fried-lich, die kleene Motte!« – »Det Krakeele von der hörste ja nich, wenn de'n Vestärker uffhast, wa?« – »Plötzlich war se wech, und Orpheus – nee, der is Zivi.« – »Na, hatta se ehm mitjebracht.« – »Wir müssen doch prohm für den Jig, wa?« – »Der Besitzer? Also, is wohl der ihr Sohn, keene Ahnung.« – »Hat'n Job hier uff irnk'ne Baustelle heute …«.

Jemand jagt die Treppe, unter der er kauert, hoch. »Frau Pankfütz - - - Mammele - - -!« Überschreit den schreienden Singsang. Jagt wieder nach unten, zurück zum Übungskeller.

Als die Stimmen hinter der Tür verschwinden, schlüpft der alte Mann aus dem Versteck. Läuft und lauscht, bis er eine Nische findet, in der er einen Eingang weiß. Alles verwandelt meine Unruhe in Müdigkeit. Halb schlafend, mehr tastend als gehend, nähere ich mich meinem Bau. Was kümmert mich die Gefahr, jetzt, da ich bei euch bin, meine Gänge. Nichts kann uns trennen.

»- - - Marialiebschdemuddermein - - - Oomah! - - - Machtherrlischkeiteewischkeitamen - - -«. Nicht genau zu orten. Fern. Gesichert durch Wände. Steine groß und gewaltig.

Der neue vernünftige Plan. Die Schätze neu ordnen. Zum wievielten Mal. Um etwas der Unruhe Entsprechendes zu tun.

Als die Stimme nicht mehr zu hören ist, bleibt er atemlos stehen. Lauscht. Stille. Stollen. Stangen. Der Pfeiler. Nur in diesem Zustand, ausschließlich in diesem Zustand. Kann ich diese Sache ausführen. Abschied nehmen. Süßer Schlaf des Friedens. Damit wäre reiner Tisch gemacht. Es bliebe kein Rest.

Er befühlt mit der rechten Hand eine schmerzende Stelle an der Schläfe. Auf der Flucht hat er sich den Kopf gestoßen. Und den Hut verloren.

UM PUNKT ZWEI hatte Kalle Jokisch schon einmal neben dem Fließband gestanden (da, wo Dr. Wigbert Lüsebringk vor gut zwei Wochen zuletzt lebend gestanden hatte) und auf irgendeinen *spiritus loci* gewartet. Aber außer den üblichen Verreisenden, dem fürs Wochenende ausgedünnten Personal in privatwirtschaftlichen und staatlichen Uniformen und in Zivil sowie drei sehr schwarzhaarigen Jünglingen, die vor den Telefonzellen in der Ecke zwischen den Ausgängen und dem Airport-Snack herumstanden, telefonierten, wieder herumstanden und sich schließlich an den hintersten Tisch des Snacks setzten, schien sich niemand vor ihm materialisieren zu wollen. Wer auch?

Also war er in die Wachstube der Flughafenpolizei marschiert, hatte seinen Ausweis gezeigt und wieder gewartet, bis endlich alle Befugten genickt und organisiert hatten, daß ihn jemand durch die Kontrollen auf die Luftseite schleuste und mit ein paar dort Befugten bekanntmachte. Das heißt, ein paar von den Handling-Leuten und aus dem Computerraum unten neben Ausgang A1 kannten ihn noch. Dank der Katastrophenschutz-Übung. Und erst recht dank des Sprengstoffanschlags.

Niemand schien ungewöhnlich zu finden, daß sich die KriPo an einem frühen Sonnabendnachmittag in Gestalt eines einzelnen, nicht mal verbeamteten Kommissars am Tatort herumtrieb. Warum auch?

A propos trieb. Was ihn aus seiner Wohnung getrieben hatte, wollte er lieber nicht so genau wissen. Es hatte doch bloß damit zu tun, daß die von niemandem außer ihm bevölkert wurde. Er hielt das Junggesellendasein nicht für die ideale Lebensform. Er redete nicht groß darüber. Er hatte keinen Bock, immer der Ossi zu sein. Und auch tief unten in den Wessi-Seelen seiner (sonst wirklich liebenswerten) Kollegen zwitscherte eben doch noch ein Stimmchen: Ein Ossi ist jemand, der immer zu kurz gekommen ist.

Er *war* nicht zu kurz gekommen (auch nicht, als der liebe Gott oder sonstige dafür Befugte die Körpermaße verteilt hatten: Alles eine Frage des Blickwinkels)! Er war einfach einsam, seit Petra zu einem (übrigens noch vier Zentimeter kleineren) Mann gezogen war. Er hätte auch gern irgendwo hingehört. Zugang gehabt. Zu verführerisch vertrauten Anblicken, Gerüchen, Berührungen. Zur Haut von jemand anderem. Wie alle in der Dritten.

Was heißt *jemand*! Was ihm fehlte, war eine Frau!

Kurz, seine Wohnung war eine Katastrophe. Kein Saustall. Bloß so heimelig wie die Kühlräume der Gerichtsmedizin.

Obwohl – *alle*? Stimmte das? Mimi schien sich zu Hause auch nicht mehr richtig aufgehoben zu fühlen. Irrte er sich oder hatte ihre (an sich schon betörende) Stimme eine besondere Schwingung gehabt, gestern abend? Ihm war sie jedenfalls unter die Haut gegangen, und die *hatte* an zu kribbeln gefangen – oh nee nee nee! Laß die Pfoten von verheirateten Frauen, Karl-Heinz Jokisch! Daran hast du sie dir schon *mal* verbrannt!

Er hatte zugesehen, wie die kleine Turboprop einer Fluglinie namens East West Airlines anrollte und das Dutzend Passagiere die Treppe zum Eingang B hochstieg, und mit halbem Ohr dem B.L.A.S.-Mann zugehört, der ihm erzählte, das sei eine DO 328. Aus Sylt. Zehn Minuten später hatten dessen Kollegen die Bremsklötze unter einer kleinen Lufthansa-ATR nach Bremen weggezogen. Zur selben Zeit rollte eine Fokker 50 unter das Spanndach, auch Lufthansa und auch von einer Ferieninsel: Bornholm. Fast gleichzeitig waren kleine Trupps von Passagieren die Treppe von Ausgang A2 hinuntergetappt und zwei Männer in Pilotenuniform die von A3. Daß das Flugzeug, auf das erstere zuschlenkerten, *nach* Sylt flog, hatte er noch verstanden. Warum der B.L.A.S.-Mann es »Schuhkarton« nannte und daß die Piloten das andere, die DO 328 dieser East West Airlines, nach Erfurt überführten, nicht mehr. Das Rattern der an- und abrollenden Maschinen, das Heulen, wenn sie angelassen wurden, das sich schließlich zu einem ohrenbetäubenden Geknatter steigerte, und die ständig irgendwo herumfahrenden PKWs und Busse und Tank- und Catering-Wagen schienen sich unter dem Spanndach aus Stahl und Glas zu vervielfachen, hin- und hergeschleudert zu werden wie ein Gewitter zwischen mehreren Gebirgsgipfeln. Er versuchte, an etwas Angenehmes zu denken, um das metallisierende Dauergeräusch aus dem Kopf zu kriegen. Ferien. Freizeit. Frauen. Aber alles lief in Sekundenbruchteilen auf irgendein unangenehmes Gefühl raus. Eine Art Unbehaustheit, die ihn wieder zurück an das Gepäckband in der Abfertigungshalle trieb.

Was ihn überhaupt nach Tempelhof getrieben hatte, wußte er auch nicht. *Spiritus loci*! Hatte er sich so in dieses Scheusal verbissen, daß er nicht mal am Wochenende vom Fall Lüsebringk ablassen konnte? Das war doch albern. Er war weder – wie hieß das? – Workaholic noch Spiritualist noch Fan der alten Bauernregel, nach welcher der Täter stets an den Ort seiner – wie sagte Lietze immer? Wer weiß, wozu's gut ist! Er durfte sich ja wohl mal diesen Flughafen ankucken! Er hatte schließlich nicht zu den vielen Landsleuten gehört, die von Tempelhof aus in den goldenen Westen ausgeflogen worden waren, weil ihnen nach dem Bau des Original-Made-in-Germany-Kunstwerks namens Mauer sogar West-Berlin zu eng vorkam. (Und nebenbei konnte er vielleicht mal kucken, wo diese D.I.E. ihr Hauptquartier jetzt so hatte!)

Er ging zu den Sitzplätzen, zog einen Aschenbecher zu sich, steckte sich eine an und überließ sich dem entspannten, fast familiären Treiben und dieser Halle. Komischer Raum. Viel zu groß für die paar Menschlein. Übertrieben. Maßlos. Genau die Sorte Bau, die immer rauskommt, wenn Baumeister Menschenmaß eigentlich verachten. Gut, daß diese hier unterbrochen worden waren! Er versuchte sich auszumalen, wie die Halle aussehen würde, wenn sie total durchgestaltet wäre. Aus einem Guß. Einheitlich. Und atmete dankbar auf bei jedem Stilbruch. Nichts paßte hier zusammen. Die Riesenuhr oben an der Stirnseite nicht zur klackernden Ankunft-Abflug-Tafel, die gigantischen Treppen nicht zu den provisorischen Schaltern, der zierliche Glaspavillon mitten drin nicht zu den monumentalen Milchglasfenstern an beiden Längsseiten. Obwohl – das mit dem Licht, das war intelligent gelöst. Mild-diffuses Tageslicht von außen, dazu die verdeckten Leuchtröhren entlang den Vierecken der Kastendecke. Bloß blöd, wenn die mal kaputt sind wie die da - - - eins, zwei, da ist noch eine - - - Moment! An der hat sich doch was bewegt? Ach – *so* machen die das. Das sind Klappen da oben, und die kann man kippen, und von da aus kann man –.

Er starrte gebannt auf den Spalt in einem Viereck über den Büros der eurowings auf der Westgalerie. Wartete. Nichts. Nur der Spalt. Zehn, fünfzehn Zentimeter offen. Und plötzlich ein schwarzer Punkt. Ein paar Zentimeter Durchmesser. Ein metallisch schimmernder Kreis drumrum. Jetzt wanderte er. Nicht nach rechts oder links. Irgendwie schräg. Ein Winkel. Und dann sah er es. Es war eine Mündung. Und die Mündung gehörte zu einem Gewehr. Ein Auge, das ihn fixierte. Das er fixierte. Alles in seinem Gesichtskreis stand still. Alles war stumm. Genau wie –.

Er kniff die Augen zu, schüttelte heftig den Kopf, riß sie wieder auf, suchte die beiden anderen Vierecke mit den kaputten Neonröhren und starrte wieder an die Stelle. Ein schmaler dunkler Spalt. Sonst nichts.

Er nahm einen tiefen Lungenzug und sah sich unauffällig um. Liebespaare verturtelten die letzten Minuten vor dem Abschied. Die drei schwarzgelockten Jünglinge am hintersten Tisch des Airport-Snacks hingen schläfrig in den Stühlen wie Statisten in irgendeinem Zapata-Western. Oder *Viva Maria.* Eine einzelne Mutter und zwei einzelne Väter standen fassungslos vor dem Tresen des Wachmanns, wo ihre alleinfliegenden jeweiligen Kinder einer Stewardess entgegenrannten und vor lauter Aufregung die eigenen Erzeuger nicht mehr kannten. An den Schaltern schoben uniformierte Damen Gepäckstreifen durch Koffergriffe. Alles war unverändert – –.

Genau wie 1990. Ostern. Dagmar. Rotgelockt. Sonnenbankbraun. Japanischer Sportwagen. Auch rot. Gebraucht, aber das stand ja nicht dran. Und verdreckt. Wie nur Wessis ihre Autos verdrecken lassen konnten. Es war ein Ausflug ins Hinterland gewesen. Sowas kannte Dagmar nicht. Ein echtes West-Berliner Asphaltgewächs. Aus Schwaben auf die Insel gespült. Nach drei Wochen mit ihr hatte er geschwäbelt. Er übernahm jeden Dialekt, der von netten Menschen gesprochen wurde. Und war in keinem zu Hause. Sie waren nach Erkner gefahren, wo ganz, ganz früher der feine Berliner seinen Landsitz gehabt hatte. Hatten den Wagen geparkt und waren durch die Villenstraßen geschlendert. Mittags. Und plötzlich hatte er die totale Stille wahrgenommen. Kein Laut. Keine Regung. Die Häuser wie ausgestorben. Nur leise zitternde Gardinen hinter Fenstern. Im ersten Stock. Und dann hatte er die Gewehrläufe gesehen. Dagmar hatte nichts mitgekriegt. Weitergepöbelt. Gehöhnt. Alles vergammelt hier. Öde. Kein Leben. Hatte auf Häuser gedeutet. War stehengeblieben. Hatte gegrinst. Und ihm einen Vogel gezeigt. Er wollte ihr bloß klarmachen, daß sie von jenseits dieser Gardinen aussah (und er auch!) wie all die Abgreifer-Wessis, die damals sofort durch die schon-offene Noch-DDR marodierten und kuckten, was man sich so unter den Nagel reißen könnte. Dagmar hatte nie Verwandtschaft drüben gehabt. Und selbst in Schwaben keine, die es auf Häusle anlegte. Aber das stand auch nicht dran.

»Na, hallo! Sie kenn' isch doch? Se sin' vonne Krippo, ne!« Zu *High Noon* gehörte die Stimme nicht.

Er riß den Blick von der gekippten Klappe. Die Erscheinung verschwand mit der, die sich vor ihm aufbaute. Sehr lange, sehr blonde Haare, eurowings-Uniform, bezauberndes Strahlen. Wie hieß sie noch? Emons. Gina Maria Emons. Die Zeugin. Die mit dem Alten mit dem Hut –: »Äh-m, hallo. Ja. Tach!«

»Is' ja'n Dink! Müssen *Sie* heut' auch malochen?« Die bezaubernde Ginny nahm auf dem übernächsten Sitz Platz, schnappte seine Zigaretten vom Zwischensitz und ließ sich Feuer geben.

Er drückte seine aus und zog die nächste aus der Schachtel. Am liebsten wäre er aufgesprungen und durch die Halle gejoggt. Wenigstens gehopst. Ein Bildersturm tobte ihm durch den Kopf. Gina Maria und Miriam und Fröhliche Ostern! Fröhliche Western! und West*fernsehn* und West- und – und – und da hinten, im letzten Winkel, da saßen keine drei Zapata-Zöglinge, da saßen jetzt vier! Und da kam ein fünfter mit einem Tablett aus dem Airport-Snack und war verdammt *kein* Pancho Villa mit seinen schwarzen Klamotten! Nix Western!

»... is echt'n Dink, Liebschen. Pardon, Schnorren is nich die feine Acht, sacht meine Mutti auch immer – 'ch könnt im Austausch ne Extra-Witz anbieten, ohne Blondinen –«.

Schwarze Kledage und Priesterkragen war Westfalen!

»Sitzen ne Ami, ne Russe, ne Wessi unne Ossi im Zuch. Trinkt der Ami en Cola-Dose leer und schmeißtse außen Fenster. Alle kucken. Sa't de Ami: »Wir haben genug davon!« Nimmt der Russe en Wodkaflasch un macht dat selbe. Kuckt der Ossi der Wessi an und sacht: *Wehe*!«

Er hatte auch die vier Jungs schon gesehen. Auf dem Foto. Er mußte – aber hier war die bezaubernde Ginny – aber da, das war der *Hit* – aber –.

»Wat haben Se denn? Den können Se auch andersrum erzählen!«

GEWALT IST NICHT SEXY – unerrhörrthh! *Er* war doch hier das Opfer. Was Nadja wohl *dazu* sagen würde. Das war ja wohl im rechten Licht betrachtet Gewalt mit Sex! Aber nein. *Ja* nicht stören. Bis nach Montag. Nadja war ein –

ARRSCHH-LOCHH!

Das ihm. Sexy war die Schlampe nun wirklich nicht. Aber das war ja nicht der Punkt. Hundertneunzig Mark für eine Flasche Billigsekt. Fußwarm. Die sollte sich ihren Sex sonstwohin stecken. *Er* wollte ihn sowieso nicht. Aber die war zu dumm dafür. Zu dumm, eine Flasche aufzumachen. Wackelte so damit durch die Gegend und fummelte so lange am Korken rum, daß die Hälfte gleich in die Polster und den Teppich ging. Goß die andere Hälfte beim Einschenken daneben. Wenn er nicht ihr Handgelenk gepackt hätte, hätte sie den Rest auch noch verplempert. Dann fing sie an, an seiner Hose rumzufingern, und wenn er da nicht zugepackt und ihr die Hände auf den Rücken gedreht und mit der linken festgehalten und ihr mit der rechten eine gekachelt hätte, dann *hätte* die sich an ihm vergriffen! Hunderprozent!

Es war reine Notwehr!

Wenigstens hatte sein nagelneuer Anzug nichts abgekriegt.

Er stand aus dem blauen Leder-Chefsessel auf, strich das Sakko glatt und fuhr nachdenklich mit dem Handrücken über das Etikett auf dem Innenfutter – *synergy*. Der Schlepper vor der Tür und der Barmann hinter der Theke von diesem Puff-Verschnitt waren offenbar tief beeindruckt gewesen. Das heißt, dem Barmann hatte er das Etikett zeigen müssen. Der hatte auf blöd gemacht. Kenn ich gar nicht, die Marke. Wie schreibt man das? Dabei hatte der selber einen an, der verdammt nach der Firma aussah. Aber ihn für dumm verkaufen!

Sofort danach hatte der einen völlig anderen Ton. Schnippte nach dieser Schlampe. Margarita oder so. »Lovely Rita aus Karribikita«, so stellte er sie vor. Vielleicht hatte die ihn auch für dumm verkauft mit der Sektschüttelei?

Grrauenhafthh! Er knöpfte das Sakko zu und wieder auf, um sich wieder hinzusetzen. Er starrte grimmig aus den Fenstern auf die zur Nacht geparkten ATRs und Fokkers und die sauber aufgereihten Privatflieger rechts. Dann auf seine Armbanduhr. 7:58 - - - 1:58 - - - 7:59 - - - 1:59. Es war fast dunkel draußen. Der gelbe Rettungshubschrauber müßte doch längst gelandet sein. Der durfte doch nach Einbruch der Dunkelheit – und was blinkte da hinten links? Die letzte Sabena aus Brüssel war doch erst in einer Viertelstunde – ach so, na klar. Rückenwind.

Auch im winzigen Büro von *Kowalski & Partner* war es dunkel. Nur die Fensterbänke und ein Streifen des kleinen Schreibtischs bekamen etwas Licht aus den Lampen in der Vorhalle unterm Spanndach. Er identifizierte den Stapel alter Zeitungen und die neuen von heute. Er hatte keine Lust, die zu bearbeiten, aber alles war besser, als abends in seiner Wohnung zu sein. Greifbar für Sorrayahh. Grräßlichh! Noch viel gräßlicher als –. Er wollte auch wissen, ob schon irgendwo etwas über die Yak-Landung gestern drinstand. Mit seinen Fotos. Aber erstmal das Fernglas –. Ehe er es im Zwielicht entdeckte, hatte die Sabena aufgesetzt. 2:02 - - - 8:02- - - 2:02. In ein paar Minuten würde sie hier einrollen. Genau vor seiner Nase. Aber die jaulenden, röhrenden Triebwerke würde sie abstellen. Denn auch sie blieb über Nacht. Im sicheren Hafen.

Margarita. Der Barmann. War der auch eine *loschad*? Eine *owza*? Eine *sobaka* womöglich! Russe war der nicht. Sprach aber russisch. Hatte er selbst gehört. Mußte der ja wohl auch, bei *den* slawischen Schlampen in dem Laden. Spanisch nicht. Hatte *der* vielleicht dafür gesorgt, daß die Weiber ihn nicht zusammengeschlagen hatten? Wegen diesem albernen *synergy*-Outfit?

Und Spanisch hatte *er* gestern nacht gerade *nicht* gelernt! Das Einzige, was diese Rita immer wieder geblökt hatte, klang wie

Mariacron. Mit Sicherheit nichts für geregelten Geschäftsverkehr. Zweihundertdreizehn Mark und achtzig Pfennige! Die Taxe hinterher gehörte ja wohl auch in die Rechnung.

Gewalt ist nicht sexy! Altes Weltbild! Was sollte das Gefasel? Eins müssen wir doch gelernt haben. Nadja! Man darf Menschen zu ihrem Glück nicht *zwingen*. Arschloch. Man muß sie verführen. *Verführen*! War Nadja völlig aus dem Gleis?

Im Scheinwerferlicht der einrollenden Sabena bemerkte er, daß etwas von einem Stahlträger zu einem anderen flatterte. Dann noch höher. Es war rot-gelb. Dann verschwand es irgendwo ganz oben im vorderen Rand des Kragdachs im Gestänge. Oder nach draußen? War hier alles aus dem Gleis? Dies war ein Flughafen! Kein Exoten-Horst!

Verführen. Nicht zwingen. Die Menschen verführen. Über ihre Bedürfnisse. Oder über Angst. Aber Angst, hatte Nadja weitergefaselt, *Angst* müssen *wir* doch nicht mehr erzeugen. Da haben andere verdient vorgearbeitet, das regeln jetzt die Politik und die Presse. Ganz demokratisch. *Wir* geben den Menschen, was die Menschen wollen. Und die Presse. Und die Politik. Schöne Musicals. Kaviar-Feste. Und endlich eine Fußballmannschaft, die nicht bloß in die Bundesliga kommt, sondern in naher Zukunft an die Spitze.

Und dafür geben die Menschen dir dann, was *du* willst? hatte er übellaunig zurückgefragt. Und im Stillen gedacht: Diese Russen! Unerrziehbarhh! Arrschhlochh!

Die Sabena stellte die Triebwerke ab, und er hörte es links vorn, in Höhe der BGS-Hangars kollern und rattern. Er stand wieder auf und sah vom Erker aus zu, wie Christoph 31 aufsetzte. Ende der Rettung aus der Luft für heute. Er ging zur Tür und schaltete das Licht an. Zeitungen lesen. Nur nicht nach Hause. Sorrayahh! Wottie! Jetzt steckte sie ihm schon ihre blöden

Schundromane in den Briefkasten! Er betrachtete angewidert ein dickes Taschenbuch, das er sofort in das Regal geschmissen hatte. Aber sie würde ihn ausquetschen. Er nahm es in die Hand und blätterte. Lauter Geschichten. Alle von Weibern. Auf Seite 196 klemmte ein Blatt von Sorayas Hinterhofhecke. »16.50«. Er ging damit zurück zum Tisch. Vielleicht besser als die Zeitungen?

»Das *werden* sie, wart's ab!« hatte Nadja geantwortet. Arschloch. »Du gehst am Sonntag mit deiner Hauswartin zum Fest für die Alliierten. Du wirst sie warmhalten, sehr warm. Und du wirst dir das Fest genau ansehen. Die Bilder. Die Symbole. Du hast die Wahl: Neue Welt oder alte Welt. *Osjol* oder – *kosjol*!«

Neue Welt. Na klar! Aber die richtige! Scheiße. Was würde Nadja sagen zu gestern nacht. Nach Montag. Was *war* Montag! Erpreßte *ihn* doch mit Gewalt. Grrauenhafthh!

Gewalt ist nicht sexy – unverrschämthh!

DIE ENTSCHEIDUNG FIEL AM SPÄTEN ABEND DES 4. JUNI. Es war noch windstill und trocken, nicht nur in Neukölln, während Ida schon den Kanal aufpeitschte und die ersten Hiebe auf den Kontinent knallten. Um kurz vor Mitternacht begann der geordnete Rückzug vom Schauplatz dessen, was drei der insgesamt fünf Männer als effektive Operation zu verbuchen und zu beenden entschieden hatten. Sie hatte etwa acht Stunden gedauert, der sechsten anwesenden Person entsetzliche letzte Stunden und das Todesurteil gebracht, Manipulationen am Firmencomputer und Enteignung von Buchhaltungsdaten und -disketten und anderen Belegen eingeschlossen und das Büro mit dem Kompott-Teppich an der Wand in die Art Ambiente verwandelt, bei deren Videoversion Splatter-Movie-Fans freudig das Schwänzchen schlenkert. Daß sich außer Blutlachen und -spritzern überall jetzt auch ein paar Dinge im Chaos des Wantzeschen Schreibtischs befanden, die da vorher *nicht* gewesen waren, würde niemand merken. Die Diskette mit den persönlichen Adressen (inklusive e-mail und Internet) in dem fleckigen Bändchen mit Cocktail-Rezepten, die paar Krümel Semtex in der Schachtel mit Tampons und Tranquilizern und die beiden Dokumente des Ministeriums für Staatssicherheit aus den achtziger Jahren (das eine das Protokoll der »Klärung eines Sachverhalts« mit allen gauck-typischen Schwärzungen, das andere eine handgeschriebene Selbstverpflichtung zum »IM Pfingsten«) fielen ebenso wenig auf wie das reale Blut auf dem rot-braun gemusterten gewebten Kunstwerk. Der Name der Kunstwerktätigen, aber das *konnte* kaum jemand merken, tauchte in den Dokumenten nicht auf. Inge Koch (die vollkommene Ehe zwischen Wandervogel und Worpswede, wie Manfred Hacke immer gehöhnt hatte, wenn ihm BDM-Trampel nicht opportun erschienen war) war eine Nummer zu fest in Partei und Staat verankert gewesen, also wahrscheinlich heute noch nicht ganz ohne.

Der Rückzug begann damit, daß zwei der Männer den hausinternen Lastenaufzug nach oben holten, mit ihm nach unten in den Hinterhof fuhren, zufrieden feststellten, daß außer in der Fensterreihe der Rotbrett GmbH im obersten Stock des Gewerbegebäudes nirgendwo Licht brannte, durch die Toreinfahrt zur Straße gingen, ihr Gepäck (eine pralle deutsche Aktentasche der eine, der groß, mittelalt und blond war; ein braungemustertes teures Aktenköfferchen und eine pralle Reklametüte der andere, ein kleiner fetter mit Glatze) hinter die Vordersitze eines sehr neuen 500er Mercedes stellten, Semjon Mishkin sich hinter das Steuer quetschte und Walter Sternhagel zu einem nebendran geparkten Mercedes-Transporter ging, den vor den Lastenaufzug im Hinterhof fuhr, abstellte, den Schlüssel stecken-ließ, wartete, bis er hörte, wie der Aufzug nach oben geholt wurde, und zum 500er zurückging.

Die zweite Phase lief gleichzeitig oben und war von der grausamen, brutalen Banalität aller Bluttaten in der Wirklichkeit, die Kino, so oft es auch kopiert werden mag, nie erreicht. Manfred Hacke gab Befehl, die seit dem mittleren Nachmittag mit Händen und Stich- und Hiebwerkzeugen gefolterte, aus Wunden an Brust und Rücken blutende Isabella Wantze zu töten. Die beiden Männer, die während der gesamten Operation, die für sie aus Foltern und Warten und Rauchen und Trinken und wieder Foltern bestand, kein Wort gesagt hatten, sahen aus wie das fleischgewordene Klischee des derzeit aktuellen »Profikillers aus dem Osten«. Kahle Flachköpfe mit blond nachwachsenden Stoppeln, Stiernacken, leere kleine Augen, Popeye-Arme, an denen klobige goldene Uhren und Armkettchen klemmten, Pranken, von denen die brillantglitzernden Ringe nur durch Amputation der Finger zu holen sein konnten, und Nadelstreifenjacketts über Shirts, Trainingshosen und Turnschuhe einer Edelmarke. Exakt die Sorte zweibeinige Kraftprotze mit serienmäßigem Gewaltreflex, die Tierfreunde sich in jede Corrida-Arena wünschen (damit die armen Stiere ihre Ruhe haben).

Ganz Profis, hoben sie die leblose Frau erst auf eine riesige Plastikplane, bevor sie ihr das lange Seil um den Hals legten, zuzogen, bis ihr Gesicht blau war, und sie mit den Enden um Hand- und Fußgelenke zu einem Paket verschnürten. Dann wickelten sie sie zum Transport in die Plane, die sie später, bevor sie sie auf den Rücksitz ihres eigenen Autos legen und anzünden würden, mitsamt den Exkrementen entsorgen konnten, ohne sich Finger und Auto schmutzig machen zu müssen.

Manfred Hacke hatte inzwischen den Computer noch einmal

gecheckt. Er war tatsächlich ausgeschaltet worden, das Datum funktionierte wieder normal, niemand würde merken, daß jemand Buchhaltungsdisketten mit fingierten Daten versehen und auf Isabella Wantzes Adressendiskette fünf Internet-Homepages aus US-Militiakreisen für Bombenliebhaber neu abgespeichert hatte, mit Datum 5. Januar 1994.

Dann verteilte er Plastik-Reklametüten – Fehldrucke, die das Rotbrett-Kollektiv gehortet hatte und mit grimmig-selbstmitleidigem Humor als Gag benutzte, mit dem Aufdruck D.I.E.: IHR ERSCHIESSUNGSSPEZIALIST – in Wantzes Büro und auf dem Flur, präparierte die Eingangstür für die spätere Diagnose »Einbruch« und dirigierte die beiden schweigsamen freien Mitarbeiter mit dem Plastikpaket in den Aufzug, in der Hand den Schlüssel von Wantzes Opel.

Dank dem, was Sternhagel im Computer angerichtet und er und Mishkin mitgehen lassen hatten, würde Steffen Schurge die Rotbrett GmbH am liebsten schon gestern an die Döderlein Industrie Erschließungs GmbH & CoKG abtreten, selig, nicht in den Knast zu müssen. Vor allem aber würde er, spätestens bei der zweiten Vernehmung, immer schon von Wantzes Verstrickungen in StaSi- und Erpressungssachen geahnt und seit Januar ein merkwürdiges Interesse an Sprengstoffen bei ihr bemerkt haben. Nach Manfred Hackes Einschätzung würde das der Polizei reichen.

»SEID IHR FEST VERABREDET?« Der südlich-weiche Akzent klang auch in Begleitung wollüstiger Malmgeräusche verführerisch.

Lietze gab sich Mühe, die Zeile im Auge und die Kaffeetasse sicher in der Hand zu behalten. »Wer?«

»Du und deine Milchschwester.«

»Meine – was?!« Der Kaffee platschte auf das Krabben-Mayonnaise-Brötchen (eine etwas unelegante Komposition zum Zweck ungestörten Lesens beim Essen), das Tablett schwankte bedrohlich, als sie beim Seitwärtsschwenk zu Lang die Knie hochriß, und die Zeile »… an Briefbomben hat man sich schon fast gewöhnt …« rutschte mitsamt dem Zeitungsrest aus dem Bett.

»Helga – Migräne. Du faschteen Deutz?« Langs Lache war noch verführerischer. Wenn er, wie jetzt, aus Gründen allgemeinen Wohlgefühls lachte, sowieso. Aber auch die maliziösen Giftanteile, die sie oft hatte, waren anziehend (für jeden, den sie nicht trafen). »Deine Kinderfreundin, Karin!«

»Milchschwester! Sagt man das in Österreich?« Lietze musterte ihn, noch aufgebracht von dem Artikel und schon fest im Griff der Vision, über ihn herzufallen und sich verführen zu lassen.

Dagegen sprach nichts außer zwei beladene Tabletts, mehreren Erzeugnissen des deutschsprachigen Pressewesens, die vier letzten Hefte eines US-Nachrichtenmagazins sowie ein Aschenbecher, ein Feuerzeug und ein Sortiment Zigarillos und Zigarren zwischen ihnen. Die traditionelle Installation mit dem Titel *Sonntagsfrühstück im Château LiLa*, wie Roboldt (wohl wissend, daß Lila Lietzes Lieblingshaßfarbe war) die neue Wohngemeinschaft vor zwei Jahren getauft hatte. (Lietze konterte meistens mit: »Typisch 2D!«)

»Um halb eins …«, schnurrte sie schließlich, verträumt.

Lang aalte sich in ihrem Blick, wälzte eine Gabel voll Krabben in seiner selbstgemachten Mayonnaise (LKA-bekannt: mit Knoblauch, Harissa und einer ebenfalls selbstgebastelten Curry-Mischung – und sie war nur *ein* Beispiel seines phagophilen Naturtalents) und schob sie sich genüßlich in den Mund. »Dann haben wir ja noch *viel* Zeit.« Verträumtes Lächeln zurück. Und das Blitzen in den Augen, das in Wahrheit der *point of no return* ist. »Worüber grunzt du da eigentlich dauernd?«

»Ich *grunze* nicht! Aber das Ding da ist zum Aus-der-Haut-Fahren –«, sie angelte die Seite wieder hoch, »– hör dir das an. Deutschlands Meinungsführerblatt. Titel: ANSCHLUSS AN WELTNIVEAU Fragezeichen. ›Die Zeiten ändern sich, so heißt es. Bekanntlich mokierte sich schon ein gewisser Lenin über die braven teutonischen Revolutionäre, die erst eine Bahnsteigkarte lösen, bevor sie einen Bahnhof besetzen. Nun – wer sich heute für revolutionär hält, kauft Briefmarken und frankiert korrekt das Postgut, in dem er seine Bombe verschickt.‹ Sag mal –!«

»Dahinter steckt sicher ein weicher Keks.«

»Und dann, dadadadada –: ›Berlin will auf Biegen und Brechen Hauptstadtformat beweisen und glänzte zum Auftakt des Jahres mit einer nie dagewesenen Serie von Gewaltverbrechen‹, blabla – Chicago – Los Angeles – und so weiter, hier: ›Die Geschäfte der Mafia blühen, *an Briefbomben hat man sich fast schon gewöhnt*, da nimmt es kaum noch wunder, daß diesbezügliche Ermittlungen zumeist im märkischen Sand verlaufen, wie geschehen im Fall Hanno Klein. Fortschritt ist, so lernen wir, wenn alles immer größer wird: Man darf sich also seit neuestem daran gewöhnen, daß derlei jetzt für Kofferbomben gilt…‹, sag mal, das ist doch unglaublich!«

Lang erwog Tiroler Paarlen mit Pastete als nächsten Gang. »Nein – bestellt. Genau wie die Fotos von dieser Yak.«

Lietze schnaubte, knüllte die Seite zusammen, schmiß sie aus dem Bett und biß in die durchgeweichte Mayo-Krabben-Kaffee-Schrippe. »*Ich* habe mich weder an Bomben noch an ungeklärte Fälle gewöhnt. Und ich gedenke das auch nicht zu tun!«

»Und das ist das Problem.«

»Aber nicht meins!«

»Meins – mmpff – auch nicht.« Er blitzte sie an. Er fand sie immer *noch* schöner, wenn sie in heiligen Zorn geriet (außer, der traf ihn – was allerdings kaum noch vorkam: Lang war ein Mann von ungewöhnlicher Klugheit und eitel genug, der erste Mann in Lietzes Leben sein zu wollen, der eine Frau nicht trotz, sondern wegen ihrer Unabhängigkeit *liebte*). »Mein Problem sind im Augenblick die Barrikaden hier –«, damit griff er sein Tablett, setzte es neben das Bett, warf die Presse hinterher, glitt in die Horizontale, klappte einladend die Decke auf und wartete.

»Barrikaden können *sehr* nützlich sein«, murmelte Lietze, drängelte die Rauchwaren auf ihr Tablett, manövrierte es hinaus und drehte sich kichernd zu ihm, »wo sie hinpassen.«

Wer anfing, wer wen zu was verführte, wer überhaupt wer war und sein wollte in dem Hand- und Bein- und Bauch- und Bilder- und Gedankengemenge, war beglückend wurscht. Und das war zunächst auch das Klingeln, das natürlich kam wie immer: mittendrin.

Lang heulte auf, Lietze schnappte verzweifelt nach dem Erkenntnisblitz, der ihr eben in die Eingeweide gefahren war – Haut-greifen-alles-ungreifbar-unbegreifbar-in-solchen-Zeiten-ist-die-Haut-des-Liebsten-das-einzig-Greifbare – ffsch! Weg. Zerstäubt von der Frage, was da so widerlich schrillte!

»Ich muß dran! Wir sind immer noch in Kommission!« Laut knurrend stolperte sie zum Telefon.

Als sie wiederkam, glitzerte ihre nackte Haut von tausend winzigen Schweißkristallen. Lang lehnte an der Wand, mit einer dicken, langen *Virginioff* steil im Mund. Lietzes Sonntagszigarren. Sie fing an zu lachen. Er zog reflexartig die Bettdecke hoch bis zur Brust und reichte ihr irritiert die Zigarre.

»Schönes Bild!« gluckste sie. »War natürlich Dettmann. Die Siebte hat eine Brandleiche. Könnte zu unserm Fall gehören. Eine Frau von dieser Rotbrett GmbH. Zumindest in deren Auto.«

»Mußt du hin?«

»Ja.«

»Wo?«

»Köpenick. Das frühere D.I.E.-Gelände.«

»Hat das nicht auch gebrannt?«

»Doch. Letzten Herbst.« Lietze nahm aus Versehen einen Lungenzug und hustete.

»Stellen Sie sich auf Brandstiftung ein.«

»Was?«

»Ach, alte Faustregel von italienischen Mafiakennern. Traditionelle Mafiosi beginnen ihre Eroberungen gern mit Brandrodung –«.

»– denn verbrannte Erde ist billiger«, ergänzte Lietze abwesend. »Was machst du – solange?«

»Ich fahr deine Milchschwester trösten und Alliierte verabschieden.«

Lietze schmiegte sich noch einmal in voller Länge an Lang, um *sich* zu verabschieden, suchte in ihrem Kopf nach diesem Erkenntnisblitz, fand aber nur spröde, fade Wörter und ließ ab. »Kommst du mit ins Bad und erzählst mir, was du vorhin mit Fotos von dieser Yak gemeint hast?«

Im Badezimmer übernahm er wieder die *Virginioff*. »Die haben heute einen Riesenriemen in der Balkenpresse über die russische Maschine, die vorgestern in Tempelhof gelandet ist. Hatte ich dir erzählt. Und zwar *mit Fotos*. Es war aber gar keine Presse dabei. Es wußte nämlich niemand von *der* Landung.«

»Offenbar doch.« Lietze überlegte, bei wem von der Dritten sie gar nicht erst anzurufen brauchte.

»Eben. Wer. Und wer weiß *das* in der Zeitung.« Lang hielt ihr die *Virginioff* entgegen.

Fritz und Jokisch wollten zum Alliiertenfest im Preußischen Landtag. Roboldt war womöglich mit der Auflösung eines anderen Haushalts zugange. »Von wo sind denn die Fotos aufgenommen? Danke – *einer* reicht.«

»Keine Ahnung. Könnte von einer der Treppen für die Passagiere aus gemacht sein, könnte eine Ausschnittsvergrößerung sein.« Lang nahm ihr die Zigarre aus dem Mund.

»Und?« Also Schade. Roboldt.

»Ich denke noch.«

»Denken ist immer gut. Und Selberdenken macht klug – äh, laß dir mal die Hühnergeschichte von Helga erzählen. Die kann das besser als ich.«

»Meinst du, sie erzählt mir auch die mit dem Loch in der Wand?«

Lietze nahm dann doch noch einen Zug aus der fürsorglich angereichten *Virginioff*. »Jemand so Zauberhaftem wie dir würde *ich* jede Geschichte erzählen!«

Dann stakste sie aus dem Bad, nackt, mit nassen blonden Haaren und roten Lippen, suchte die Sachen für Einsätze in unüberschaubarem Gelände zusammen (Jeans, Hemd, Turnschuhe), ging zum Telefon, schrieb »Mahlsdorfer/dir.hinter S-Bahn Köp.« auf einen Zettel, drückte den Lang in die Hand, bevor sie noch einen Zug nahm, küßte ihm einen roten Abdruck auf die Schulter und griff zum Hörer. Federleicht. Strahlend wie ein frisch verknallter Backfisch. Was sie irgendwie war. Immer wieder. Und mit achtzig immer noch zu sein beabsichtigte. »Gibst du den an Fritz und Jokisch weiter?«

AUF TAUSEND BELEGTE BAGUETTES belief sich der Absatz, auf fünfzehnmal so viele bewegte Berliner die Anwesenheit bereits mittags um eins. Und bereits seit dem frühen Morgen hielten die ersten der letzteren ihre Sitzplätze auf den Extra-Tribünen besetzt. Alle anderen drängelten sich vor den zwei Bühnen, auf denen insgesamt fünf Militärkapellen niemandem den Marsch bliesen und über denen *Auf Wiedersehen/Doswidanja* hier, *Good-Bye/Au Revoir* da schaukelte. Gewellt und gebläht von den Böen, die Idas Peitsche ungefähr fünfzig Kilometer weiter südlich erzeugte. An den ethno-gastro-kulturell vermischten Buden und Ständen herrschte Hochbetrieb, der Hof des Preußischen Landtags war endlich bevölkert, und die Damen und Herren Volksvertreter, die inzwischen im Gebäude ihr tägliches Wesen trieben, machten heute ein bißchen Extra-Gewese (sie hatten zufällig dieses Datum zu ihrem »Tag der offenen Tür« erklärt).

Die 15.000 Berliner (jeden Geschlechts und Alters, jeder Hautfarbe und Herkunft) hatten den Weg in die Niederkirchnerstraße ohne besondere mediale Unterstützung gefunden. Aber Berliner in Ost wie West waren seit langem gewohnt, ihre Presse wie ihre Politiker zu betrachten. Beide waren gut für gelegentliche Anregung und boten steten Anlaß zum Meckern. Und beide hatten mit dem Leben sonst wenig zu tun, denn Leben war der Versuch, nach der eigenen Façon selig zu werden. Und dazu gehörte an einem solchen Tag, aus eigenem Antrieb und in aller Façon, das heißt: in halb besorgter, halb seliger Sentimentalität inkl. der gebührenden Menge Flüssigem (Alk, Schweiß & Tränen), von allen vier ehemaligen Schutzmächten auf einen Schlag Abschied zu nehmen. Die einen selig, heute mal *nicht* vergessen zu müssen, daß ihre Stadt von der Roten Armee befreit worden war, die anderen, daß sie es heute endgültig wurde; wieder andere besorgt, ob das Verschwinden der angestammten »Klassenfeinde« nicht ganz bald ganz neue »Klassenfragen« aufs Tapet bringen würde, das derzeit verlegt wurde.

Aber nicht alles, was von den Leuten tropfte, waren Tränen. Um kurz vor eins brachte Ida den Himmel wieder zum Mitweinen, Schirme klappten auf, Regen platschte in Coke-Becher und auf Currywürste, und ein Schwung Leute suchte Zuflucht im Parlament (»– wenn wa schomma hier sind!«). Ein kleiner alter Mann mit schweren Stiefeln, dunkelblauer Uniformhose und einem Jackett mit schmalen, nach unten gezogenen Schultern (entweder aus dem Fundus von Stan Laurel oder aus der Zeit herübergerettet, in der die Glorreichen Vier ihre Schutzmachtfunktionen übernommen hatten) zog die Baseballkappe tiefer in die Stirn und klebte sich fast an die Bühne, auf der bis eben eine US-Army-Band gespielt hatte.

Irgendwo mitten im Gewühl schmetterte ein Kinderchor: »Meine Mámma – is aus Yockohámma –«.

Ein Mittvierziger (stahl-silber-changierende Haare, sauber gescheitelt, rechteckige Tolle) zuckte zusammen, ließ den Fotoapparat sinken und riß sich los von einer runden Mittdreißigerin (die außer dem Schirm auch ihn fest im Griff hatte).

«– aus Pariss is der Pappà!« Zehn sehr schwarze Kids zwischen Kita- und Gymnasialalter, postiert wie Orgelpfeifen vor zwei Frauen und zwei Männern in bunten afrikanischen Kleidern, lachten ihm fröhlich ins Gesicht.

»Großerrhh Gotthh!« keuchte er.

»Nu kiek dir *die* an, Wottie! Sind *die* jut?« Die Frau fing gerührt an zu summen: »Sehn Se, *det* ist Berlin – eine Stadt, die sich jewaschen hat ...«

Der Mann suchte sein Heil im Apparat und knipste panisch um sich.

Etwa fünf Meter weiter ließ ein blasser Priester den Glühweinbecher fallen und scheuchte vier schwarzgelockte Jünglinge durch die Menge wie eine Glucke. Der Paukist der Sechsten Selbstständigen Schützenbrigade der Roten Armee wurde (ohne Pauke) in ein Grüppchen geschubst. Ein kleiner, kräftiger Mann nutzte die Chance, legte einer Frau mit blauen Augen und braunen Locken den Arm um die Taille und zog sie an sich. Ein Ehepaar in den besten Jahren machte es ähnlich, nur umgekehrt. Eine Blondine mit perfektem Make-up, die gerade »Scheißsommer, verdammter!« gebrummt hatte, drängte sich unter den riesigen bunten Reklameschirm einer Weltfirma für Gummiwaren. Dessen Halterin vollendete ihre Replik («Na, sei doch froh, Mann! Von sohn Wetter kriste wehngsn keen Müllernohm oder wie dis heißt!«), drückte dem blonden Wesen den Schirm in die Hand und zog sich den graumelierten Bubikopf wieder gerade. »Nich so hastich, junger Mann!« sagte Helga dann zu dem Mann ohne Pauke. »Kommen alle dran!«

Der verstand leider nicht, bezog das Gekicher auf sich und verdrückte sich mit aufgerissenen Augen.

Mimi löste sich (millimeterweise) aus Jokischs Schutzgriff und überlegte, ob es gut gewesen war, erstens doch hierher zu kommen und zweitens Lieberman (vorm. Dovidl) mit den Fritzschen Jungamazonen und ihrem Sohn Michel allein zu lassen. Kalle ließ sofort ab von ihrer Taille und trat auf der Stelle. Beate Fritz gab Lothar Fritz' Oberkörper frei, nahm die Kamera wieder vor die Augen und machte ihn unauffällig aufmerksam auf das tapsige Getechtel.

»Hier seid ihr!« Die Stimme kam von direkt hinter Ginettes breitem Rücken aus der Menschenmenge und war südlich weich.

Der Priester scheuchte seine Küken nach draußen.

»Und wat haste mit Karin jemacht?!« ranzte Helga sofort.

»Nichts, leider!« Lang verbeugte sich zum Gruß in die Runde und küßte Helga die Hand. »Bin nicht mehr dazugekommen.«

Helga war sprachlos. Ginette vergaß ihr gefährdetes Make-up. Mimi und Kalle stoben auseinander wie ertappte Teenager. Nur das Ehepaar Fritz schunkelte ein paar letzte private Sekunden sanft im strömenden Regen, lächelnd, Arm in Arm.

»– DREI WOCHEN KEIN KASSLER!« KHK Prützmann zog mürrisch Rotz hoch, sah aber weder Lietze noch Schade in die Augen. »Von mir aus könnt ihr die haben. Mein Fall ist angebranntes Fleisch nicht.«

Er versuchte, das Jackett seines (wie üblich) piekfeinen Anzugs über dem Bauch zuzuknöpfen (vergeblich). Schade verzog grimmig das Gesicht. Detlev hat recht: Verkappte Schwule sind nicht bloß homophob. Die sind gemeingefährlich. Und lächerlich.

Gut, daß Roboldt noch nicht da ist, dachte Lietze. »Schon raus, wer sie ist?«

Die Leiche war von Kindern aus der Häuserreihe gleich hinter der Unterführung, am Anfang der Mahlsdorfer Straße, die die Brand- und Baustelle (vorm. D.I.E. GmbH & CoKG) auf dem Gewerbegelände hinter dem S-Bahnhof Köpenick zum Abenteuerspielplatz umfunktioniert hatten, frühmorgens entdeckt worden. Um sechs Minuten nach neun hatte sich das erste Elternpaar durchgerungen, die Polizei zu informieren. Seit kurz vor zehn waren Kollegen der siebten Mordkommision vor Ort. Seit halb elf Dettmann, ein Gerichtsmediziner, ein Staatsanwalt und ein halbes Dutzend weitere Uniformierte, die mit rotweißem Flatterband und großem Vergnügen die Schaulustigen auf Distanz hielten. Lietze hatte Schade abgeholt und war nach drei unfreiwilligen Kreisen durch die Einbahnstraßen der Köpenicker Altstadt (»Man kann nicht alles kennen!«) fast gleichzeitig mit den Spurensicherern von der PTU eingetroffen. Wann Roboldt seinen Anrufbeantworter abhörte und Fritz und Jokisch kamen, war offen.

Prützmann nickte unwirsch zu seiner Kollegin Schiller (herrische Übellaunigkeit war sein Markenzeichen, er unterdrückte sie nur mühsam, solange Vorgesetzte in der Nähe waren). KOK Schiller, die schüchterne wandelnde Dokumentationsabteilung von LKA 4117, mußte ihren Block nicht aufklappen. »Isabella Wantze, 39. Der Wagen ist auf eine Rotbrett GmbH zugelassen. Schröder will sie sofort in die Invalidenstraße haben, ohne Sektion kann er gar nichts sagen. Die Leiche lag auf dem Rücksitz, der Wagen ist nicht explodiert. Entweder war der Tank leer oder jemand hat ihn leergemacht. Auf dem Vordersitz lag eine Handtasche. Die Papiere waren nur angesengt. Alles in allem: Profis.«

»Danke, Schiller.« Lietze ging in die Hocke, um das verkohlte Bündel zu betrachten.

»Wieso Profis?« Schade klemmte sich eine Filterlose zwischen die Lippen und hoffte, daß der Qualm die Kopfschmerzen wegbiß, die Brandleichen bei ihr immer hervorriefen.

»Siehst du die Schleifspuren da im Matsch? Genau bis zur Hintertür. Man hat sie eingewickelt ans Auto gezogen, hochgehoben und reingeschüttet. Du weißt ja, was Leichen so alles ausscheiden, nicht? Das stinkt nach Leuten, die das auch wissen.«

»Plane oder so? Und wo ist die?«

»Noch nicht gefunden.«

»Benzin.« Lietze beschnupperte die Leiche und kam wieder auf die Beine. Mit nackten Augen war wenig zu erkennen. Das Bündel war fast überall schwarz, Fleisch und Kleider zu Klumpen verschmolzen oder ganz weggebrannt (an Kopf und Teilen der

Beine). Die Leiche war offenbar zu einem grausigen Bündel geschnürt gewesen. Auch das Seil war durchgeschmort und hing als abgerissene Fessel um das Handgelenk.

»Riecht wie Benzin, ja. Übergossen und angezündet - - - nein, danke«, wehrte Schiller ab.

Lietze steckte nur sich eine *Lucky Luciano* an.

»Und brennen hat's wieder keiner gesehen?« murmelte Schade.

Lietze ging durch den Matsch zu dem nur innen teilweise ausgebrannten Wagen, nahm ein paar tiefe Lungenzüge und sah um sich. Das Wrack stand inmitten einer düsteren, leblosen Brache, aus der rußschwarze, zerklüftete Brandruinen, ein paar Bauwagen, ein nagelneuer Bürocontainer, LKWs, Generatoren und Gerüstelemente ragten. Die Fenster des ehemaligen D.I.E.-Firmensitzes waren schwarze Höhlen, aus denen die Scheiben weggeborsten waren und die Reste wie gemeine kleine Sägeblätter in den Rahmen staken. Der Regen hatte aufgehört, aber noch immer standen ölig-schillernde Pfützen in dem unebenen Boden, und der Himmel war so trüb und zerfranst, daß Leben, selbst Geschäftsleben, hier wie ein Wort vom Mond klang. Eine schwer greifbare aggressive Resignation lag über dem Ort. »Das *muß* auch niemand gesehen haben«, sagte Lietze abwesend.

DIE SCHWEREN SAMTVORHÄNGE waren auch am Nachmittag zugezogen. Von außen ließ sich nicht erkennen, daß in drei Zimmern der Villa Lüsebringk in Zehlendorf Licht brannte. Freya Lüsebringk war gemeinsam mit ihrer Schwester Frigga Dünkelwitz (beide geborene von Doberan-Schnittenheim und Inhaberinnen der *Dünkelwitz Grund & Boden*) übers Wochenende zu dringenden Geschäften nach Mecklenburg-Vorpommern gefahren, hatte Haushälterin Herta auf Verwandtenbesuch geschickt und ihre eigene Rückkehr für den späteren Sonntagabend avisiert.

»– dann *lassen* Sie den Anschluß nach Managua! Geben sie mir nur fünfmal Miami - - - dann eben erste Klasse! Ja! Das ist mir egal, ob ab Frankfurt oder Düsseldorf! Was geht früher? - - - Aha. Dann - - - nein, wir wollen heute noch nach Frankfurt – LH 2451 18 Uhr 25 Tegel.« Norbert Lüsebringk warf den Hörer auf und schob beide Zeigefinger in den engen schwarzen Stehkragen mit der steifen weißen Einlage. Er hatte das beklemmende Gefühl, daß seine Haare in den letzten vierundzwanzig Stunden cardenalweiß geworden sein mußten.

Das *war* vorhin der Kommissar gewesen. Den er gestern mittag in Tempelhof gerade noch abgewimmelt hatte. Ob der ihm geglaubt hatte, daß er für »meine vier armen *misquitos*« eine Lehrstelle im reichen Deutschland suchte? Egal. Der andere Kommissar war jedenfalls nicht dagewesen, der schöne – *colchòn*. Auf den hätte man rechnen – nein. Der war – von dem wußten alle, daß er – unberechenbar! Nichts ist gefährlicher als ein offen – Sch-Schw-*colchòn*! Und neben dem anderen, dem Blonden, hatte die Frau mit dem Fotoapparat gestanden. Dauernd hatte irgendwer fotografiert.

Trotzdem, der – er zog eine Karte aus der Jackentasche und wählte eine Nummer. Als er Roboldts Band besprochen hatte, waren seine Ohren wieder kardinalsrot. Er stand auf, schloß den Koffer und ging ins Nebenzimmer. Nur weg. Nach Frankfurt. Morgen nach Miami. Von da gingen ständig Flüge nach Managua. Dann noch vier, fünf, sechs Stunden mit dem Bus nach Norden.

Die vier Jungen hatten das Gästezimmer so bearbeitet, daß der Witwe Lüsebringk (die sich weder um solche Dinge kümmerte noch mit Herta mehr Worte als nötig wechselte) der Besuch verborgen bleiben würde. Sie saßen auf Armeesäcken. Rauchend. Die uraltklugen Gesichter maskiert mit einer gelangweilten Starre, hinter der Nervosität lauerte. Verwilderte Kinder. Minderjährig. Gewöhnt, sich zu holen, was begehrenswert schien. So gewöhnt an Schießgeräte, daß sie, seit sie von zu Hause abgefahren waren, nicht wußten, was sie mit den Händen anfangen sollten. Verwöhnt von zynischen Erwachsenen, die sie zur Rebellen-Avantgarde hochlogen, aus politischem Kalkül. Kriegsfolgen aus Fleisch, Blut und verratenen Träumen. Verängstigt bis ins Mark.

Er scheuchte sie hoch und kontrollierte ihre Armeesäcke. Er wollte nicht wegen irgendeines elektronischen Bastelteils, irgendeiner Brosche aus den Beständen seiner Mutter vom Zoll aufgehalten werden. Er hatte ihnen eingehämmert, auf keinen Fall zu klauen. Aber wer kann schon wochenlang die Augen überall haben. Dann nahm er die Reklameseite, die er vorgestern aus der Zeitung gerissen hatte, für einen Abschiedsbrief. Sie hatte viel weißen Platz neben einer pastell-blassen Landgut-Idylle. GUTES FRISCH AUS DER MARK stand oben drüber, und dick-rot als Bildunterschrift: UNSERE EIER SIND SO FRISCH, DASS UNSERE HENNEN SIE NOCH GAR NICHT VERMISSEN!

»Ich bin sicher, Du verstehst dieses Briefpapier richtig«, fing er an. »Ich verschwinde, wie Du wünschst, wieder aus Deinem Leben. Wenn du Dich richtig verhältst, für immer. Ich habe mir erlaubt, ein bißchen Geld und einige Papiere aus dem Ordner mitzunehmen, den Du der Polizei lieber nicht gezeigt hast. Alles ist bei mir in guten Händen, solange Du monatlich 10.000 Dollar überweist. Einige Papiere beziehen sich auf Geschäfte zwischen Tante Frigga und Rotbrett; es geht also auch um Deinen Kopf. Ich weiß überdies, daß in dem Ordner etwas fehlte, und ich kann *für Dich* nur hoffen, daß Vater ihn nicht im Dienst stehen hatte und sich schon andere die Taschen gefüllt haben.«

Er überlegte, ob er mit »Dein Sohn Norbert« zeichnen sollte, setzte aber schließlich nur: »Und schick mir das Foto aus dem Kasten, sowie die Polizei ihn zurückgibt!« dazu und faltete die Seite mit seinen bleichen Spinnenfingern. »¿Vamos?«

»IRNKWANN SIND WIR DIE EINZ'JEN, die noch mit echte Scheine Umjang ham!« Helga ächzte von ihrem Stuhl an der Stirnseite des großen runden Tischs auf, schlurfte zum Rollschrank und holte den Kasten mit der Aufschrift *Hausapotheke* heraus. »Wie die knistern – det ist Musike! Jar keen Vergleich mit diese Plastikvierecke!« Sie stellte den Kasten auf den Tisch.

Gülay (für Gäste Rosamunde, unter uns Rosi) war erst zu zwei Dritteln durch mit dem Einsammeln der eingesammelten Spenden für den Betrieb von MIGRÄNE e.V., und es sah nicht so aus, als ob der Kasten bei der dies-sonntäglichen Sitzung des Kopfnuß-Kombinats besonders voll würde. Daß Kim, neben Helga die überzeugendste beim Eintreiben von Finanzmitteln zur Verbesserung des Standorts Berlin im Sinne der hier tätigen Huren und *bei* denselben, seit über zwei Wochen weg war, machte sich schmerzhaft bemerkbar.

»Was'n das? Ist das dein Ernst?« Rosi starrte ungläubig auf ein Bündel kleine und mittlere Geldscheine.

»No – dat's money, honey! Nix ernst: *dinero*. Ha-ha!« Dominique schwenkte es lachend und ließ sich gegen ihre ebenso schwarze, voluminöse Busenfreundin Banana-Mae kippen.

Helga plumpste vor Schreck auf den Stuhl zurück. Kitty schoß hoch auf schwankende Absätze (Kaliber 90mm). Nadine und Natascha reckten die Hälse, Maria alles ab Kniehöhe (wenn sie nicht gleich auf dem Tisch saß, verbrachte sie die Sitzungen des Kopfnuß-Kombinats auf Knien hockend). Milli ließ das

Schreibbrett mit Installationsplänen sinken, Ginette die Zettel mit dem Finanzplan. Manu vergaß die blaue Luft und verschob die nächste Fensteröffnung. Neun Augenpaare pendelten gierig zwischen Dominique, dem Geldbündel und Banana-Mae hin und her. Die schüttelte den (heute rot-blond perückten) Kopf: »Ick bin innocent!« Und knuffte Dominique: »Hey, you bitch! You didn't tell *me* nothin'!«

Dominique rieb sich Lachtränen aus den schönen indianischschwarzen Augen und drückte Rosi das Bündel in die Hand. »Hundert-sixich.« Und beschied den sofort aufbrandenen Chor aus *Wie-Wer-Woher!* (italienisch bzw. französisch bzw. englisch bzw. russisch intoniert: Maria, Nadine, Banana-Mae und Milli, nord- bzw. süddeutsch gefärbt: Manu und Ginette, sächsisch: Natascha, berlinerisch: Helga und Kitty, lupenrein hochdeutsch: Rosi-Gülay) knapp, aber fröhlich: »Mit beste wishes von Margarita und da ganza Club *Funny Girl*!«

»Mußte aber erzählen, wenn wa durch sind mitte Pflicht«, Helga klappte ungeduldig die *Hausapotheke* auf, »hörste?«

Fünf Minuten später waren überraschende 435 DM im Rollschrank verstaut, alle Fenster (unter Protest aller Frostbeulen) aufgerissen und das MIGRÄNE-Büro das übliche Sammelsurium unter Schwaden von blauem und diversen kosmetischen Dünsten (die der jeweils anderen galten als »Nuttendiesel«, die eigenen selbstverständlich als edel, hilfreich und *guuut*!). »Na, bleiben wir doch beim Thema: Finanzen!« schlug Ginette vor.

Aufstöhnen. Schweigen. Studium der Fingernägel.

»Mädels!« brummte Ginette. »Wir *brauchen* ein solides Fundament, seit sie uns die Schnittlauch-Schule gestrichen haben!«

Milli hatte keine lackierten Nägel. »Was ies Schnietlauch?«

Namen für die uniformierten Repräsentanten des staatlichen Gewaltmonopols in allen Mundarten schwirrten ihr entgegen.

Kitty erbarmte sich schließlich. »Dies Zeuch, außen jrün, innen hohl, tritt immer jebündelt uff – so sehen Bullen *ooch* aus.«

Rosi, die preußische Türkin (oder umgekehrt) gab einen Kurzabriß der kulturpolitischen Aktivitäten der MIGRÄNE und speziell der Kurse in Sachen »Wie benehme ich mich anständig gegenüber Prostituierten?« für Polizisten, die leider wegfielen, seit Polizeirat Seidel wegen »zu großer Bürgernähe« aus dem Amt gehebelt worden war...« bel figo, veramente!« ergänzte Maria. Manu hielt seine Versetzung für ein Omen: »Wenn die irgendwo einen anständigen Bullen rauskicken, kommt immer der Typ Kammerjäger hinterher!« Milli verstand Bahnhof. Helga sah auf die Uhr. Natascha in die Runde: »– 'sch dachde, wir wolldn tän Frost-Proiler beschbrächn?«

Allgemeine Neugier. Fingernägel plötzlich tadellos.

Natascha gab sich Mühe, die Schdorie von Dr. Wigbert Lüsebringk und seine Uffdridde in Laipzscher Golleeschn-Greisn auch für nicht-sächsisch sozialisierte Ohren verständlich zu machen. Es war viertel vor acht, als endlich alle wußten, was ein Broiler gewesen war und welche Sonderprogramme der Ost-West-Verkehr vor dem Fall der Mauer für eine gewisse Polizei- und Politprominenz zu bieten gehabt hatte.

»Ich hab auch mit der Angie telefoniert«, bestätigte Manu. »Der hat seine Gefrierhühner *nicht* mit der Mauer fallengelassen. Der war bloß vorsichtig. Wenn der offiziell im Puff war, ging's um Geschäfte. Er hat für die andern bezahlt und selber nix gewollt, nicht mal was zu trinken. Für seine eigene Nummer hat der sein eigenes Mädel gehabt – wahrscheinlich hat er die quasi mitgebracht von drüben. Angie kennt die. Die hat auch hier eine Domina-Ausbildung gemacht und vor nix mehr Schiß, als daß ihre StaSi-Kiste rauskommt. Damit hat der die in der Hand gehabt –«.

»Che pezzo di merda!« Maria bibberte erbost. »Niche mal tre soldi ane die ragazze! Ma sono stronze anche loro!«

»Im Westen hat er gelöhnt«, korrigierte Manu. »Ich könnte alle Kolleginnen rauskriegen –«.

»– die *worn* doch bezohlt, die in Laipzsch!« Natascha verzog genervt die Augenbrauen. »Worn ja gwasie *Peomde*. Vom MfS.«

Milli schwenkte den Zeigefinger. »Was cheißt! Wann du bies Agjent, du *sagst* doch niech! So, die Mjädel sien gewesen bleed und – wie cheißt: *aufgeflogen*, sofort. Oder, sie *chaben* genommen extra kjesch.«

»Weeß gor ni, was *do*dran so wischtsch is! Ändschie –«.

»– ist det ooch sonne StaSi-Kuh?« knurrte Helga.

»Näh, ehm nich. Deswehng turfdse ooch ni tran, damols. Awr die weeß nodürch, was üwr tän kerädt wurde –«.

»– daß dem seine Mama früher Hühner geschlachtet hat und ihm einer abgegangen ist, wenn er den Todesschrei gehört hat? Und daß der deswegen tote Hühner fickt?« Ginette warf aufgebracht ihre Notizen auf den Tisch. »Vulgärpsychologie à la StaSi, wer's glaubt, wird selig. Die Firma Horch, Guck & Schnüffel hat so manches geglaubt –«.

Banana-Mae und Dominique giggelten für sich. Es hatte offenbar mit dem englischen Königshaus und Truthähnen zu tun, aber niemand schien Zeit dafür zu haben.

Auch Manu klang inzwischen gereizt. »Irgendwo wird's schon herkommen, wenn einer es geil findet, seinen Willi in eiskalte Hähnchen zu quetschen, und am allergeilsten, wenn auch noch eine beilschwingende Domina vor ihm steht, und quieken tut er am liebsten selber! Mir doch wurscht. *Soll* ich jetzt die Namen von seinen Kumpanen durch unsere Karteien jagen oder ja?«

Alle nickten. Niemand wußte genau, wozu.

»Wird 'n Haufen Arbeit, wa?« fragte Kitty mitfühlend.

»Hah – wait!« Dominique räusperte sich. »There's more Arbeit. Now, ick muß erzählen da story von da viele Geld.«

»Halt, halt«, brüllte Rosi dazwischen. »Der Reihe nach! Ich hab hier die Punkte *Finanzen*, *ZERV*, *Schutz für NaNa's* –«.

Die folgenden Punkte *Chérie*, *keen Flockahtie ins NaNa's (Helga)* und *Projekt Domina-Meisterschule* verhinderte eine Böe, die durch die Fenster hereinfegte und Papiere und Asche über den großen runden Tisch wirbelte. Dominique stand auf, schloß die Fenster und berichtete von einem überraschenden Besuch einer Kollegin aus einem dieser neuen, etwas edleren Läden, die vor allem Manu und Ginette schon länger im Visier und die zur Einrichtung einer neuen Diskette mit dem Kennwort DNA (Do Not Approach!) geführt hatten; Manu speicherte darauf alles, was nach »neuem Geld« und »Nadelstreifen-Luden« roch. Es war wenig. Die Kolleginnen in solchen Ländern rotierten dauernd durch halb Europa. Sie kamen aus dem alten Ostblock und bestimmten lateinamerikanischen Ländern, meistens illegal. Niemand erzählte ihnen freiwillig von Huren-Selbsthilfeprojekten. Milli war die erste und bisher einzige, die etwas aufgeschnappt und sich bis zur MIGRÄNE durchgeschlagen hatte.

»I was surprised, daß Margarita is nock in Berlin! Und daß sie nimmt contact mit mich!« Dominique ging wieder zu ihrem Stuhl. »Sie hat imma gefunden silly, da ganze idea von Migräne. *Sie* hat nick nötich –«.

Vorgestern *hatte* es Margarita anscheinend nötig gefunden, sie an ihre Landsmännin zu erinnern. Und anscheinend hatte sich auch ihre Kolleginnen überzeugt, daß ein Verein wie MIGRÄNE ganz opportun sein könnte. Nicht wegen dieses dämlichen geizigen *maricón*, der aus seiner Verachtung für Frauen offenbar keinen Hehl gemacht hatte und sogar aggressiv geworden war. Misogyne Geizkragen waren Berufsrisiko und wurden immer alltäglicher. Da hatten auch die Kolleginnen sofort richtig getickt, trotz aller sonstigen »communication gaps«. Ins Grübeln gekommen waren sie alle über das merkwürdige Benehmen ihres Chefs.

»Wie! Nich ma'n Satz heiße Öhrchen hat der sich einjefang?« Kitty war empört. »Wo jib's denn sowat!«

»In *Funny Girl Club*. Sackt Margarita«, nickte Dominique. »Da Boss kennt da Gast, no: hat respect vor da Gast! And, you know, da war etwas mit, what's da word: Anzug –«.

Milli stutzte. »Jacke, Chose, Hjemd, du meinst? Firma mit Name Sienerdschie?«

»Yeah – that's it!«

Unruhe. Ungeduld. Durcheinanderschwirrende Kommentare.

»Det is ja nu ejal, wat für Fummel die trahng!« knurrte Helga und klopfte auf ihre Armbanduhr. »Oder gloobste fleicht, die in Ahnmahnie sind bessre Stuppen?«

»Ich finde viel schlimmer«, versuchte Rosi zu schlichten, »daß der der die Prozente von der Flasche nicht gegeben hat!«

»Yeah, and Margarita sackt, er hat da Gast *nich* given back da money!«

Manu schraubte den Filzstift auf und ließ sich von Dominique die Adresse des Clubs *Funny Girl* und andere Daten geben.

»And darum, da girls waren so sour, daß die haben all gespendet – that's amazing!«

Beifall. Gekicher. Ermahnungen.

Kitty gab den Glauben an einen geregelten Ablauf des Kopfnuß-Kombinats auf und erkundigte sich flüsternd nach den Fortschritten von Ginettes Umbauarbeiten. »Hör bloß auf«, brummte Ginette zurück, »ich krieg keinen OP-Termin vor nächstes Frühjahr! Zum Kotzen!«

Helga gähnte lautstark und unternahm einen letzten, leicht keifenden Versuch: »Ruhe im Kattong! Verdammt nommal! Ick habe nich endlos Zeit hier, also. Wir überlehng jetze sofort, ob sich det Zeuch über diesen Kaltenbringk da, wat Manu jescheckt hat, Jeschäftspahtner, Mädel, Läden, also, ob wa det nutzen könn', um det *NaNa's* von eventuelle Überjriffe freizuhalten. Luden, die abgreifen wollen, Schutzjeld, sonne Klamotten. Kann man mit unse Informationen 'n Diehl mitte Schmiere machen? Dis die uff unsern Lahn uffpassen?«

Es klappte. Alle hörten zu. Alle dachten nach.

»*Ick* hab nemmich keen Bock uff nomma sonne Art Kriech wie seinerzeit uff die Oranienburjer –«.

Alle Köpfe schwenkten zur Tür, in der eine sehr dünne Blondine auf Endlos-Beinen stand, komplett eingeschweißt in eine schwarze Motorrad-Montur, in der einen Hand den Helm, in der anderen die Tasche und einen Umschlag.

Tutti: »KIM!« Tumult. Tutschitutschi.

»Ick hör immer Krieg!« Kim ließ Tasche und Helm fallen und ging zu Milli. »Hab ick wat verpaßt in Sankt Leninburch? Hier war donnoch allet friedlich, als ick losjefahrn bin!«

Milli nahm den Umschlag, riß den Inhalt raus und schrie auf. »Der Paßport! Du chas geschafft –«.

Das war das vorzeitige Ende der Tagesordnung. Nach anderthalb Stunden Trara samt zollfreien Zigaretten und »kimportiertem« Wodka (Milli fand »geschmuggelt« zu hart) fiel Helga vor Erschöpfung fast vom Stuhl.

»Ick kannich mehr!« Sie ächzte hoch und entbot einen wackligen Gruß ins Irgendwo. »Nati, erzähl du von Chérie – wir ham nemmich jetze'n Azubi, Kim! Und macht mitten andern Krempel, watta wollt. Icke muß flach.«

Alle protestierten gegen ihren Abgang.

Helga winkte geschmeichelt ab. »Bin mitte Hühner uffjestanden, heute. Man is ja nich mehr siebzn!«

Kim lief zu ihr und schlang ihr die Motorradlederarme um. »Helga-Maus – willste echt? Denn bring *ick* dir aber ins Bette!«

Ein Chor aus halb besorgten, halb meckernden Kommentaren flatterte hinter ihnen her zur Tür.

»Wat solln det heißen: ›Wat müßt ihr da ooch hinrennen!‹ Wenn hier die Alliierten jefeiert wern, da *jehörn* wir hin. Wehng *die* hatten wir hier *keene* Sperrjebiete gehabt. Da sacht man Danke! Wie sieht'n dis aus. Is meine Meinung...«

»DIE IST VON GESTERN – gut. Danke, Fritz. Nein, Roboldt soll hierher kommen. Und Sie fahren dann in die Keith.« Lietze hielt KOK Schiller das Handy wieder hin. »Todeszeitpunkt gestern zwischen 23 und ein Uhr. Todesursache Strangulation, aber viel gelebt hat sie schon vorher nicht mehr. Sie hatte Schnitte und Risse in Armen, Brust, Bauch, Rücken, Genital- und Analbereich und lange Risse auf den Hautpartien, die nicht verbrannt waren. Hiebe vermutlich. Verschiedene Tatwaffen. Also vielleicht verschiedene Täter, auf jeden Fall muß das hier –«, sie deutete mit dem Kopf in den blutverschmierten Raum, der Isabella Wantzes Büro und Hölle gewesen war, »Stunden gedauert haben. Keine Schußverletzungen, aber Pistolen machen auch nicht so viel Blut.«

Schiller hatte Polaroids und Klemmblock in der Hand und wollte etwas erwidern, als Schwaden eines einseitigen Wortgefechts aus dem Treppenhaus hochwehten.

»Ich weiß, ich bin kein Chemiker«, schaffte Lietze noch, bevor sie den Kopf zur aufgebrochenen Eingangstür drehte, »ich soll *blutsuspekte Anhaftungen* sagen –«.

Schiller wurde ihr »Maschinenpistolen schon!« nicht mehr los. Im Türrahmen erschien Jokisch, überragt von einer Art Wasserleiche auf zwei (fliegergestiefelten, nackten) Beinen. Über ihrem (von schwarzem Stretch unten und grün-gold geringeltem Stretch oben gerahmten, nackten) Bauchnabel baumelte eine Plakette: »Ich hab se im Hof jesehen. Is janz zufällig vorbeijegangen, sacht se«, keuchte er.

Nicht nur Lietze und Schiller starrten auf die Tür. Aus drei Räumen ragten die Köpfe von KD Dettmann, ein paar PTU-Leuten und Teilen der Siebten.

»Plutonia Huschke«, sagte Jokisch. »Jehört hier zur Firma.«

Das ausnahmsweise Einzelne Girlie warf die schwarzen Strähnen nach hinten und hauchte ein unhörbares: »– Titania –«.

Lietze schob beide zurück ins Treppenhaus, erkundigte sich diskret, ob Jokisch schon irgendwelche Mieter gefunden hatte, flüsterte ihm die Zwischenergebnisse der Sektion zu und hatte zehn Minuten später keinen Zweifel mehr, daß Titania Huschke tatsächlich nur heimlich ein höchst privates Transatlantiktelefonat auf Kosten der Firma führen wollte (wie schon oft und immer um Mitternacht) und einen Schlüssel bei sich hatte. Sie drückte die *Lucky Luciano* aus, zog die weißen Handschuhe wieder an und nickte Jokisch zu, bevor sie wieder nach drinnen ging. »Kommt gleich noch jemand – unterhalten Sie sich bis dahin ein bißchen über die Firma.«

Nach einer kurzen Besprechung ging Schiller nach draußen. Lietze berichtete Dettmann und dem Chef der Siebten die Ergebnisse aus der Invalidenstraße. »Wer immer den Fall jetzt bearbeitet«, schloß sie, »ich finde, wir sollten das Seil, mit dem sie gefesselt war, auch ans BKA schicken.«

EKHK Gerlach nickte.

»Auf jeden Fall werden wir diesen Laden hier auseinandernehmen«. Dettmann stocherte mit einem Fuß in den übereinanderliegenden Reklametüten auf dem Boden und schüttelte wütend den Kopf. »Ihr Erschießungsspezialist? Also, diese D.I.E. wird auch auseinandergenommen. Und zwar referatübergreifend. Ich will Brand dabei haben, ich will Wirtschaftsstraftaten dabei haben, ich will wissen, was das hier für ein Gestrüpp ist –«.

»Und wenn es bis ins PolPräs reicht?« Lietzes Augen funkelten kampflustig.

Beide nickten.

»Klingt zynisch, aber der Mord hier bringt uns ziemlich voran. Wir haben den Tatort, und Spuren hinterlassen die saubersten Profis …« Zum ersten Mal seit über zwei Wochen spürte sie ein Hoffnungskribbeln. Etwas in den Händen. Teile, die zusammenpaßten. Bilder ergaben. Wege öffneten, statt sie zu verbarrikadieren. Tatortarbeit war mühseliges, langwieriges Kleinklein. Absolute Rationalität. Logik. Systematik. Mikroskopisch vergrößertes Denken. Ruhe. Keine noch so winzige Unbewußtheit. Nichts berühren. Nichts übersehen. Nichts bewegen, bevor es nicht bemerkt, besprochen und festgehalten ist. Nicht rauchen. Die Hände in Baumwolle gesperrt, Fingerspitzengefühl ins Hirn verlagert, wie alle Instinkte und Intuitionen. All das *hatte* etwas gebracht. Einen Geschäftsbrief, in Form von Streifen im Aktenvernichter. Jokisch war als erstes in den Kopierraum gelaufen. Die zwei Gauck-Berichte in dem Gewirr aus Geschäftsdingen und Intimitäten auf dem Schreibtisch des Mordopfers. Die Diskette, die Schiller als Adressenkartei identifiziert hatte. Das flächig verwischte Blut auf dem Teppich, das Schillers Planen-Theorie bestätigte. Und diese Tatortarbeit würde noch viel mehr bringen. Tatorte sind geschwätzig. Expressiv wie Stummfilme. Wenn man hören und sehen kann. Handschrift. Profis.

Die Rotbrett GmbH würde so schnell nicht wieder in Betrieb gehen. Der D.I.E. konnten sie jetzt auf die Pelle rücken. Und von beiden war es nicht weit zu –.

Sie fuhr zusammen, als es aus ihrer Trenchcoattasche quäkte. Sie brauchte drei Quäker, bevor ihr einfiel, daß sie das Handy der Siebten eingesteckt hatte. Sie gab es Gerlach. Der hielt es ihr gleich wieder hin. »Für Sie.«

»Ich bin's, Karin. Ich denke, das mußt du sofort wissen, deshalb hab ich mich durchtelefoniert …« Die Stimme war ein fast unerträglicher Einbruch aus einer anderen, fernen Welt. Südlich. Weich. Mit diesem erotischen Timbre, das nur Lang hatte. Egal, was er sagte.

Sie sah abwechselnd Dettmann und Gerlach an, hörte aber bald auf, die Stirn zu runzeln.

»Dein Milchschwesterlein konnte wohl nicht einschlafen, bevor sie's nicht wenigstens mit mir erörtert hatte. Also, sie stellt sich vor, du oder wer auch immer könnte ein bißchen auf dieses *NaNa's* – na: aufpassen. Und dafür könnte die Migräne ein paar Informationen –«.

»– ja nun, *was* denn! Soll ich erst platzen?«

»Sie scheinen zu wissen, wo Lüsebringk verkehrt hat, mit welchen Herren er da war und welche Dame *seine* eigenwillige Variation auf Sexualleben betreut hat.«

Lietze schrie fast auf. *Das* war der Durchbruch. Den Fall Lüsebringk würde die Dritte lösen. Niemand sonst. Niemand sonst hatte diesen Draht zu dieser Sorte Menschen, die im Zweifelsfall überall hinkamen und alle Welt kannten. Im Zweifelsfall da, wo's wehtat. Sie hätte Madame Giselle knutschen können und am liebsten einen Luftsprung gemacht.

Und kaum jemand *wußte* von diesem, ihrem Draht. Warum auch?

»– ach ja, noch was. Dieselbe Dame hatte ihn schon weiland in der DDR in der Mangel. Auf Staatskosten.«

ZUERST MUSS ICH NEUORDNUNGEN VORNEHMEN. Trage die Schätze hin und her. Alles muß gleich verteilt sein. Ausgeglichen. Kein Rest. Reiner Tisch.

Der kleine alte Mann schiebt das Stahlgitter auf und horcht. Stille. Nur dünnes Rauschen vom Columbiadamm oben, hinter seinem Rücken. Er tritt einen Schritt aus dem Tunnel, durch den ausgelaufenes Kerosin und überschüssiges Wasser vom Flughafengelände unter dem Damm durch in ein Auffangbecken geleitet werden. Des Vaters Werk. Des Vaters Tod. Am hellichten Tag. 10 Uhr 27. Der Vater hatte die Vorwarnung gehört. Er hatte den Bau trotzdem verlassen. Um diese Anlage zu prüfen. Er war nach oben gekommen. Erst beim Fliegeralarm war er zurückgelaufen. Zu mir. In das alte Flughafengebäude. Er hat es mir gesagt, bevor der Balken ihn erschlug. Neben mir. Die Entwarnung hat er nicht mehr gehört. 12 Uhr 16. 2.300 Tonnen Bomben. 937 B-17. Fliegende Festungen. 24 haben nicht zurückfliegen können.

Er sieht in das rechte Halbrund. Kein Licht in der Laubenkolonie. Nur tiefe, mondlose Nacht. Plötzlich zittert die Unruhe wieder in ihm. Ein Geräusch über ihm. Quietschen. Schreien. Kichern. Frauenstimmen. Zerreißen die gleichmäßige Ruhe. Flattern davon. Richtung Kino. *Outpost.* Jetzt müssen sie am S-Trakt sein. Wenn mich der Verstand nicht weitertriebe. Seit jener Nacht.

Er schultert den schweren Sack wieder richtig und setzt die Schritte langsam und sacht. Das Wasser reicht bis zur Mitte seiner Gummistiefel. Eins - - - zwei - - - drei - - - vier - - - fünf

- - - der sechste bringt ihn ins Trockene. Der Pfad entlang der Böschung des linken, unbesiedelten Halbrunds führt zu einem Häuschen. Alles muß geordnet sein. Gleichmäßig verteilt. Die wenigen Reste. Die mich noch verbinden mit der Welt. Einen solchen Käufer habe ich nicht erwarten können. Viel viel Geld. Feiner, feiner Anzug. Es kümmert mich nicht mehr, ob er meine Schätze wirklich für ein Alliiertenmuseum will. Er soll sie haben. Ich habe Lust, Abschied zu nehmen. Die Strapazen zu beenden. Die Dinge ihren Lauf. – –

Er setzt den Sack ab und steckt den Schlüssel in die Tür. In der Tiefe, hinter dem Häuschen, gluckst Flüssigkeit träge in einem Stahlschott. Ich werde die Schätze hier verstecken, bis er sie haben kann. Es ist mir einerlei, ob er sie in Wahrheit verscherbelt. In Moskau. Er war Russe. Das war zu hören. In Moskau sucht man die Pläne seit fünfzig Jahren. Aber sie waren nie da. Der Vater hat sie mir vermacht. Mein Bau. Wie schön er ist. – – Auch die Briefe, den Kaffee, die Fleischbüchsen kann er haben. Aus den Dakotas und Skymasters später. Fliegende Lagerhallen. Für die oben. In den Ruinen. Hoho! Man muß essen. Auch unten. In meinem Bau.

Wie einfach es war, Papiere zu beschaffen. Vier Tüten Kaffee, fünf Büchsen Fleisch, sechs Dosen Fliegerschoko - - - nicht! Neineinein! Nicht diese Nacht. Die Frauen. Das Chaos. Schreien. Stöhnen. Keuchen. Pausenweise. Besinnungslos. Der heiße Atem. Das glitschige - - - betrunken sind sie. Verrückt. Vor Angst. Schreien sie. Verrückt vor Angst. Springen alles an, was motorisiert ist und sie rausbringen kann. Sie haben kein Veronal und keine Pistolen. Sie strömen aus dem Osten zurück. Blitzmädels. In Uniform und Panik. In dieser Nacht springen sie alles an. Flakhelfer. Hitlerjungs. Es ist die letzte Bombennacht. Ein Tollhaus. Die russische Artillerie ist schon zu hören, bevor sie ihn in den Keller im S-Trakt zerrt. Zu vierzig, fünfzig, sechzig anderen. Die alle dasselbe tun. Keuchen-Glitschen-Stöhnen-Schreien. Rotwein und Fliegerschokolade. Sie klappert mit den Zähnen. Unheimliches Geräusch. Setzt sich auf ihn. Reitet ihn - - - mich - - - er ist - - - ich bin - - - fünfzehn.

In dieser Nacht beginnt er, die Schätze des Vaters durch eigene Beute zu mehren. Es sind zehn Dosen Schokakola, drei Flaschen Rotwein und ein handgemaltes Schild von einer Wand des Luftschutzkellers. WER BIS JETZT ÜBERLEBT HAT, IST SELBER SCHULD. Er trägt alles in den Bau. Wo es still ist. Sicher.

Aber zuerst muß geordnet sein. Reiner Tisch. Dann werde ich hinabsteigen. Durch die Versorgungsschächte. Immer tiefer. Bis zu dem Pfeiler. Den der Vater mir. Denn ich und mein Bau. Sind eins. Und kein Rest wird bleiben. Ich werde alles mitnehmen. Mitreißen. In den süßen Schlaf.

Groß und gewaltig. – –

»WO KOMMT'N DAS *HER?*« Kalle Jokisch fuchtelte mit dem langen Messer herum, bevor er es an den halben Laib Krustenbrot setzte. »Biste extra noch an'ner Tankstelle vorbeijefahrn?«

Mimi schaltete die Kochplatte aus und trug vier leere Dosen *Serbischer Bohneneintopf* zum Mülleimer. »Von zu Hause. Da kommt man ja doch zu nix.« Heiße Milch mit Honig und Rum. Mimis Timbre für klamme Nächte und Durchmachen. Statt Thermodecke und Badewanne. Mimi hatte zwar nicht die letzten knapp zwanzig Stunden in der Kälte von matschigen Gewerbegeländen, blutverschmierten Mordzimmern und Sektionsräumen aus Chrom und Fliesen verbracht, ohne aus den Kleidern zu kommen, geschweige denn unter die Dusche, aber sie wußte genau, wie man danach innerlich klappert. Sie war oft genug dabeigewesen. Sie kannte das klirrende Duell zwischen schaudernder Müdigkeit und prickelndem Adrenalin. Die Berge von Dosensuppen im ehemaligen Asservatenschrank gingen auch auf ihr Konto. Etwas Warmes braucht der Mensch, gerade wenn er endlich wieder Boden unter den Füßen spürt. Optimismus wärmt den Geist. Adrenalin hält nie lange vor.

»Und Lieberman!?« protestierten Fritz, Roboldt und Lietze fast aus einem Mund. Es klang weniger entrüstet. Mehr hungrig.

»Muß eben selber zum Bäcker oder Mazzen knabbern«, strahlte Mimi, während sie den dampfenden Topf auf den Tisch wuchtete. »Die soll man ja auch nicht verkommen lassen, oder?«

Jokisch säbelte stur Scheiben vom Brot und wagte nicht, sie anzusehen. Wenn das keine Fischvergiftung war, was ihm im Bauch kribbelte, dann *waren* es – Schmetterlinge.

Schade drückte die Filterlose aus, stand auf und fing an, die Suppe auszuschenken. »Wann soll die Konferenz sein?«

»Um sieben hier, aber nicht mit der ganzen Siebten«, Lietze gab ihr den Teller. »Dettmann findet auch, *wir* sollen's machen.«

»Schaffen wir doch gar nicht.« Roboldt rückte mit dem Stuhl in Eßposition. »Allein die neue Puffschiene –«.

Lietze hielt die Hände über den dampfenden Teller. »Wir sollen Schiller, Schuster und Prützmann dazukriegen.«

Als das allgemeine Grunzen beim Namen Prützmann verebbt und alle mit Essen beschäftigt waren, bekam Fritz, der bis dato maulfaulste, fast Logorrhöe. »Was ist *das* denn!« Er hatte sich die Zunge verbrannt.

»Serbische Bohnensuppe –«, flötete Mimi sanft, »wieso?«

Alle probierten. Alle lobten Mimis Idee (*keine* Currywurst holen zu fahren). Niemand die Suppe. »Schmeckt, als wäre die in einen kroatischen Hinterhalt geraten«, stellte Schade fest und legte den Mund in säuerliche Falten.

Mehrere Kubikzentimeter Suppe schwappten wegen Prusten aus ihren Tellern, mehrere Stühle samt Besatzung kippten beinah um, mehrere Milliliter Tränen versickerten auf rotglühenden Wangen. Mitten ins Gelächter hinein knödelte Mimi: »Ich glaub, bei euch piept's!« Und sah Schade und Roboldt an.

Schade sprang auf und schlenderte, noch immer glucksend, in das Zimmer, das sie mit Roboldt teilte.

Der Rest schlürfte schweigend weiter. Bis Jokisch etwas einfiel. »Ach, sach ma, Detlev – was hat'n dir der Priester nu uff's Band jesprochen?«

Roboldt versuchte eine extra-wegwerfende Handbewegung, die fast seine übrige Suppe auch noch über den Tisch gefegt hätte. »Daß er ein paar Tage nach Westfalen muß, dann will er sich melden. Weiß gar nicht, was der *will*...«

Lietze grinste extra-breit. »Und *ich* weiß gar nicht, was *Sie* wollen, Kobold! Wer hat dem denn Ihre Privatnummer –«.

Schade kam im Galopp zurück. »Ratet mal, was *das* hier ist!« Sie wedelte mit einem Fax.

Lietze nahm es ihr ab. Las die Kennung. »6.6.1994 4 Uhr 56 – BKA? Moment mal – das kommt aus Moskau!«

Schade blieb triumphierend neben ihr stehen. »Noch ein gutes Omen! Vorlesen!«

»... Eva-Maria Adam, geboren am dadadadadam, PA-Nr. sowieso... Verkehrsunfall... bei Peredelkino... ums Leben gekommen... dadadam – *um's Leben gekommen*?« Lietze überflog die nächsten Zeilen der förmlichen Mitteilung, den internationalen Haftbefehl und irgendwelches offenbar in Moskau abzuholendes Eigentum betreffend, und warf das Fax auf den Tisch.

Fritz war plötzlich hellwach. »Violetta? Ist – tot?«

»Ganz genau«, sagte Schade.

Und plötzlich waren alle hellwach, erklärten Jokisch, wer

Violetta war, (»gewesen war«, wie Roboldt präzisierte), griffen nach Zigaretten- und Zigarilloschachteln und versuchten, ihre Euphorie im Zaum zu halten.

»Wenigstens *die* Akte können wir schließen«, sagte Schade.

»Und –«, Lietze schob ihren Teller energisch beiseite, »das andere Kind, wenn ich das mal so sagen darf!« Sie strahlte Mimi an. »Das andere Kind kriegen wir auch geschaukelt!«

Niemand hatte Dettmann kommen hören.

»Also, an die Arbeit –«, Lietze stutzte und strahlte auch ihn an. »*Sie* haben ja ein Timing!«

Dettmann strahlte nicht. Er kam langsam, sehr langsam, als bewegte er sich auf einer hauchfeinen Porzellanfläche, die bei jedem falschen Schritt bersten könnte, an den Tisch. Auch er hatte ein Fax in der Hand. Aber er wedelte nicht damit.

Alle starrten ihn an. Alle hielten die Luft an.

»Sie *haben* es getan«, sagte Dettmann und hob das Fax. »... aufgrund der Brisanz des Falls und so weiter ... unsere Ermittler schützen blablabla ... an das Bundeskriminalamt übertragen ...« Dann ließ er es sinken und sank selbst auf den nächsten Stuhl.

Niemand rührte sich. Der Schock schien alle Muskeln steif und die Haut taub werden zu lassen. Die Zeit stand still.

»Das hat es bisher noch nie gegeben – stimmt's, Dettmann?« fing Lietze nach einer schweigenden, gelähmten Ewigkeit an. Auch diese Stimme hatte es bisher noch nie gegeben. Jedenfalls nicht im Dienst. Gleichermaßen erregt wie kristallklar.

Dettmann nickte.

»Dann habe ich *noch* etwas, das es bisher auch nicht gab: Ich bin Lietze Komma Karin und ab sofort Du. Für *euch*!«

H-HOUR 0:15 ORTSZEIT MINSK. Auf dem Flughafen hebt eine Yakovlev 40 ab. Sie hat aus verschiedenen Gründen eine Ausnahmegenehmigung für diesen Nachtflug. An Bord befinden sich die beiden Piloten, drei weitere Männer und zwei Frauen sowie deren Reisegepäck und ein vorschriftsmäßig vertäuter Container, der zwei Videokameras, eine 16mm-Profi-Kamera, eine Profi-Tonausrüstung und Film- und Tonbandmaterial enthält. Außerdem eine Mappe mit Pressematerial über die deutsche Fußball-Nationalelf. Die eine der Frauen hat einen Ausweis als geprüfte Dolmetscherin, die andere und die drei Männer sind Absolventen verschiedener, auch westlicher Film-Institute und könnten das gegebenenfalls auch sofort nachweisen.

Die Yak besitzt zwei funktionstüchtige Funksprechanlagen, einen Transponder und ein Satelliten-Navigationsgerät. Laut Flugplan nimmt sie Kurs auf Kiel. Nach exakt dreißig Minuten allerdings werden die Piloten die Funkanlage nur noch zum Mithören benutzen, den Transponder ganz außer Funktion setzen und trotz des DGPS einen auffälligen Zick-Zack-Kurs über der Ostsee beginnen. Er wird nicht lange unbemerkt bleiben.

Im Gegensatz zu der Cessna 560 Citation V. Sie ist, ebenfalls unbemerkt, exakt fünf Minuten später auf einem Feld nahe Minsk gestartet, hat zusätzlich einen Restlichtverstärker an Bord, fliegt exakt denselben Kurs und wird den radartechnischen Windschatten der Yak 40 verlassen, sobald die Aufmerksamkeit der russischen, polnischen oder NATO-Luftraumüberwachung erregt ist. Diese Aufmerksamkeit wird die Yak solange auf sich halten, bis die Cessna nach Plan gelandet sein muß. Dann wird sie sich, nach einem Irrflug durch die östliche Ostsee, um 5:30 Ortszeit unter gleichermaßen dramatischen Umständen zu einer Fast-Bruchlandung in Südfinnland zwingen lassen. Weder die finnischen noch andere Behörden werden den Vorfall veröffentlichen. Er wird als »mysteriös« gelten, erst recht, nachdem (Monate später) die russische Nachrichtenagentur »InterFax« einen Hintergrundbericht mit der Hypothese verbreitet haben wird, an Bord der Yak habe sich gar kein Fernsehteam für eine Reportage aus dem Trainingslager der deutschen Nationalelf in Malente und deren Vorbereitungen für die Fußballweltmeisterschaft befunden, sondern Mitglieder der unabhängigen Film-Kooperative ZEPPELIN, die illegale, geheime Luftmanöver über der Ostsee, vor sich hin rottende Atom-U-Boote oder Zobelschmuggel in baltischen Anrainerstaaten dokumentieren wollten.

Die nicht exakt berechenbare, aber erhoffte sechsunddreißigstündige Sturmpause hält an. Vor Flugbeginn hatte Ida noch Hitzegewitter und Wolkenbrüche aus dem Himmel über Bukarest gewalzt. Und während die nordatlantische Judith über den Britischen Inseln ihre Truppen zusammenwirbelt, um sie am frühen Morgen auf den Kontinent zu werfen, landet noch in der Nacht des 6. Juni 1994, um Punkt 3:30 Ortszeit, die Fünf-Millionen-Dollar-Cessna auf der geborstenen Plattenbahn eines ehemaligen sowjetischen Garnisonsflughafens im Nordosten von Berlin. Die Landepiste ist durch zwei Reihen Grillparty-Fackeln markiert. Sowie sich die Cessna-Tür öffnet, tritt ein großer, kräftiger Mann von zirka vierzig Jahren aus der nur von milden Westwinden gestreiften, mondlosen Nacht. Seine Körpersprache verrät militärische Herkunft. Sein Anzug dagegen ist von luxuriös-lässiger Zivilität. Aus der Cessna steigt ein etwa fünfzigjähriger, eher gedrungener Mann, der auch aussieht wie der späte James Cagney. Er ist sehr westlich gekleidet, feine Zivilisation ringelt sich um seinen Bauch wie ein Gürtel, dessen sich kein Brooklyn-Heights-Sindonella zu schämen hätte. Auf den Taschen der Frau und der beiden Halbwüchsigen, die hinter ihm die kleine Treppe hinuntergeklettert sind und sich sofort zu einer dunklen Limousine mit Kennzeichen des Corps Consulaire aufmachen, sind ebenfalls zwei (gegeneinandergestellte) Cs.

Der Mann spricht Spanisch, Portugiesisch, Französisch, Englisch und etwas Deutsch, begrüßt den anderen Mann aber auf Russisch, ihrer beider Muttersprache. Er wird sich, sobald er seine Residenz in Berlin eingerichtet hat, Baruch Roth nennen. Er wird offiziell eine Import- und Vertriebsfirma namens EQUALITY INC. für Kaviar, Kosmetik, Designermode und HiFi-Anlagen aufziehen. Und er wird in kurzer Zeit so innig mit dem jeweils medienträchtigen *tout Berlin* vertraut sein, daß nicht nur kaum noch Vernissagen, Partys und *society events* aller Art ohne ihn stattfinden können.

»Also, Nadja«, fragt er, ohne Zeit zu verlieren, »ist der Sitzpate einsatzbereit?«

Der zivilisierte Ex-Elitesoldat liefert einen militärisch knappen Rapport, hebt dann die offenen Handflächen und sieht dem anderen fragend in die Augen.

»Gut«, sagte der reale Pate. »Ich werde ihn mir ansehen. Auf jeden Fall klingt Stieber zu deutsch und Kowalski nach Charles Bronson – oder war's Marlon Brando? Nitschjewo. Der Mann braucht einen plausiblen Namen, eine appetitanregende Legende und Instruktionen im Umgang mit Scheckbuchjournalisten. Denn *ich*«, sein Lächeln ist ebenso charmant wie seine Gestik, »werde nicht in Erscheinung treten. Ich bin *Der Stille Don*.«

ABSPANN

The Big Lift

» – STECKNADELN HAT SE JESCHLUCKT! « Chérie reißt den Kopf herum und drückt hastig die Beifahrertür auf.

Kim, Kitty und Helga starren ihr nach, wie sie fast die Enduro umrennt und sich im Gebüsch hinterm Mäuerchen übergibt.

Nach der Schreckminute schreit Kitty: »Die Kleene kotzt sich ja die Seele außen Leib! « und flitzt hinterher.

Kim ist noch bleicher als sonst. Helga massiert hektisch ihren Hals. Es ist kurz vor elf, ein normaler Dienstagvormittag. Die Tiergartenstraße entlang donnert der übliche Verkehr. Für den anderen, dessentwegen zwei der vier Frauen seit dem frühen Morgen hier sind, besteht zur Zeit kaum Nachfrage. Kitty schiebt Chérie sanft zurück ins Auto und wischt ihr das Gesicht mit *Septième-Sense-* getränkten Papiertüchern sauber.

»Die hat schon anjeschafft, da war Vietnam noch Indochina, weeßte? Französische Kolonialistenschweine, US-Imperialistenschweine, Kriech, Bomben – allet hat se überlebt! Die hat aus die rausjeholt, wat drinne war. Kohle und Informationen. Damals ham se't jern jenomm, und *wie* jern! Fakt ist nemmich: Sonne Frauen wie meene Tante ham se nötich jehabt. Und zwar bitter! 'n Puff ham se ihr uffjezohng, in Saigon. Ohne die Frauen hättste'n janzen Vietcong fajeßn könn. Politverbrecher! «

Kim legt ihr von hinten eine zitternde Hand auf den blauschwarzen Pagenkopf. Helga beobachtet stumm, wie Kittys Blick mit einer am Rückspiegel baumelnden Blechmarke verschwimmt.

»Alleene hätten *die* die Napalm-Mörder nie rausjekricht!« Chérie dreht sich zum Rücksitz.

»Und *det* verzeihn se keene Frau.« Kim ist rot vor Zorn.

»Fazeihn?!« Helga schnappt dankbar den möglichen Fehdehandschuh. »*Dekoriert* wern andre für sowat! Is ne *Schande*!«

»Deckeriert! *Jeneet* ham se. Fahnen. Deckeratzion ooch. Im Lahrer. Schau, wa? Det war ›Umerziehung‹ fürn Vietcong! Fahnen-Nähen!« Chérie sucht Kittys Blick und findet die Blechmarke und – weint. Zum ersten Mal im Leben weint Chérie. Als wären ihre neunzehn Jahre Lebensgeschichte in einem Sarkophag à la Tschernobyl verschlossen gewesen. Als wäre der plötzlich gerissen. Geboren in der DDR. Als Kind hochrangiger Kader. »Fidschi-Kader«. Als Objekt neidischer Begierden und permanenten Mißtrauens. Als heimliche Mitwisserin von Machenschaften, die nach 1989 erst recht gediehen, hinter neuen Fassaden. Und jetzt und hier, in einer metallicblauen Schrottschleuder, inmitten des gnadenlos vorbeidonnernden Verkehrs, zwischen diesen Frauen, bei denen sie zum ersten Mal im Leben das Gefühl gekostet hat, *nicht* wurzellos zu sein, hier, jetzt, ohne Angst, hemmungslos weint Chérie. Nicht über die zarte Wurzel, die Tante Chérie jetzt für sie war. Deren Namen sie weiterleben lassen wird. Nicht mehr Hang: *Chérie*! wird sie heißen.

Chérie weint über die baumelnde Blechmarke. Über Morris. Über Kitty, die nie zuvor *Morris* und *Mörder* in einen Gedanken gebracht hatte. Napalm-Mörder. Über das erdrückende Rätsel, das sich nie lösen würde. Wer im Krieg ist, macht sich die Hände blutig. Auch Tante Chérie?

»GLÜCKWUNSCH, JOKISCH!« Lietze hat lautlos die Tür mit dem Schild »454/LKA 4113/3.Mordkommission/KHK Fritz/KOK (Ang.)Jokisch.« aufgeschoben und registriert zufrieden grinsend, wie letzterer herumfährt und ins Telefon stammelt. »Du bist durch!«

»Mo-mo-ment mah, Sonja.« Er legt den Hörer auf die Akte einer vor längerer Zeit vermutlich von ihrem (seitdem verschwundenen) Liebhaber erstochenen Frau. »Das – äh, is *nich* die Telekom, die ham wohl'n Hörer danebenliehng! Aber ich probier weiter, ich *krieg* den alten Fall noch abjeschlossen. Ich hab nurersma'n andern Anruf –«.

»Wer weiß, wozu's gut ist.« Lietze schwenkt ein Schreiben und grinst wie ein Mülleimer. »Trotzdem bist du durch.«

»Wo-wie-was!« Jokisch hüpft vom Stuhl zur Tür und reißt ihr das Blatt aus der Hand. »Ach – Jauck. Hab ich doch jesacht!«

»Gesagt haben alle allesmögliche.«

»Ich *war* bei kei'm Sicherheitsorjan! Glückwunsch! Soll *ich mich* jetzt vielleicht beglückwünschen, bloß weil Jauck *meine* Wahrheit freundlicherweise ooch schon –?« Seine Augen blitzen wie zwei Zinken einer frisch geschrubbten Mistgabel.

»Aber wo!« Lietze hat die Tür schon fast wieder hinter sich zugezogen. »*Uns!* Für Menschenkenntnis und guten Geschmack!«

Das Geschoß (in Form eines geknüllten Gauckschen Gütesiegels) prallt an der Tür ab.

»So, Sonja. Bin wieder da.« Jokisch schüttelt weiter den Kopf, halb erbost, halb – naja, doch: strahlend! »Haste jehört? - - - Wie? - - - Deinen Posten einnehmen? Hast du'ne Meise - - - Beamter! Beamter! Wer will denn Beamter - - - ach so, naja - - -. Nee, jetz nich, jetz sollst *du* mir ersma Licht ans Fahrrad machen

- - - du verstehst bestimmt *mehr* von Frauen als ich! Was *mach* ich'n jetze mit - - - Mimi und so?«

»WOTTIE? NEE! WIE SIEHST'N *DU* AUS!« Soraya Töpperwehr läßt den Aluminiumeimer fallen. Er scheppert über das Terrazzo zwischen Keller- und Hoftür. Mit dem Wischwasser schwappen Schrubber und Lappen fast die Kellertreppe hinunter. »Die Haare –!«

Grrauenhafthh! jagt dem Mann mit den vormals zwischen Stahl und Silber changierenden, beilgerade gescheitelten, rechtwinklig wie ein Sofakissen in die Stirn hängenden Haaren durch den Kopf, während er den Briefkasten vorn im Flur wieder zuschließt und die drohende Tuchfühlung mit der Hauswartin so lange wie möglich hinauszuschieben versucht.

»Ahh – Sorrayahh!« haucht er schließlich so »baltisch« wie möglich. »– garr nichthh mittierhh gerrechnethh! Ähh – jahh! Ich dachtehh, grrau machtochn bißchnalthh.« Er hält die Reisetasche mit der linken Hand umklammert und fährt mit der rechten, in der ein paar Reklameprospekte klemmen, linkisch durch die öligen schwarzen Wellen. Scheißehh! Warum hatte er diesen Trainingsanzug und diese Golduhr vergessen! Warum mußte *er* überhaupt diesen Proleten-Protz anziehen! Gebrochen englisch reden! Als Bilderbuch-Brutalinski auf Touren gehen wie ein Vertreter! Nadja-Arrschlochh! Er war doch nicht blöd! Er wußte genau, für wen er hier den reisenden »Pressesprecher« zu mimen hatte. Während sich diese ganzen verdammten anderen *rawnyie* da in Kultur und kalten Büfetts aalten! Unverrschämthh! Wenigstens hielt der Job ihm *die* jetzt ein bißchen vom Hals. Diese Sorrayahh –.

»Du kleener Schelm, hmh?« Sie hängt sich bei ihm ein und

wuschelt mit einer Hand (aufgeweicht von flüssiger Schmierseife) durch seine Schmalzlocken. »Ick mach den Schlamassel ehm wech, und dann –«, verschwörerisch zwinkernd, »*muß* ick dir wat zeihng. Wottielein, det gloobste nich. Weeßte noch die Krimmijeschichten, die'ck dir letztet Jahr zu Lesen jejehm hatte? Du – da hat sich do' Tatsache sohn roter Pate 'n Namen draus jeklemmt! Jibt Intawjuhs, von wehng Russen-Maffia und Trallala, und nennt sich Wottkas Basuhkas!«

»OH, KALLE! Warum hab ich dich bloß angerufen!« stöhnt Schade, als sie den Hörer aufgelegt hat, und reibt sich das ebenso glühende Ohr. Von Frauen verstehe ich wahrhaftig mehr, aber von Männern –. »Das wird nie was mit den beiden. Vielleicht mußt du mal mit ihm reden, Leffi. Ich glaube, Kalle steht sich vor lauter Panik selbst im Wege.«

Detlef Neumann hobelt die Schublade mit der eingebauten, schwenkbaren Palette zu Ende ab. »In Heteros war ich nie gut. So – jetzt müßt'se flutschen wie'n Kamm durch die Butter.«

»Danke, Mensch! War wirklich die einzige kleine Macke. Alles andere – genial! Du mußt dir das Ding patentieren lassen. Anita ist im siebten Himmel, seit du ihr das maßgebaut hast!« Sie zieht den Reißverschluß der Lederjacke hoch und nimmt ihm die Schublade ab. »Wie könnte man das nennen – Mal-Schreib-Lese-Möbel für Rollstuhlfahrer?«

Neumann winkt ab. »Wenn die jetzt noch klemmt, schick ich euch Holger nach Feierabend vorbei. Wo bleibt der überhaupt, der Auftrach hier muß unbedingt –«.

»Bist richtig gut im Geschäft, hm?«

»Joahr. Wär gut, wenn Holger mehr arbeiten könnte. Aber da macht sein Frollein Mutter nicht mit.«

»Und du willst wirklich nicht raus aus dem Loch hier?«

Er schüttelt heftig den Kopf. »Flughafen Tempelhof, der Glamour von so'ner Adresse – ersetzt jede Werbung. Fenster wären allerdings netter. Mit Ausblick. Aber *die* Kohle –«.

»Sag mal, bist du taub?« Schade setzt den Kasten wieder ab. »Wir haben dir x-mal gesagt: Geld ist kein Thema! Der Alte von Anita hat soviel hinterlassen, da kriegst du Hautausschlag.«

Neumann zieht die Brauen hoch. »Legt's gut an. Schöner Häuserblock mit Innengärten, und da dürfen wir alle wohnen, wenn wir alt und klapprig sind. Und uns päppeln lassen, von Polette – falls die dann immer noch –«.

Schade grinst. Totgesagte leben ewig! Seit Anita Polette de Raclette als Full-Time-Engel fest angestellt hatte, war die, nein *der*, Quatsch: *die* regelrecht zu neuem Leben erwacht. HIV? AIDS? Höhö! pflegte Polette zu trällern. *Hab Ich Vergessen*, heißt das! Alzheim'rrr! Od'rrr? »Mußt *du* wissen, Leffi. Hinterhertragen tu ich's dir nicht...« Schade schultert die Schublade und verläßt die winzige, unterirdische Tischlerei.

Männer. Komische Sorte Mäuse. So ein Angebot hätte *ich* nie abgelehnt! Aber in Geld und Gefühlen sind die irgendwie – auch dieser Kalle! Mimi läßt sich scheiden und riskiert, mit ihm zusammenzuleben, und was fällt ihm ein? Die Quadratmeter seiner Wohnung! Schiß hat der. Vor Michel, vor Mimi, vor allem vor sich selber!

»– kannste nich uffpassen! Weiber! Blöde K–, uch! Ach, *Sie*? Wat machen Sie denn – 'tschuldjunk!« Der ältere Mann hat eine Schubladenkante an die Schläfe gekriegt und taumelt wieder aus der Tür mit dem Schild »Aufgang 5«.

Schade stellt die Schublade ab und läuft rot an.

»Herbert Marotzke! Aus de Werchstatt Halle siem! Sind *Sie* nich die Krippo? Von letztet Jahr?« Er klemmt den Hut, den er in einer Hand hatte, unter die Achsel und betastet den Ratscher am Kopf.

»Äh, wie – wer? Hab ich Sie – Sie *bluten* ja!« Sie nestelt ein Taschentuch aus der Hose. »Ach, *so* – der Ara!«

»Korrekt: Paule!« Er tupft Blut ab und seufzt. »Der war ja denn abjehaun, paar Tahre später. Na, wir hatten ja Staatstrauer anjesetzt jehabt, Sie! Ick habe jeheult wie 'n Schloßhund, selbdritt. Und wissen Se wat? Der hatte sich ne Villa ausjeschinzt, in Rudow. Da wohnte woh'n Kolleje von ihm. Und da zieht der eimfach ein, hähä! Und et dauert jar nich lange, da leecht der'n Ei! Paule! Wat so'ck Ihn sahng: Da war der immer schon'n Paulinchen jewesen!«

Schade lächelt und schüttelt ungeduldig den Kopf. »Ich glaube, es hat aufgehört zu bluten. Jetzt können Sie Ihren Hut wieder aufsetzen. Ich muß los – tut mir wirklich leid!« Sie schultert die Schublade zum dritten Mal.

»Is donnich meiner!« Marotzke klingt entrüstet. »Hat'n Kolleje vom SOD bei de Streife jefunden, unten im Keller. Ick wolltma rumjehn und frahng, wer den vermißt – obwohl, so'n noblet Stücke is det anumfirsich ooch nich mehr. Wat is nu einklich aus Ihre jesprengte Persönlichkeit da jeworn?«

Schade ist schon auf dem Weg zum Parkplatz. »Keine Ahnung. Macht das BKA. Und ich hab ein halbes Jahr Bildungsurlaub...«

Urlaub! überlegt sie weiter. Bin froh, wenn ich in acht Wochen wieder unnatürliche Todesfälle bearbeiten darf! So unnatürlich können die gar nicht sein wie – wie diese Bildung von solchen Privatvermögen!

»PACKEN WA'S! Ich hab die Ecke nich mehr jesehen, seit die Amis raus sind.« Der technische Leiter der Feuerwehr mit dem Schnauzbart nimmt das orangerote Plastiktablett mit den leeren Tellern, geht vor zum Ausgang des Flughafen-Casinos mit Blick auf die Passagiertreppen und die Flugzeuge, die unter dem Spanndach parken, und schiebt es in den Container.

Eine Viertelstunde später, genau um 12.30, stehen er und der alte Feuerwehrmann, der ihm von einer merkwürdigen Beobachtung in einem lange nicht mehr benutzten Teil zwei Stockwerke unter Halle 2 in der östlichen Kleiderbügelhälfte erzählt hatte, mit Stabtaschenlampen und mehreren verschiedenen Schlüsselbunden vor einer Tür. Die ist aus rostfleckigem Metall und hat erstaunlicherweise keine Spinnweben in den Winkeln, aber einen kaum sichtbaren Spalt.

»Ham ja die Amis vielleicht bloß verjessen auszuräumen«, sagt der alte Feuerwehrmann, »aber alleen war's mir nischt. Wenn da 'ne Leiche liecht...«

Der jüngere drückt die Tür auf. »Komm mal mit *deine* Lampe ooch! - - - Det jib's nich!«

Der kleine Raum ist überladen mit Möbeln, Kisten und Säcken. Er sieht, obwohl er klamm und fast lichtlos ist, aus wie bewohnt. An der Wand gegenüber der Tür steht ein schmaler Tisch. Darauf eine Art Triptychon. Drei Fotos in Standrahmen, an deren einer oberer Ecke je ein schwarzes Band befestigt ist. Das Foto in der Mitte zeigt einen Jungen im Konfirmationsalter, davor liegt eine altmodische rot-weiße runde Dose, auf der »Schokakola« steht, und ein kleines Pappschild mit der Aufschrift »24.10.1929 – 21.4.1945«. Auf dem Foto rechts ist ein etwa vierzigjähriger Mann in 40er-Jahre-Kleidung zu sehen, davor liegt eine gebundene Mappe mit handbeschriebenen Blättern, oben drauf dieselbe Art Pappschild mit den Daten

»6.4.1905 – 3.2.1945 10:39–12:16 (USAAF)«. Es verdeckt die Schrift auf der Mappe: »Mein Bau«.

Der linke Rahmen ist umgekippt. Das Foto der irgendwie alterslosen, hübschen Frau mit keck onduliertem Pagenkopf und Zigarettenspitze ist halb verdeckt von mehreren vergilbten Zeitungsausschnitten, in denen es um einen Nachtangriff der Royal Air Force zu gehen scheint, bei dem zum wiederholten Mal auch der Zoologische Garten getroffen worden war. Die Artikel haben handschriftliche Bemerkungen am Rand. Neben den im Text erwähnten »Jaguaren, Tigern, Leoparden und Affen«, die in jener Nacht offenbar aus den Käfigen entkommen waren, steht: »Das also wollen sie: Raubtiere befreien!« Neben die Erläuterung, alle diese Tiere seien in den folgenden Tagen wieder eingefangen worden, hat jemand mit einer anderen Schrift gekritzelt: »Glaube ich nicht!« Das Pappschild liegt auf der Schriftseite. »7.8.1909 – 22.11.1943 19:57–21:51 (RAF)«.

Um das Arrangement herum rankt sich eine feine Girlande aus Draht und roten Lämpchen. Nur noch wenige flackern.

»'n Altar«, murmelt der Jüngere mit dem Schnauzbart.

»Wem *jehört* denn das?« Der Alte schüttelt den Kopf. »Meinste, wir dürfen det allet so anfassen?«

Der Jüngere zuckt die Schulter und sieht sich um. Sein Blick bleibt an einem altmodischen Safe hängen, dessen Tür offensteht. Er geht hin. Das dicke Bündel Dynamitstangen sieht im Kegel seiner Taschenlampe noch unheimlicher, der Haufen von Geldscheinen völlig irreal aus.

»Ach, kiek ma an«, sagt der Alte, der in die andere Richtung gekuckt hatte, »könnte der Zuch sein, den der Spielzeug-Eisenbahn-Club vermißt –«.

Der Jüngere nimmt sein Feuerwehr-Funkgerät. »- - - ja, doch! Also ruf die Schnittlauchs an und bring se hierher!«

»Muß'n blinder Passagier sein –«, der Alte kratzt sich am Kopf. »Mir'n Rätsel! 'n Blindjänger. Macht ja heutzutahre nich mal mehr'n Fuchs, der uff sich hält, so'n Bau unter der Erde…« Er geht zu dem Altar zurück. »Keen Name, nischt. Muß ooch Volkssturm jewesen sein, der Kleene hier. Oder Flakhelfer. Fliejerschokolade und Rotwein ham se uns jejeben, damals. War *die* Nacht… wer'ch nie verjessen… paar Tage später kam der Russe vonner S-Bahn rüberspaziert, eimfach so, auf Tempelhof…«

Der Jüngere hört auf, den Schrank mit den säuberlich aufgehängten Uniformen und Zivilanzügen aller Art zu untersuchen und dreht sich zu dem Alten.

»…weeß ick noch jenau. Wir hatten Luftschutzkeller im S-Trakt drüben. 'n Haufen junge Bengels und Hunderte von Blitzmädels… die waren ja alle hier im Hafen, denen hatten se erzählt, sie werden ausjeflogen. Pustekuchen! Kannst dir ja die Panik denken… 'n paar hatten wohl ooch schon Veronal jeschluckt… die andern sind allet uff'n Schoß jesprungen, wat motorisiert war… Kannst *du* dir jar nich vorstellen, nich? 21. April 45… is fuffzich Jahre her… und denn, du hast die russische Ahtlerie draußen schon ballern jehört, so um Mitternacht Fliejeralarm, rin in'n Keller… du, det war… det… war 'ne Orje! Massenvöjeln! Anders kannste't jar nich nennen. Jespenstisch… Wer'ch nie verjessen, nie… Bloß, ick kann ma ums Verrecken nich erinnern, daß da eener bei jestor'm is… Jespenstisch…«

»EIMFACH'N BISKEN MEHR – *PEITSCHE*! Verstehste? Denn Zuckerbrot, det hat's hier lange jenuch jejehm. Hier is doch immer allet rinjepumpt worn. Schaufenster West, Schaufenster Ost. Det is nu vorbei, nu is hier plötzich Meetropohle. Und det

Einzje, wat se jetze hier rinpumpen, is Bonzen und Bürokraten. Keene Ahnung, keen Bock, Niewoh südlich de Grasnarbe – aber hier uff Willi Wichtich machen. Die Sorte. Looft bei mir allet unter ›Bonner‹...«

Lietze nimmt den Hörer vom Ohr und starrt einen Augenblick fasziniert auf die Hörmuschel. Nicht daß Helga früher unfähig zu politischen Analysen in vollständigen Sätzen gewesen wäre. Auch Altersradikalität gehörte zu den normalen biologischen Phänomenen. Aber Helga hatte die Freiräume im Kopf, die ihre Selbstpensionierung von der Tiergartenstraße geschaffen hatte, geradezu phänomenal ausgebaut. Die hat einfach endlich die Chance, überlegt Lietze (und hört mit halbem Ohr weiter zu), ihren Grips nicht mehr an »Stuppen-Jeseire« und Sorgen über unanständige Einnahmen und noch unanständigere Freier zu verschwenden!

»...die Frauen ooch wieder aus de erste Reihe wech und die Kerle wieder unter sich. Infoljedessen muß die irnkwer wehnsksns freizeitmeeßich wieder – ick möchte mah sahng: uff jesundet Maß stutzen! Wir sehn't als jesamtjesellschaftliche Notwendichkeit.«

Und infolgedessen planten sie die Eröffnung einer Domina-Meisterschule. Mit hochqualifiziertem Lehrangebot und Abschluß als Magistra Dominatrix (M.D.). Lietze lächelt. Stolz und ungläubig. *Ihre* – wie sagte Lang? Milchschwester! Auch Lang war nicht ganz unschuldig an Helgas neuer Rolle als *elder stateswoman* der MIGRÄNE. Er saß oft nachmittags im *NaNa's*. Mit den wenigen anderen ZERV-Kollegen, denen er traute. Oder mit Ulrich Jobst aus der Radarzentrale. Auch Helga schien das kleine Bistro als zweiten Wohnsitz zu nutzen. Sie verbrachte halbe Tage da. Politisierend, Zeitungen studierend (die manche Gäste extra für sie daließen). Sie saß immer am selben Platz (wenn sie nicht zur Hand ging) und hatte dem Wort »Stammtisch« in kürzester Zeit ein positives Image verpaßt. Lang hatte in der ZERV klargemacht, daß Spionage, organisierte Kriminalität (oder was sonst höhere Herren befürchten, wenn jemand rififi-artig durch ihre Wand bricht) seines Wissens noch *keine* Frauenvereine seien. Und auch die Mädels hatten allmählich ihren undifferenzierten Argwohn gegen Polizeibeamte abgebaut.

Aber wahrscheinlich, überlegt Lietze, *muß* Helga sich einfach nützlich machen. Die praktische Helga mit dem preußischen Ethos vom gerechten Tausch. So hatte sie auch angeschafft. Und *so* war sie nie reich geworden. Kein Gib ohne Nimm (vorher!), aber eben auch kein Nimm ohne Gib. Die MIGRÄNE gab ihr Kost und Logis, und sie gab zurück, was *sie* zu bieten hatte.

»Und außerdem, sacht Schienett, is det *ooch'n* struckterellet Inschtrument jehng die jaloppierende Verahmunk: *Dominas* sind nemmich ooch *teurer*! Und deswehng wollen wa ausbilden. Denn *Pfusch* könn *wir* uns nich erlaum – aber sach ma: Haste nischt zu tun? Oder warum rufst *du* an?«

»Deswegen: Pfusch!« Lietze nimmt die Beine vom Tisch und rückt die Gedanken zurecht. »Der Bauterror bei uns zu Hause –«.

»Ach ja, hat deiner schon erzählt. Is ja widerlich! Wie heißt die Plunsche noch? Klingt wie'n Befehl –«.

»Friert.«

»Und die is Ossa und hat aber det Haus jeerbt und ewig nich antreten dürfen und jetze schleecht se zu – ha'ck det richtich verstanden?«

»Hast du. Ist alles okay. Wieso sollen Ossis bessere Erben und menschenfreundlichere Hausbesitzer sein als Wessis. Wieso soll die Firma PG-Bau aus Prenzlauerberg ein altes Berliner Bürgerhaus *nicht* gut instandsetzen können.« Lietze steckt sich eine *Lucky Luciano* an.

»Wo hatte'n der Olle det Haus einklich herjehabt?«

»Keine Ahnung. Selbst wenn *der* einer von diesen Arisierungsprofiteuren ist – wer will das rauskriegen.«

»Och«, Helga klingt vergnügt, »da fällt uns schon wat ein.«

Lietze schüttelt den Kopf. »Man kann die Kinder nicht für die Sünden ihrer Eltern bestrafen. Das wäre Sippenhaft, Helga! Hilft *uns* auch nicht. Uns hilft nur: Weg, solange die mit ihrer Gurkentruppe da drin sind! Und du hast Lang erzählt, daß Ginette allein in einer Riesenwohnung hockt –«.

»Und nich weeß, wiese die Miete alleen bezahlen soll. Stimmt.«

»Mal unter uns – Milchschwestern: Würden Lang und ich da reinpassen? Für ein paar Monate?«

Schweigen am andern Ende. »Nuja – doch. Bloß, Schienett baut *ooch* grad um.«

»Ooh, nee! Vergiß es! Ich kann kein Gebohre und Gesäge und Gekloppe mehr hören!«

»Wirste ooch nich.«

»Ich kann auch keine blauen Plastikplanen vor Fenstern mehr sehen!«

»Is *ooch* keen Problem.«

Lietze stutzt und starrt ärgerlich wieder den Hörer an.

»Is für euch vielleicht *jar* keen Problem ... Schienett hat seit zwee Monate die Oprazjohn hinter sich. Da ham se ihr ne künstliche Wajiena jebaut –«.

Lietze stöhnt erleichtert auf. »Na, dann –«.

»Wart's ab. Anunpfirsch is sowat in'n paar Wochen erleedicht. Aber unsre Kleene hat woh zu schlappet Jewebe im Bauch, von inrkwelche Darmoperationen oder weeß ick, und infoljedessen *schleeft* die nich bloß mitten Riesen-Dildo, die muß ooch damit *rumrennen* – kannste dir det vorstellen?«

»Äh – wie? Nee!«

»Na*ja*, doch! Wir ham schon Treen jelacht! Neulich hat se't uns mah jezeicht. Du – wenn det keen letzter Modeschrei wirt, freß ich'n Dildo! Die hat *Hosentreejer* am *Schlüpper*! Und ohm drüber knallenge Lederhose, damit det Dink *ja* nich rausflutscht!«

Lietze kriegt gleichzeitig Spucke in die Luftröhre und Rauch in die Augen und schluckt und hustet und lacht und heult minutenlang. »Oh – Gott – Schei – ße – die – Ärmste!« quetscht sie schließlich raus. »Und wenn's erst Sommer wird! Hätte sie sich nicht im Herbst ähm – umbauen lassen können?«

»Keen Termin frei! Ick sahre ja: Alles Pfusch und Dalles!«

DAS DREIECKIGE AUFFANGBECKEN für überschüssige, möglicherweise gefährliche Flüssigkeiten vom Flughafengelände liegt friedlich glitzernd unter den Gärten der Laubenkolonie zwischen Columbiadamm und Lilienthalstraße. Ab und zu ziehen ein paar tiefe Wolken unter der Sonne vorbei über den blauen Himmel. Ab und zu kräuselt ein leichter Windstoß aus fast exakt östlicher Richtung die Wasseroberfläche. Der 2. Mai 1995 ist ein heiterer, milder Frühlingstag, der die Haut schon in Vorfreude auf den Sommer prickeln läßt.

Ein paar Zentimeter neben dem Schott, durch das das Auffangbecken abgepumpt werden kann, hat sich eine Supermarkt-Einkaufstüte in den Schlingen wilder Wasserpflanzen verfangen. Sie enthält ein seltsames Sortiment Papiere. Mehrere Pläne und Konstruktionszeichnungen von unterirdischen Wasser- und Energieversorgungsanlagen eines Gebäudes, das (wegen des unverwechselbaren Grundrisses) nur der Flughafen Tempelhof sein kann. Auf einer Zeichnung markiert ein grünes Kreuz eine Stelle an der Verankerung eines der Pfeiler, die das Hauptgebäude tragen. Dicht daneben läuft ein Versorgungsschacht entlang. Oder endet dort?

Es ist ziemlich genau 15:00, als ein älterer Laubenpieper sich behaglich reckt und die Arme reibt und in der Ferne die schlingernde Tüte sieht. Er kennt einen (eigentlich nicht existenten) Weg durch die Kolonie zu dem Häuschen über dem Schott. Er entnimmt der Tüte ein weiteres seltsames Sortiment Papiere (Ausweise von US-Militärbehörden, vom Sicherheits- und Ordnungsdienst, von Wartungsfirmen). Dabei ist auch ein uralter Berliner Personalausweis (behelfsmäßig). Ein graues Heftchen. Es gehört einem Ernst Udet Kellermann, geboren am 24. Oktober 1929 in Berlin, wohnhaft Heidestraße 25–29, von Beruf Student. Oder gehörte?

»'ABÖN DIE 'ERRÖN NOR EIN WUHNSCH?« Die elegante Dame räumt zwei Kuchenteller zusammen und deutet auf die beiden leeren Milchkaffeetassen.

Lang sieht auf die Uhr. »Ich nicht, Nadine. Gleich halb vier. Ich muß wieder was tun. Aber – *Sie* vielleicht?«

Auch Jobst winkt bedauernd ab. »Ich zahl dann, ja?«

»Wieso Sie?«

»Weil *ich* Sie einladen möchte.«

»Gibt's was zu feiern? Der achte Mai kommt doch erst noch?«

»Ich feiere immer den zweiten. Wissen Sie, was da war? Fast genau um diese Zeit vor fünfzig Jahren –«.

Nadine legt eine Rechnung auf die blaßblaue Tischdecke und wartet dezent.

»– da hat eins der schlimmsten Drecksschweine endlich den Krieg in dieser Stadt für beendet erklärt. General Weidling. Hitlers Kampfkommandeur für Groß-Berlin! Hat meinen Bruder auf dem Gewissen. Der mußte noch ins letzte Aufgebot. Vierzehn Jahre alt. Panzerfaust und – ähhh!« Jobst schüttelt angewidert den Kopf. »Entschuldigung, Madame. Das stimmt so, merci!«

Nadine dankt mit einem dezenten Lächeln.

»Das war doch hier um die Ecke, nicht?« Lang drückt das Zigarillo aus.

»Schulenburgring 2. Da hat er Schukow quittiert, daß er den Widerstand einstellt. *Den Widerstand!* Als wär Berlin ein armes, kleines Belagerungsopfer gewesen!« Jobst steckt das Portemonnaie wieder ein und nimmt das Jackett vom Nachbarstuhl. »Das *Angriffsnest* war's! Von Anfang an!«

»Pardon –«, Nadine ist wieder da. Mit einer Champagnerflasche in der Hand. »Iesch – bitte – tun Sie mir den Gefallön! Iesch 'abe ge'ört Ihr conversation, und iesch denke – wir sollön feiörn zusamm –«. Sie sieht Lang und Jobst ernst an.

Die wenigen anderen Gäste, die am frühen Nachmittag im *NaNa's* sitzen, sehen tuschelnd herüber.

Jobst und Lang sehen sich, dann Nadine an und nicken verdutzt.

»A votre frère!« beginnt Nadine, als Milli mit einem Satz Gläser, Jacqueline und Simone aus der Küche und Natascha aus dem Büro auch am Tisch eingetroffen sind. »Iesch bien von Caen – Sie wissön, was ies passiert miet Caen? Ruine wie 'ier, bombardé, der ganze Stadt. Toute ma famille gestorbön. Mir, man 'at gefundön untör Mauör, 'albtot. Iesch war neun Monat…«

Es wird eine längere Feier. Nicht brüllend fröhlich. Aber

feucht. Und die kleineren Ströme sind aus Champagner. Kratz an einem Europäer, sagt Jobst irgendwann, und du siehst die Narben dieses Krieges. Er hat alle berührt. Auch die, die lange danach auf die Welt gekommen sind. Und die, was kann man niech mjehr kratzen, weil sie chaben niech überljebt? fragt Milli leise.

»Kneifen Sie mich mal?« sagt Jobst, als er schließlich mit Lang vor dem Eingang zur ZERV steht. »Das war die schönste Feier, die ich je – hab ich die wirklich erlebt?«

Lang nickt und drückt ihm die Hand besonders fest. »Macht einem richtig Mut, was? Das Kalkül mit dem großen Schlußstrich nach all den großen 50-Jahr-Feiern geht vielleicht doch nicht auf.«

»Diese Mädels – wer hätte das gedacht –«, Jobst klingt immer noch überwältigt. »Was machen *Sie* eigentlich am achten?«

»Hoffentlich Liebe!« Lang wird knallrot und staunt über seine eigene Keckheit. »Ähm – also, falls Karin – bei Mordkommissionen weiß man nie vorher – sonst vergrab ich mich wieder in die alten Schwarten über Festungsbauten, die ich neulich entdeckt hab.«

»Festungsbauten?«

»Ja–hh!« Lang lacht verlegen. »Vauban. War ein Mathematiker. Und Beamter, übrigens. Aus des Sonnenkönigs – sagen wir: think tank. Damals waren Belagerung und Festungsbau exakt inszenierte Vorgänge. Die haben genau berechnet, wie eine Festung gebaut sein muß, damit sie der und der Belagerung so und so lange standhält – scheint mehr ein leidenschaftsloses Planspiel gewesen zu sein. Der Gegner hat genauso gerechnet. Und man gab die Festung auf, bevor viel Blut floß.«

Jobst runzelt neugierig die Stirn.

»Nun ja! Soldaten waren kostbar, damals! Powere Kanonenfuttermassen sind ja eine Errungenschaft der Französischen Revolution. Vorher hat ein Kriegsherr seine Leute geschont – tote oder lädierte Söldner sind schlecht zu verkaufen.«

»Mit was man sich alles beschäftigen kann!«

»Wenn man einen Job hat, in dem einem jeden Tag der Frust die Hand küßt? Die ganzen Miesigkeiten und Schludrigkeiten – da kriegt man einen bösen Blick! Und dann schaut man sich an, was hier derzeit an Stadt- und Verkehrsplanung betrieben wird. Nicht nur die ganze Regierungsbastelei! Und dann schaut man genauer hin und findet lauter militärische Parallelen. Die *graben* sich ein, die *bunkern* sich ein, als ob sie sich auf Belagerung einrichten – ›Wer Bunker baut, wirft auch Bomben‹ stand früher, ich glaub, am Anhalter Bahnhof –«.

»Belagerung? Heute, wo – Sie meinen: von innen?«

»Nennt man Bürgerkrieg.« Lang zuckt die Schultern. »Halten Sie das für – paranoid?«

Jobst schüttelt den Kopf. »Sorry, ich *muß* jetzt – sehen wir uns Montagabend bei uns zum Essen? Ich meine, wenn Sie –«.

»Wenn *Sie* auch mit mir allein vorliebnehmen, mordfalls ...«

»– UND HALLO, DETLEV: WAS MACHT DEINE NEUNTE?« KOK Schiller setzt sich zu den anderen an den großen Tisch.

»Frag Beethoven«, (Noch-)KHK Roboldt zieht die Hände aus dem Spülwasser und bringt ihr einen Becher. »Kaffee?«

Schiller nickt. »Beethoven?«

»Die Unvollendete.«

»Aha. Sollten wir nicht ab Mai neun Kommissionen haben?« Schiller legt einen roten Aktendeckel ohne Aufschrift ab.

»Detlev ist ja noch nicht mal EKHK«, murmelt EKHK Lietze, »bisher gibt's die neunte Mordkommission bloß als Planstelle.

Und *wir* sind dankbar für jede Verzögerung. Schade kommt erst im Juli wieder, und zwei Azubis«, sie schenkt zwei Jungmännern, die seit Beginn der Vorfeierabend-Sitzung hingebungsvoll Brote belegen und verzehren, ihr berüchtigtes süffisantes Lächeln, »können nicht mal *einen* ausgewachsenen Kommissar ersetzen.« Sie angelt Zigarilloschachtel und Feuerzeug. »Nichts für ungut, lassen Sie sich's schmecken: *Ihre* Ausbildung kriegen wir auch noch hin. Was, Jokisch? Kalle!«

(Noch-)KOK(Ang.) Jokisch gießt schweigend seine Kakteen.

KHK Fritz grummelt: »Spezialausbildung 1: Auf- und Abdecken, Geschirrspülen, Eßsachen in Kühlschrank –«.

»Außerdem«, platzt Roboldt dazwischen, bevor das ablaufende Spülwasser ihn niedergurgelt, »haben wir immer noch nicht beschlossen, wen ich mitkriege, Mimi oder Kalle.«

»Jetzt fang nicht wieder an, Kobold!« Lietze hat keine Lust, die derzeit reichlich vernagelte Beziehungskiste zwischen den beiden Nicht-Beamten der Dritten in Anwesenheit zweier Praktikanten zu öffnen, die bisher nur durch äußere Erscheinung (kompatibel für jede Vorabendserie im Fernsehen) und Sozialverhalten (Rubrik: verwöhnte Muttersöhnchen) aufgefallen waren. »Mimi und Kalle bleiben *beide* hier. Von uns wirst *du* abgezogen, der Rest deiner Truppe kommt aus den anderen Kommissionen!«

»Ja – also«, Schiller spürt die Spannung, »ich hab euch das hier zusammengestellt. Alles, was wir vom BKA gekriegt und was wir hier ermittelt haben. Für eure – Sammlung.« Sie hält die rote Mappe in die Luft.

Lietze dreht sich angewidert weg. Fritz schnappt die Mappe. Roboldt stellt sich hinter ihn. Jokisch kommt so energisch angehopst, daß ein Schwall aus der Gießkanne auf den roten Deckel pladdert.

»Die Rotbrett GmbH«, Schiller rückt diskret aus der Gußlinie, »hat sich nach allem, was wir wissen, Gefängnisstrafen im zweistelligen Bereich erarbeitet. Fehlt eigentlich nur Steuerhinterziehung. Ansonsten, die ganze Latte: Kreditbetrug, Untreue, Unterschlagung und eben betrügerischer Konkurs. Pardon, juristisch korrekt: Bankrott. Die GmbH war seit 1993 total überschuldet und hätte Konkurs anmelden müssen. Vier der sechs Subfirmen hatten seit Januar 94 kein Geld mehr gesehen. Wir haben ein paar sehr schöne Antwortbriefe auf der Festplatte des Firmencomputers gefunden –«.

»Die zu dem Brief im Schredder passen?« Jokisch stellt die Gießkanne auf den Tisch und zieht sich einen Stuhl heran.

»Und wie. Der ist auch dabei. Dann die Aussagen von Schurge. Der hat sehr schön ausgepackt. Über die D.I.E., über euern – pardon, Lietze, ich wollte keine Wunden aufreißen!«

Lietze schießt vom Stuhl hoch, daß der fast umfällt. Dann stampft sie aus dem Gemeinschaftsraum in ihr Zimmer.

»Achja«, fährt Schiller fort, als alle sich wieder ihr zuwenden, »ich hab noch eine Information gekriegt. Ich kenne doch ja jemand im BKA, wir – der, na egal, jedenfalls: Daß der Empfänger in dem Koffer auf dem Transportband durch die Lichtklappen oben aktiviert worden ist, kann sehr gut sein. Nur, als die endlich ihre Spurenleute nach da oben geschickt haben, waren vierzehn Besichtigungstouren und mindestens fünf Elektriker wegen kaputten Röhren da durchgelatscht.«

»Na, bravo!« brüllt Jokisch. »Sollte ja ooch nich rauskommen, wer das Scheusal abjeräumt hat.«

Lietze stürmt mit einem betippten Zettel wieder herein. »Das war das Stichwort – Kalle, *wo* hattest du das her?«

Der Zettel macht die Runde. »Von mir!« reklamiert Roboldt. »Kalle hat damals so oft Scheusal gesagt – war das erste Wort, das ich nachgekuckt habe, an Leffis Geburtstag.«

Schiller fängt an zu lesen. »Scheusal, in Klammern das. Ein wesen, das seiner art nach geeignet ist, abscheu zu erregen, ein verabscheuungswürdiges, abscheuliches, und zwar entweder mit bezug auf sein äuszeres, sein aussehen, oder auf sein inneres, oder endlich auf beides – was ist das denn für ein komisches Deutsch!«

»Das Grimmsche Wörterbuch, ist schon ein bißchen älter. Ich hab's ihm doch geschenkt.«

Lietze geht zu Mimis Schreibtisch und kommt mit einem Klebestift zurück. »So! Da gehört das hin, hm?« Sie klebt den Zettel auf die rote Mappe und hält sie hoch. »Und dann verschwindet das ganze Ding in meiner Schublade. Ich will weder wissen, ob sich die D.I.E. irgendwo neugegründet hat, die Herren Döderlein in irgendein Fahndungsnetz gegangen sind oder der leitende Herr Lüsebringk von seinem irregeleiteten Herrn Sohn und dessen katholischem Kinderverein zerlegt worden ist oder von wem sonst! Noch will ich wissen, was alles für Geschäfte zwischen diesem Herrn – Dr. Scheusal! beziehungsweise seiner scheußlichen Witwe und welchen Damen und Herren in welchen Behörden gelaufen sind. Mich *interessiert* das alles nicht mehr –«.

Alle sehen sie an, sogar die telegenen Jungmänner. Roboldt erwähnt etwas, das wie »Resignation« klingt, Jokisch springt hoch und reißt beim Versuch, an Lietzes *Lucky Lucianos* zu kommen, die Gießkanne um.

»Schade hat vollkommen recht«, Lietze läuft zum Spülbecken und wirft ihm ein Geschirrtuch zu, »mit ihrer Theorie von der wäßrigen Lösung... Und ich bin *nicht* resigniert, Kobold. Ganz im Gegenteil. Ich glaube nur nicht mehr, daß wir all solche Scheußlichkeiten mit staunenden Kinderaugen betrachten dürfen. Als wären das exotische Ausrutscher. Sind sie nicht.

Sie sind normal, heutzutage. Und flächendeckend. Wenn ich mir ankucke, wie diese kleine Prenzlauerberg-Klitsche an dem Haus rumwerkelt, das ich zufällig bewohne, dann kann ich nur auf den Verdacht kommen: Da wird Geld gewaschen. Die haben zuviel davon. Kein vernünftiger Bauherr läßt solange Gerüste stehen, duldet solche Verzögerungen durch Pfusch, schlechte Organisation, was weiß ich. Das Ding stinkt genau so wie –«.

»Aber das is Privatwirtschaft!« Jokisch feudelt und hopst.

»Wer weiß. Auch Dachausbauten müssen durch Behördenmühlen. Ich will nur sagen: Das alles ist *normaler* Alltag am Standort Deutschland –«.

»Hast du Standort gesagt?« grinst Fritz.

»Ja, wieso?«

»Klang wie Schandort«, grinst auch Roboldt.

»So?« Lietze sieht kampflustig in die Runde. »Jedenfalls müssen *wir* nicht die Kaninchen geben und auf Schlangen starren!«

»Sondern?« Jokisch hat den Tisch halbwegs wieder trocken.

»Unsere Arbeit tun. Und zwar gut. Der beste Knüppel, den man allen Scheusal-GmbHs zwischen die Beine werfen kann.« Sie läßt sich mit Aplomb auf den Stuhl fallen und sieht ihn an. »Wieso ist Mimi eigentlich nicht mehr da?«

»Hatte um halb sechs einen Termin beim Anwalt«, antwortet Fritz statt Jokisch, »wegen der Scheidung.«

Jokisch hopst mit dem letzten vollgesogenen Lappen zum Spülbecken. »Ich hab die Telekom dann noch erreicht. *Die* Altlast könn' wa zuklappen.« Er widmet sich dem Auswringen. »Was mir noch einfällt – die *Neunte* is doch jar nich unvollendet, das war doch die achte, oder? Und *die* is doch nich von Beethoven, die is doch von Schubert.« Er steht immer noch mit dem Rücken zu allen. »Oder?«

Teils besorgtes, teils genervtes Schweigen legt sich zwischen die letzten gelbroten Streifen, die die noch nicht ganz hinter den Dächern auf der anderen Seite der Keithstraße verschwundene Sonne auf Menschen und Möbel zeichnet. Lietze lehnt sich zurück und schließt die Augen. Dieser Jokisch. Diese Affäre. Sie hatte immer etwas gegen Liebesgeschichten im Dienst gehabt. Nicht gegen die Anfänge. Oh nein. Verliebte im Ansaugstadium hatten unerschöpfliche Energien. Und an die erotischen Hochspannungsleitungen, die dann durch alle Räume liefen, konnten sich auch alle anderen anklinken. Aber wenn die rissen – ach was! Quatsch! Wer weiß, wozu's gut ist. Mit dieser kriseligen Spannung werden wir auch noch fertig! Seit wann ist *uns* Menschliches fremd? Von wegen, Feigheit vor dem – ja, genau: Freund. Jokisch *war* ein Freund geworden. Auch in der Krise vor einem knappen Jahr. Erstaunlich. Besondere Vorsicht gegenüber Männern, die kleiner waren als sie, hatte Madame Gisèle ihr praktisch mit der Muttermilch eingeflößt. Vor kleinen Männern mit Gebrechen, genau gesagt. Madame Gisèle war fast einsachtzig groß gewesen und von dieser kühlen Sinnlichkeit, auf die ein gewisser Reichsminister ansprang wie ein Pawlowscher Hund. Madame Gisèle hatte alle Diplomatie aufbieten müssen, um sich den humpelnden Zwerg mit der rheinischen Keifstimme vom Leib und den Laden trotzdem am Laufen zu halten. Sowas prägt sich tief – schsch! Lietze! Schluß! Jokisch hat nichts damit zu tun. Er ist einfach zufällig ein paar Zentimeter kleiner als du. Wie sagte er immer? Ich hab ehm die Aung uff Herzhöhe!

Und die bleiben *beide* hier: Mimi und er!

»Oh-oh-oh«, sagt Schiller schließlich leise. »Ich geh dann mal wieder runter. Woran sitzt ihr noch, zur Zeit?«

»In der Warteschleife«, seufzt Roboldt dankbar.

Lietze klappt die Augen wieder auf. Jokisch setzt sich neben Fritz und schnorrt eine Filterzigarette.

Fritz gibt ihm Feuer. »Beim Aufräumen von Liegengebliebenem. Denn die nächste Leiche kommt bestimmt.«

EINES TAGES. VIELLEICHT. Oft bringt ein Zufall auf die Spur. Bis dahin gehört der enge Raum in dem verlassenen, vergessenen Kellergewölbe des unterirdisch mit dem gigantischen Rest des ehemaligen Flughafen-Neubaus verbundenen S-Trakts den Ratten, den Steinen der mit eingeritzten Buchstaben- und Zahlenkombinationen übersäten Wände, der süßlich-fauligen Luft, die durch einen Schacht in der drei Meter hohen Decke und ein Labyrinth von geplanten und zufälligen Windkanälen regelmäßig ausgetauscht wird gegen die Kohlenmonoxidschwaden vom Columbiadamm.

Es ist fraglich, ob Ratten lesen. Was sollten sie auch mit der Behauptung, am 24.10.29 sei der Dollar in den Keller gegangen. Nicht fraglich ist hingegen, daß sie fressen. Weshalb nie mehr zu klären sein wird, ob die stinkende, aufgeplatzte, langsam über den schwarzen Staub quellende und in den Boden sickernde Leiche verdurstet war, oder ob sie den alten Mann schon vorher angefallen und ihm Augen, Hirn, Fleisch weggenagt hatten. Denn falls ihn überhaupt jemand findet, wird der kaum die Steine fragen, die dabei waren.

Wenn aber jemand sie zum Reden bringen würde, könnte er erfahren, wieso das Schlüsselbund da hinten eine Schleifspur durch den Raum und mitten durch die Stiefelabdrücke gezogen hat, die sich vor der Tür massieren, und wie der Haufen aus Geröll und Brocken vor die Tür gekommen ist, weshalb sie nicht aufgeht.

Aber wer fragt schon Steine. Die alles erzählen könnten. Wer will all das Grauen wissen, das sie aufgesogen haben.

»*WAS FÜR EIN BAU*...!« Der Mann im feinen Zwirn mit dem James-Cagney-Gesicht weist mit dem Kopf nach rechts, als die dunkle Limousine mit dem CC-Schild an der Ampel Tempelhofer Damm/Paradestraße hält. »Wo sitzt unser Sitzpate jetzt?« Das gutgelaunte Glucksen ist auch Nicht-Russen verständlich.

Der Fahrer legt vorsorglich den Gang ein, bevor er den Blick endlich von einem Plakat wegbekommt, das seit der Europawahl im letzten Sommer übriggeblieben ist, und sich dem Stillen Don zuwendet. »Der Turm da, auf dem sich das Radar dreht, ja? Darunter. Rechts vom Aufgang die vier Fenster im ersten Stock.«

»Ideal«, gluckst der Stille Don auf russisch weiter. »Das neue Polizeipräsidium direkt vor Augen.«

»Wir konnten die ganze Einrichtung übernehmen – hast du inzwischen etwas über diesen Mishkin erfahren? Kennt man den in Minsk?«

»Nein.«

Die Ampel schaltet auf grün. Nur im Vorbeirollen erwischt der Stille Don die Reste eines Bildes auf einer Stellwand: zwei Arme mit weißem Hemd und Nadelstreifen, die auf dem Rücken gefesselt sind. Wind und Wetter und wer weiß wer noch haben einen Riß von der Mitte des oberen Randes schräg nach links unten getrieben. Die linke Hälfte des Plakats ist nach hinten geknickt. Ein Arm mit einer durchtrennten Handschelle und die Buchstaben: »-afia-opa-erschlagen« sind noch deutlich zu erkennen. Der Rest: »Die M-in Eur-z« kaum noch. Der Stille Don gluckst nicht mehr. Er brüllt vor Lachen.

»A propos *owza* Bazookas«, fängt der Fahrer wieder an, »ich weiß nicht, aber auf die Dauer –«.

»Na, was!«

»Er ist – strohdumm.«

»Na, was also! Ideal – auf seinem Platz.«

»Er ist sauer, er begreift nicht, wieso er sich als ›Bilderbuch-Mafioso‹ kostümieren soll, sagt er. Die Organisation –«.

»– hält er für eine Bande von Schöngeistern und Lebemännern, und das paßt nicht zusammen? Ideal!«

»Ich weiß, was du meinst. Aber meinst du nicht, er müßte ein bißchen mehr –«.

»Na, was – Verstand haben? Nein, Anatolij, mein Junge! Er ist genau *so* blöd, wie die ihn brauchen. Er erfüllt die Erwartungen von Scheckbuchjournalisten ideal. Und das ist für uns ideal. Solange sie *die* erfüllt kriegen, müssen sie nicht arbeiten. Ein paar ›Geheimnisse‹ hier, ›Delikatessen‹ da...«

»Journalisten – auch so ein Problem. Er ist furchtbar altbacken«, beharrt der Ex-Elitesoldat im *synergie*-Anzug. »Er versteht das immer falsch. Er glaubt, *er* kriegt Schecks von *denen* –«.

Der Stille Don brüllt minutenlang vor Lachen. »Das ist gut! Perfekt! Genial! Er darf es auf keinen Fall besser wissen. So ist er für uns ideal!«

»Hoffentlich hast du recht.«

An der Ampel Columbiadamm/Friesenstraße muß die Limousine wieder halten. Der Stille Don beugt sich vor und sieht auf etwas in der Ferne rechts.

»Sicher. - - - Ist das da der Rosinenbomber? Interessant. Jaja. Soso. - - - Anatolij! Was ist los mit dir? Das hier *war* Metropolis. Das hier *wird* Fakeopolis. Und *wir* bauen es mit. Deshalb sind wir hier und nicht in Paris. Obwohl Paris viel schöner ist.«

»Spanisch kann er auch immer noch nicht.«

»Na, was. Dann eben nicht«, gluckst der Stille Don und zwinkert Nadja-Anatolij wohlwollend zu. Für einen winzigen Augenblick wird das kühle, scharfe Blau seiner Augen weichgezeichnet durch einen Schleier aus Bonhommie und Belustigung. »Aber, meine liebe *swinja*: Fake, wie alle Fiktionen, verkaufen die am besten, die sie für Fakten halten. Dawaj, Fakeopolis, dawaj!«

Credits

Schappoh & Schämpehn für alle, die diese Stadt am Leben gehalten haben: durch »Aufheben(s)«, im Dreifach-Hegelschen, in Bildern, Klängen und der Art Kunst, die auf das Leben zurückfällt, aus dem sie kommt.

Ein Fläschlein Glykol für die Pfuscher, Philister, Volltrottel & Verweser aller Klassen, Funktionen & Geschlechter, die einem/r in ihrer unerschütterlichen Ignoranz, Indolenz & Korruptheit den Alltag mit jener Malice versüßen, die seinerzeit dem Keller-Gottfried »den Teufel in den Leib« gejagt hat.

Dank & Respekt allen meinen IM (Informierten MitarbeiterInnen), Residenten & Quellen in Sachen THF/TCA – insbesondere an *Helga & Peter Hörmann* und *Sylvia & Robert Grosch*; an *Peter Kasper* (Flughafen-Feuerwehr), *Ludwig Turba* und *Wolfgang Runge* (BFG-Technik), die Flugplan- & Schlüsselexperten *Bodo Klatt* und *Peter Lange*, *Werner Voss* (Tower), *Jobst Kuhlmeyer*, *Ulrich Schulz* und *Andrea Grunwald* (DFS-Radarzentrale); an *Frank Honigmann* (B.L.A.S.) und an »Käpptn« *Ulli Reinhard*, *Jeanie Locke* und *Kathrin Schulz* (eurowings).

Very special thanks an den Karten-, Pläne- & Untergrundhistoriker *Helmut End* (BFG-Security) und an meine beiden kundigen und fürsorglichen Sherpas durch die Höhen & Tiefen von THF: *Alfred Dumsch* (Flughafen-Feuerwehr) und *Henry »The Redeemer« Wede* (BFG-Grundstücksverwaltung).

Respekt & Dank auch allen guten Geistern innerhalb der Behörde namens »Der Polizeipräsident in Berlin«: Für Widerworte, Einblicke, Netzwerke und andere Maßnahmen der Literaturförderung, mit denen sie mich auch diesmal wieder versorgt haben; neben allen, die hier nicht genannt sein w/sollen, insbesondere an *Annette Peters* (PolPräsPresse); an *Olaf Karras* (AB 17) und *Birgit Singer* (AB 55); an *Peter Jung* (PTU-Sprengplatz); und an *Horst Brandt*, *Bernd Meyer*, *Werner Breitfeldt* und *Ilona Scholz & ihre (vollendete) Achte* (alle LKA 41ff.).

Und natürlich allen, die mir ihre kostbaren Schlüssel & Spezialkenntnisse zur Verfügung gestellt haben – ich hoffe, ich bin sorgfältig damit umgegangen, Unmut bitte auf *meine* Kappe! Dank an *Kurt Möser* (Landesmuseum für Technik & Arbeit, Mannheim), *Hans Joachim Straube* (Berlin-Abt. der Amerika-Gedenkbibliothek, Berlin) und *Andreas Matschenz* (Karten-Abt. des Landesarchivs, Berlin); an *Helmut Arlt* (und sein Filmarchiv, Berlin), *Klaus-Peter Richter* (München), *Norbert Nickel* (Bau-Industrie-Verband, Berlin), *Karl-Heinz Lutz, Winfried Heinemann* und *Renate Stang* (Militärgeschichtliches Forschungsamt, Potsdam); an *die MitarbeiterInnen des Instituts für Meteorologie der Freien Universität Berlin* und an *Sylvia Schliep* (VG Wort, München); an *Gaby Hartung* (heute-journal ZDF, Mainz) und *Marianne »The Wizzard« Winkler* (Tagesthemen ARD, Berlin); an *Lothar Loewe* (Berlin; für den narrativen Steinbruch in Sachen »Letzte Tage & Nächte in Berlin, April 45«); an die ÜberSee-Zungen von *Gertraude Krueger* (Berlin) und *Michael Walter* (München): Eric Blair knows why; an den antiquarischen

Zauberer *Peter Schwarz* (Berlin) und *Olga Radetskaja* (Ag.Ex Fumo, Berlin); an *Maja Rehbein* (für eine richtige Adresse), *Heinz Sternheimer* (Berlin; für Paule & Paulinchen), *Regina Döll* (Berlin; für Umbau-Details der besonderen Art), *Mme. Sigrid* (Berlin; für »Hühnerwässern bei Frau Dr. Lüsebringk«), *Gertrud Wörtche* (Lüdenscheid; nicht nur für »Mammele«), *D. B. Blettenberg* (Berlin; für »El Cardenal Y Su Colchones«), *Georg Hensel* (Darmstadt; in memoriam und für »Glück gehabt«); an *Armand Mergen* (Luxemburg), an *Familie Heinz Becker* (Saarland), *Julian Rathbone* (Dorset; für »Prützmann & Co.«), *Michael Bienert* (Berlin; für eine Joseph-Roth-Trouvaille), *Gudrun Biermann* (Ag. Butter, Düsseldorf), *Margrit Lenk & Gerhard Neumann* (Halle; fiern forziechlichn »Kruntgurs Säcksch« und alle Schleif- & Polierarbeiten), *Horst Bakker* (SenInn Berlin; für die »Grünschaltung« zur Feuerwehr); und an *Clemens King* (Speyer; mehr sag *ich* dazu nicht). Mit was allem *Thomas Wörtche* mich auch diesmal wieder versorgt hat, werd ich grad ausplaudern!

Eine dankbare Verbeugung vor *R. V. Jones* (»The Most Secret War«) und *William B. Breuer* (»Hoodwinking Hitler – The Normandy Deception«) und one from the heart an *Franz Kafka*, *Joseph Roth*, *George Orwell*, *Jerome Charyn*, *Robert Altman* und natürlich *Billy Wilder*! Wie immer gern genommen hab ich Bilder, Bücher, Filme, Musiken: zum Plündern, Recyceln und Dialogisieren. Was immer Sie in diesem Roman gelesen haben, es könnte auch *nicht* von mir sein. Und er ist (auch) eine Hommage – an *Constance Babington Smith* und *Lady Joan Curran*; an die *Bodyguards* und *Overlords* drinnen & draußen; und an die *IngenieurInnen der Luftbrücke*. Sie waren klug und mutig genug, Blut, Schweiß & Tränen zu vergießen, weil man den Willen zur

Unfreiheit manchmal nur mit Bomben brechen kann, die Liebe zur Freiheit aber auch durch den (gefüllten) Magen geht.

Dieses Buch ist Fiktion. Sollten Sie sich oder sonst jemanden darin wiedererkennen, muß es daran liegen, daß auch Berlin eines dieser universalen Dörfer ist: Heimat von Herrn & Frau Jedermann.

Musik (diesmal): *Taj Mahal* und *Jimi Hendrix*.

Casting (wie immer): *Berlin Ink.*/September 1996.